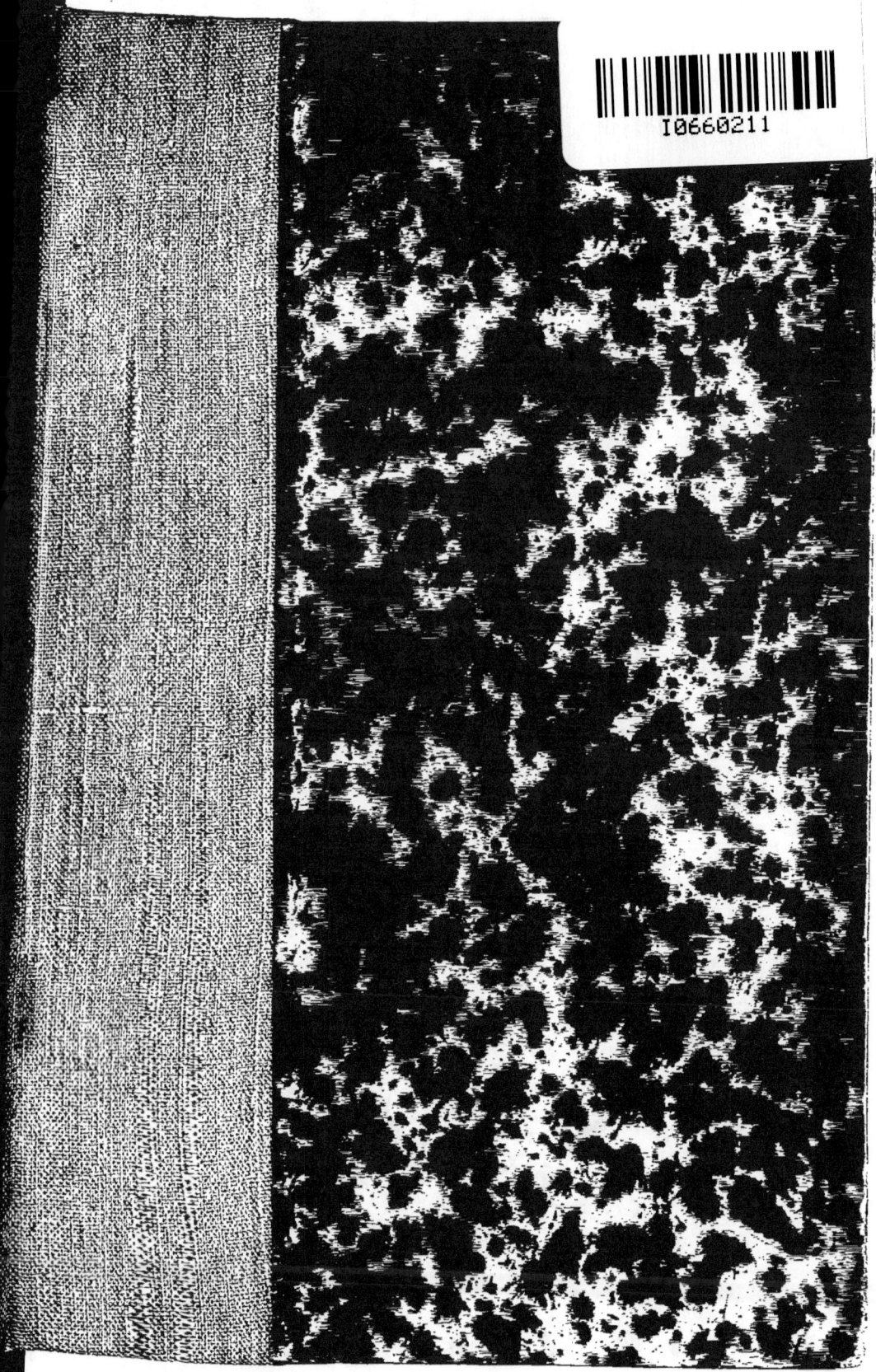

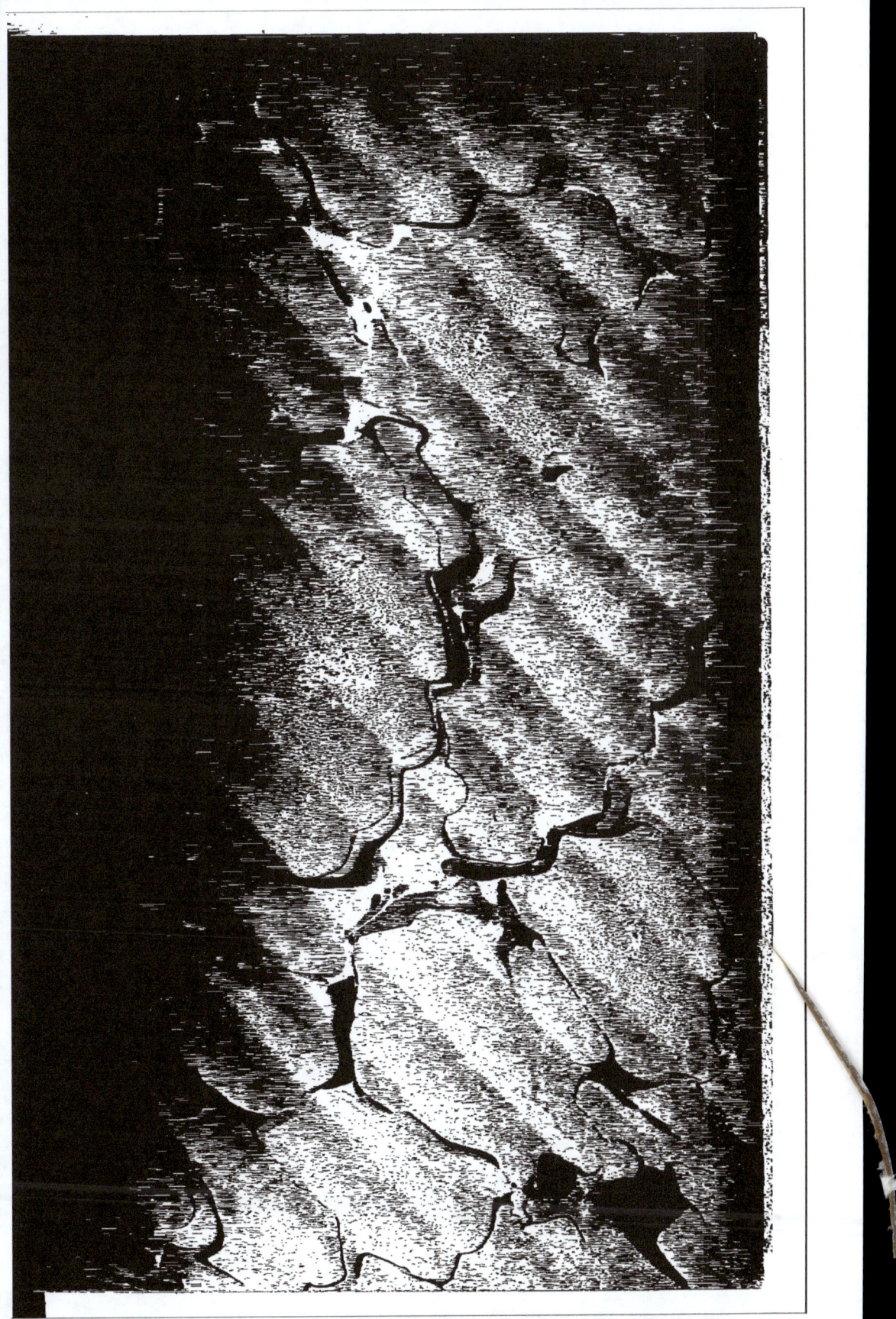

CEUX

QUI

MANGENT LA POMME

LIBRAIRIE DE E. DENTU, EDITEUR

DU MÊME AUTEUR

EN PRÉPARATION

SOUVENIRS DE LA VIE LITTÉRAIRE.

HISTOIRE DES TEMPS ROMANTIQUES.

VOYAGE AU PAYS DES HANNETONS.

LE CRAPAUD DE CHAMFORT.

PHILIBERT AUDEBRAND

CEUX

QUI

MANGENT LA POMME

RACONTARS PARISIENS

E. DENTU, ÉDITEUR

LIBRAIRIE DE LA SOCIÉTÉ DES GENS DE LETTRES

PALAIS-ROYAL — 15, 17, 19 — GALERIE D'ORLÉANS

1882

A NADAR

Journaliste, aéronaute, romancier, photo-graphe, caricaturiste, ami des proscrits, que d'hommes il y a en toi !

Un jour, quand l'Histoire parlera à nos neveux du capitaine du Géant, elle leur dira que, de 1850 à 1880, tu as été le Parisien par excellence, le plus applaudi sur la Terre et au Ciel.

Ces pages, écrites au courant de la plume, à travers la vie militante du Journal, ne sauraient donc paraître sous un meilleur patronage que le tien.

Te les dédier, c'est en assurer le succès.

P. A.

Janvier, 1882.

CEUX QUI MANGENT LA POMME

I

LA CARTE DU DIABLE

Il était minuit.

Fernand de Roquefeuil avait réuni dans un des cabarets du boulevard six de ses intimes, tous jeunes gens du monde comme lui. Pour se conformer à un vieil usage de Paris, il voulait enterrer le plus gaiement qu'il serait possible sa vie de garçon. En effet, il se mariait sous trois jours, à Saint-Philippe-du-Roule. On lui faisait épouser Mme de Luçay, une jeune veuve, fort courtisée. Au madère, ses amis le félicitaient vivement de ce triomphe ; au premier service, ils vantaient tout haut son bonheur ; au dessert, plusieurs commençaient déjà à l'envier.

— Allons, Fernand, lui disaient ses convives, il faut en convenir, tu es venu au monde en y apportant un des meilleurs billets à la loterie du sort.

— Entre nous, je n'ai pas trop à me plaindre, répondait Roquefeuil.

Au moment où il achevait cette réplique, on venait de faire sauter le bouchon de la première bouteille d'Aï. Le philtre de la Champagne moussait dans les coupes de cristal. Aussi les sept jeunes gens, tout entiers au plaisir de vivre, prêtaient à peine l'oreille aux derniers bruits que fait Paris, quand la nuit finit et qu'il va se coucher. Mais à ce même instant un des garçons du restaurant remit à Fernand une carte cornée.

— Une visite à cette heure et en cet endroit ! s'écria le viveur en rejetant la carte d'un air de dédain. Allons donc ! Que ce monsieur se présente demain chez moi, rue Louis-le-Grand. Si j'y suis, je le recevrai.

— Mais, cher ami, objecta judicieusement un des convives, tu n'as pas même pris la peine de regarder le nom qu'on t'envoie.

— Tiens, c'est vrai, ce que tu dis là, Jules, riposta Fernand. Voyons donc quel peut être cet indiscret ?

Braquant alors son lorgnon sur son nez, il chercha à lire ce qu'il y avait d'écrit sur la lettre et ne put en venir à bout.

— On voit bien qu'il y a un nom de tracé, dit-il, mais c'est un coup de griffe que je ne puis déchiffrer. Serez-vous plus heureux ou plus habiles, vous autres ? ajouta-t-il en tendant le carton tour à tour aux six amis assis autour de la table.

Tous les six répondirent à tour de rôle qu'ils ne savaient pas lire cette écriture-là.

Il y avait dans cette circonstance nouvelle de quoi intriguer un esprit tel que celui de Fernand. Tout à l'heure il avait eu la pensée de congédier l'inconnu ; à présent, il désirait savoir quel était ce personnage.

— Faites-le entrer, dit-il au garçon.

Au bout d'un instant, les sept amis virent s'avancer, le chapeau à la main, un jeune homme de taille moyenne, qui saluait avec une politesse pleine d'aisance et de bon ton. Mis à la dernière mode, cravaté avec soin, ganté de blanc, il portait, lui aussi, un lorgnon en sautoir. La figure, assez noble, était peut-être trop imberbe pour celle d'un jeune homme, mais il s'y lisait un air de résolution qui faisait qu'on passait sur l'absence de la barbe et des moustaches.

— Monsieur, lui dit Fernand, vous avez pris la précaution de me faire passer votre carte. Je devrais donc savoir votre nom, mais je vous avouerai que je n'ai pu parvenir à le déchiffrer, même en l'épelant.

— Eh bien, j'aurai l'honneur de vous l'apprendre moi-même dans un instant, monsieur, répondit le nouveau venu.

— Mais, en attendant, dites-moi, je vous prie, en quelle qualité vous demandez à me parler, monsieur ?

— En qualité de créancier. Voulez-vous que nous nous mettions à l'écart pendant une minute ?

— En aucune façon. Un créancier ! Ah ! pardieu, ne vous gênez pas, monsieur ; parlez à cœur ouvert. Ces six messieurs sont mes amis. Il ne leur paraîtra pas trop étonnant que j'aie quelques dettes sur le pavé de Paris. De quoi s'agit-il donc, s'il vous plaît ?

— Monsieur de Roquefeuil, il y a dix années, vous avez sacrifié votre fortune pour sauver l'honneur du vicomte de Brévannes, un ami d'enfance de votre père. Après avoir payé une somme de 300 000 francs que vous coûtait cette généreuse fantaisie, vous étiez sans ressources. Que pouvait faire sans argent un jeune homme de votre monde, habitué à toutes les jouissances de la vie de Paris ? Dans votre appartement de la rue Louis-le-Grand, vous avez pris alors une feuille de papier et vous y avez écrit ces mots en grosses lettres : « Je, soussigné, donne mon âme à Satan, s'il me procure dix années de richesse. — FERNAND DE ROQUEFEUIL. » En ce moment, la fenêtre était ouverte. Il y avait un orage en l'air. Le vent s'empara du papier et l'emporta au loin, probablement chez le diable, c'est-à-dire à son adresse.

— Comment savez-vous ces détails, monsieur ?

— Laissez-moi finir mon récit, s'il vous plaît. Dès le lendemain, tout pour vous se changeait en bien. La fortune vous revenait à tire-d'ailes. En fouillant au fond d'un vieux meuble, vous découvriez un gros rouleau d'or sur lequel vous ne comptiez pas, dix mille francs en espèces. Étant allé à Bade, vous avez mis trois fois de suite cette somme sur la rouge avec faculté de cumul, et la rouge, sortant trois fois, vous faisait un capital. Avec ces fonds vous aviez désormais le moyen de vous mêler à une grande spéculation sur les chemins de fer. Bref, la semaine ne s'était pas écoulée que vous étiez redevenu riche.

— Tout cela est très vrai, monsieur, mais...

— Attendez donc! Je vais avoir fini. Redevenu riche si rapidement, vous aviez donc été exaucé à la lettre par l'être mystérieux et tout-puissant que vous avez cru devoir invoquer.

— Eh bien, monsieur, à la fin, où voulez-vous en venir?

— Le voici. Monsieur de Roquefeuil, c'est dans quarante-huit heures que la dixième année de votre bonheur expire.

— Cela se peut, monsieur. Après?

— Dans quarante-huit heures, vous m'appartiendrez. Je suis Satan.

On pense bien que Fernand et ses six amis commencèrent par rire aux éclats de cette étrange déclaration faite par un inconnu. Aujourd'hui, en 1880, c'est-à-dire en plein réalisme, sept jeunes convives diraient au garçon de jeter un si mauvais plaisant à la porte. Mais en 1844, époque à laquelle se passait cette histoire, l'incompréhensible paraissait croyable. Premier point, la littérature fantastique avait un très grand nombre d'adhérents à cause des contes de Théodore Hoffmann, fort répandus en France. Second point,

Frédéric Soulié, encore vivant, avait mis l'ange déchu fort à la mode par la publication des *Mémoires du Diable*. Cependant Fernand et ses convives rirent en chœur, puis ils dirent à Satan :

— Monsieur le diable, est-ce que vous ne nous ferez pas le plaisir d'accepter un verre de champagne ?

— Je ne bois d'ordinaire que du lacryma-christi, répondit le roi des enfers ; mais une fois n'est pas coutume. Versez !

Il vida lestement sa coupe, salua et se retira, tout en disant à Fernand :

— Monsieur de Roquefeuil, je compte bien avoir l'honneur de vous revoir demain.

Sur ce, il disparut.

Dès qu'il fut parti, les jeunes fous se remirent à rire ; mais le souper tirait à sa fin. Vers trois heures du matin, ces messieurs se retirèrent bourgeoisement, chacun chez eux.

Dans la journée qui suivit, à midi environ, au moment où Fernand se levait, le domestique qui le servait lui apporta trois lettres et une carte. Cette dernière était la répétition de celle de la veille.

— Ah ! la carte du diable ! reprit le viveur. Il paraît que Satan ne veut pas me laisser de répit.

Quant aux trois lettres, elles étaient d'une lecture fort peu aimable.

La première annonçait à l'élégant que le banquier Isaac H*** chez lequel il avait déposé la majeure partie de sa fortune, ruiné tout à coup par la baisse, avait enlevé le peu qui restait au fond de sa caisse et s'était sauvé en Amérique par un paquebot du Havre.

La seconde, anonyme à la vérité, lui apprenait que Mme de Luçay, la belle veuve qu'il se disposait à épouser sous trois jours, était en secret au mieux avec l'un de ses meilleurs amis, c'est-à-dire avec l'un des six cavaliers qui, la veille, étaient à table avec lui. Sans doute un homme de cœur ne doit pas s'arrêter à ce que dit une lettre anonyme, toujours écrite par la main d'un lâche; néanmoins il se trouvait dans celle-là des révélations si vraies et des détails si précis, que Fernand était bien forcé d'ajouter foi à ce qu'on y disait.

Quant à la troisième missive, d'une allure tout à fait parisienne, elle contenait la sténographie d'une conversation tenue dans un club dont M. de Roquefeuil faisait partie. C'était comme le compte-rendu des principaux membres dudit cercle sur le viveur. Fernand n'y était pas flatté, au contraire; on le regardait comme le plus insignifiant des hommes.

— Voilà de bizarres coïncidences, se disait le désillusionné en procédant, mais avec une sorte de mélancolie, à l'œuvre de sa toilette. Comment! fortune, amitié, considération sociale, il ne me reste rien ? — Et en faisant quelques pas : — Si, si, je me trompe ! Il me reste la carte du diable !

L'idée lui vint alors de jeter de nouveau les yeux sur cette carte et de l'interroger avec plus d'attention qu'il ne l'avait fait la veille.

Si la signature était toujours indéchiffrable, quelques mots tracés au crayon, dans un très bon français, disaient clairement que Satan s'entendait à être homme du monde.

Voici donc ce que Fernand lut, immédiatement sous la griffe redoutable :

« Fernand, on joue, ce soir, la *Part du Diable* à l'Opéra-Comique.

« Venez-y à neuf heures ; frappez à la troisième loge de face ; vous êtes sûr de m'y trouver.

« Le plus ancien de vos amis,

« SATAN. »

Était-ce une mystification ? Était-ce un franc jeu ? Roquefeuil réfléchit un instant. — Aller à ce rendez-vous serait puéril. — N'y pas aller serait donner à croire qu'il avait peur. — Il décida de s'y rendre.

Vers neuf heures du soir, il entrait au théâtre et il se faisait ouvrir, à tout hasard, la troisième loge de face. A son très grand étonnement, il se trouva alors en présence d'une jeune femme. Assise sur le devant de la loge, elle était mise avec une recherche pleine de bon goût et tenait fort gracieusement un éventail à la main. — Chose curieuse, la figure était la même que celle du diable pendant l'apparition de la veille, au cabaret des boulevards. Mais pourquoi Satan se présentait-il, cette fois, sous la physionomie d'une fille d'Ève ? Il y avait donc là-dessous quelque nouveau mystère.

En le voyant entrer, l'étrangère s'était levée avec une sorte d'empressement, et aussitôt que la porte avait été refermée :

— Monsieur de Roquefeuil, lui dit-elle, vous me voyez aujourd'hui sous ma forme réelle. Je me nomme Ophélie de Brévannes. Je suis la fille unique de cet ami de votre père pour lequel vous avez jadis sacrifié votre fortune. Ne soyez pas étonné de me voir vous offrir une restitution. Je suis riche et je voudrais réparer la brèche faite à votre patrimoine. Voulez-vous de moi pour femme ?

— Ma foi, pensait le jeune homme, si c'est là le diable, il faut convenir que le diable est charmant.

Il lui tendit la main et s'assit auprès d'elle.

A trois mois de là, ils étaient mariés. — Cette année, ils vont prendre les eaux à Bagnère - de-Bigorre.

II

LE PORTRAIT DU COLONEL

— Colonel, qu'elle belle figure vous avez ce matin !

— Colonel, vous n'êtes plus un officier supérieur en retraite, vous êtes une rose !

— Colonel, vous offrirai-je un cigare, pur Havane ?

Voilà ce qu'on entendait dire en chœur au cercle des *Radis-Noirs* toutes les fois que le colonel Hector Bourgachard y venait faire son whist, et il y venait à peu près tous les jours.

Zébré de glorieuses blessures, ayant d'ailleurs une assez jolie fortune, ce qui lui permettait de vivre à sa guise, en jeune garçon, bien qu'il eût dépassé la cinquantaine, l'ancien officier de cuirassiers avait pris sa retraite après la guerre de 1870. Depuis ce moment-là, il partageait ses loisirs entre les voyages et le jeu de cartes. Tantôt il allait respirer les orangers à Nice et le thym à Pau ; tantôt il se remettait au vert en Suisse. Le plus souvent il résidait à Paris, centre de ses habitudes.

L'été dernier, on l'avait vu aller prendre les

eaux aux Pyrénées. Après un mois et demi d'absence, il était revenu, toujours dispos, toujours gai, en répétant la rengaîne qu'on mâchonne toujours :

— Il n'y a qu'un Paris au monde.

Doyen des *Radis-Noirs,* il avait naturellement fait au cercle une sorte de rentrée triomphale.

— Ah ! voilà le colonel qui revient !

— Bonjour, colonel !

En son absence, de nouveaux membres avaient été admis. On remarquait, entre autres, un riche Brésilien, homme de très belles manières, haut en couleur, costumé à la mode du jour, joyeux compagnon.

A une table de whist, le colonel Hector Bourgachard se trouva deux fois partner de son nouveau confrère, et il ne tarda pas à voir que ce dernier l'examinait avec une attention particulière.

— Ah ça! n... de D..., pensait-il, qu'est-ce qu'il a à me regarder comme ça ?

Du reste, les façons de l'étranger n'avaient rien d'affecté ni de blessant.

De temps en temps, pendant l'entr'acte des parties, c'étaient de petites prévenances, tout à fait mondaines. Une fois, l'offre d'un biscuit, d'un verre de punch, d'un sorbet. Une autre fois, un sourire. Naturellement le colonel fume; le Brésilien lui présentait gracieusement son porte-cigares. Le vieux brave se mouchait et laissait tomber son mouchoir. Aussitôt l'Américain du Sud se précipitait, et, s'il le fallait, renversait deux bougies pour remettre le fin morceau de batiste entre les mains du vénérable guerrier.

Dans les premiers moments, M. Hector Bourgachard ne voyait là-dedans que de la politesse. Peut-être aussi supposait-il que ces petites attentions d'homme à homme pouvaient être inspirées par le désir de faire connaissance plus intime avec un des Nestors du club. Toutefois ces prévenances prenant avec le temps un caractère plus marqué, le colonel au fond très perspicace, crut y démêler quelque chose comme une expression de pitié ou de tristesse.

— On dirait que ce monsieur a de la commisération pour moi, pensait-il.

Et, en effet, on eût dit que l'inconnu cherchait à effacer envers M. Hector Bourgachard un tort grave. En se mettant à la table de whist, sa physionomie paraissait prendre une teinte de secret reproche et de regret.

Intrigué par cette conduite bizarre, le colonel prit des renseignements auprès du secrétaire du cercle, lequel ne put lui dire autre chose, sinon que le Brésilien, présenté par les membres les plus influents du cercle, avait été reçu d'emblée, et qu'il appartenait à une des plus honorables familles de Rio-de-Janeiro.

Or, il y a quelques jours, l'Américain se décida lui-même à rompre la glace, et s'adressant au vieil officier, il lui dit, après l'avoir pris à part:

— Colonel! avez-vous cinq minutes d'attention à m'accorder?

— Mais oui, sans doute, cher monsieur.

— Vous avez pu remarquer l'attention avec
laquelle je vous regarde depuis que j'ai l'honneur de me rencontrer avec vous au cercle des
Radis-Noirs?

— Effectivement, cher monsieur, je m'en suis
aperçu. J'ajouterai que, n'ayant eu jusqu'à cette
heure l'avantage de vous voir nulle part, j'ai
éprouvé quelque surprise de vos politesses réi-
térées. Nous autres soldats, nous ne mâchons
pas les mots. Eh bien!, en voyant l'intérêt peu
ordinaire que vous me témoignez, j'étais sur
le point de vous dire, aujourd'hui ou demain :
« — Ah çà! mon petit monsieur, d'où vient que
vous vous montez ainsi le bourrichon pour
moi? »

— Fort bien, colonel; vous me voyez enchanté
de vous voir m'adresser cette question.

— Vous allez donc y répondre?

— Complètement, colonel ; mais, avant, permettez-moi de vous interroger à mon tour, et
veuillez me répondre avec une entière franchise,
tout en restant persuadé que mes questions ne
tendent en aucune manière à surprendre le secret de vos affaires intimes. Croyez bien qu'elles
n'ont pour but unique que de mettre en repos
ma conscience.

— Votre conscience, cher monsieur?

— Oui, colonel, et, d'avance, je déclare que je
me tiens à votre disposition, si j'ai eu le malheur
— comme je le crains — de vous avoir mortellement offensé.

— Vous m'auriez offensé, monsieur? reprit

M. Hector Bourgachard. Mais comment? N'importe. Parlez! Parlez!

— Permettez-moi, de plus, ajouta l'étranger, de vous demander des réponses monosyllabiques, *oui* et *non,* par exemple.

— J'y consens, monsieur, mais hâtez-vous.

— Êtes-vous marié, colonel? demanda alors le Brésilien en baissant la voix.

— Non, répondit hautement M. Hector Bourgachard.

— Ah! tant mieux! s'écria l'interlocuteur en respirant désormais avec force. Maintenant, une question non moins délicate?

— Faites.

— Avez-vous une liaison dans le monde? Y a-t-il quelque part une femme que vous aimiez?

— Ma foi, non, riposta le vieux soldat en riant.

— De plus en plus tant mieux, colonel.

Il reprit tout aussitôt:

— Demeurez-vous rue Sainte-Anne?

— Oui.

— Au numéro 7?

— Oui.

— Au second?

— Oui.

— Avez-vous un canapé de lampas bleu?

— Oui.

— Au-dessus de ce canapé, voit-on votre portrait, par Carolus Duran, frappant de ressemblance, orné de la rosette de la Légion d'honneur?

— Oui.

—Êtes-vous parti pour Bagnères-de-Bigorre
en août dernier?

— Oui.

— A qui avez-vous laissé la clef de votre appartement? Renoncez aux monosyllabes.

— Ayant congédié Dick, mon domestique,
parce que le drôle buvait tout mon sauterne,
j'avais remis cette clef au concierge de la maison, en qui j'ai confiance entière.

—Eh bien, colonel, votre confiance a été trahie.

— Hein? m'aurait-on volé et le sauriez-vous,
cher monsieur? demanda vivement M. Hector
Bourgachard.

— Non, il n'est pas question de vol, mais il
y a autre chose.

— Quoi donc?

— Colonel, je suis comme tous les étrangers
qui viennent à Paris : je raffole du spectacle. Or,
me trouvant, il y a quinze jours à peu près, aux
Folies-Dramatiques, je me vis placé à côté d'une
jeune femme, mise avec un goût exquis. Elle
était jolie comme tout ce qu'il vous plaira. J'ai
été assez heureux pour lier conversation avec
elle. J'ai été plus heureux encore quand, à la
sortie du théâtre, j'ai pu la garantir d'une pluie
battante en lui offrant une place dans ma voiture.
Elle accepta, indiqua la rue Sainte-Anne, 7, où
nous arrivâmes plus tôt que je n'eusse voulu.

— Ah! diable, cher monsieur !

— Avant de descendre, c'est-à-dire avant de
prendre congé de moi, la jeune dame voulut bien
me permettre de venir, le lendemain, prendre ses

remercîments à trois heures de l'après-midi. Elle
me recommanda de passer sans parler au concierge, et de monter au second étage dont la
porte serait ouverte.

— Chez moi, cher monsieur ?

— Il paraît que c'était chez vous. Elle a
ajouté tout bas, qu'elle n'était pas libre ; que
l'homme généreux de qui elle dépendait était
aux eaux des Pyrénées, mais que si j'étais
discret...

— Bon ! je devine, cher monsieur.

— Bref, colonel, je suis allé deux fois causer
avec cette aimable personne. J'ai fait ainsi connaissance avec votre salon, qui est de très bon
goût. J'ai donc contemplé votre portrait, chef-
d'œuvre d'un grand artiste et qui est d'une
telle ressemblance que, depuis quatre jours,
vous ne me sortez pas de la pensée. Puisque,
même sans le vouloir, je n'ai commis aucune
offense envers vous, je pense qu'il y a dans tout
ceci un mystère à éclaircir et vous devez, autant
que moi, tenir à l'éclaircissement.

— Si j'y tiens, s'écria le colonel, n'en doutez
pas. Mais, à mon tour, cher monsieur, une simple question.

— Allez-y.

— La personne qui vous a si bien fait les honneurs de mon domicile vous a-t-elle dit mon
nom ?

— Colonel, dans un moment où je la consul-
tais touchant le chiffre à graver sur un bracelet
que je désirais lui offrir comme souvenir, elle

voulut bien m'avouer que son petit nom, à elle, était Cœlina.

— Cœlina ou l'Enfant du mystère? reprit M. Hector Bourgachard. Allons, c'est complet.

— Venez avec moi, cher monsieur, ajouta-t-il vivement en prenant son chapeau à la patère.

Le Brésilien le suivit et, chemin faisant, le colonel reprit :

— Veuillez croire, cher monsieur, que je n'ai avec Mlle Cœlina que les rapports officiels dont vous allez juger. Ces rapports, votre confidence va même les faire cesser, car je ne puis, en conscience, tolérer, le sachant, les audaces de cette jeune drôlesse.

M. Hector Bourgachard et l'étranger arrivèrent bientôt au n° 7 de la rue Sainte-Anne.

— Ma clef, monsieur Pithou ! dit le colonel en frappant à la loge du concierge.

— Voilà, monsieur le colonel, répondit une voix flûtée.

— Cœlina ! s'écria le Brésilien.

— Oui, cher monsieur, la fille de mon concierge, répondit le colonel en riant.

On assure que, le jour même, M. Hector Bourgachard a donné congé. Il a dit, en outre, à son nouvel ami, qu'à l'avenir, quand il irait aux eaux, il couvrirait son portrait d'un voile de gaze.

III

UN VASE DU JAPON

On vend toujours, à l'hôtel des Commissaires-Priseurs, les mobiliers de ces dames, les princesses de la rampe et les marquises de la fourchette.

A ce sujet, on me raconte l'histoire qui suit ; un trait à insérer dans la nouvelle Morale en action.

Rue Louis-le-Grand, il existe un vieillard fantasque, nommé, je crois, M. Hector d'Escarville.

Ancien ami de M. Guizot, il a été fournisseur des armées sous le règne de Louis-Philippe.

Ce qui revient à dire que le bonhomme a mis du foin dans ses bottes.

Il passe, en effet, pour avoir à peu près un million et demi, denier encore fort respectable au temps de nababs où nous sommes.

L'ex-fournisseur des armées a, de plus, un neveu blond. Celui-là est un grand dadais, fort élégant, suivant les idées du jour. Du matin au soir, ce gandin agite de petits peignes en écaille à l'aide desquels il lisse ses cheveux et ses moustaches. Pour sûr, il passe plus de temps à se peigner que le pauvre Jacquart n'en a mis à rêver, à dessiner, à arranger, à déranger et à refaire son fameux métier à bas.

Autre détail : il fume dix-sept cigares par jour.

Telle est la vie d'un grand nombre de jeunes beaux en 1881.

— Neveu, tu seras mon héritier, a dit, un jour, le munitionnaire au fumeur de cigares.

A dater de ce jour, le jeune homme a compté sur la promesse comme Macbeth sur la prédiction d'Iphictone : *Macbeth, tu seras roi !*

D'un autre côté, la *Sagesse des nations* nous dit à tous : *Ne comptez jamais sur les souliers d'un mort.*

Mais peut-on prêter l'oreille aux conseils de cette Sagesse-là, quand on a trente ans, la tête folle, trois petits peignes en écaille dans sa poche et l'envie de mener belle vie avec les drôlesses du pays Bréda ou de la rue de Moscou ?

Le dadais a donc vécu comme vivent tous ses pareils. Il a jeté sa jeunesse à tous les hasards du souper, du *bac* et de la promenade au bois. Il a jeté aussi à pleines mains, çà et là, dans les boudoirs, l'or que son vieil oncle avait volé jadis administrativement à la gamelle de nos soldats.

— Cher neveu, disait le vieil oncle, fais le diable-à-quatre tant que tu t'en sentiras la force. Je ne m'y oppose pas ; mais, je t'en supplie, n'offense jamais la délicatesse du plus cher de mes souvenirs.

*
* *

Qu'était-ce que le plus cher des souvenirs du vieillard ?

Cela mérite la peine d'être dit.

Sous le gouvernement de Juillet, l'oncle a beaucoup fréquenté l'orchestre du Théâtre-Français. Sous ce rapport, il ressemblait à tous les hommes en relief à cette époque. A force de voir jouer l'admirable troupe d'alors, surtout les comédiennes d'un si grand talent, il s'était dit :

« Il faut que j'aime quelqu'une de ces actrices », — et, par hasard, il avait adoré, non la plus célèbre mais la plus grasse, c'est-à-dire la plus blanche, celle dont le nom, très célèbre, rimait si bien avec charmante.

Pareil au roi des dieux, il s'était changé en pluie d'or, et Danaë lui avait ouvert sa tour avec des sourires. (J'emprunte exprès, vous l'avez compris, le langage des temps et des lieux.)

Ils s'étaient aimés, si l'on peut s'aimer, quand il y a de l'argent dans l'affaire.

Je ne vous dirai pas combien ce roman eut de chapitres, ni même quand il a fini. Je me contente d'un fait.

Un jour, pour sa fête, qui tombait en été, l'ex-fournisseur aux armées avait reçu de l'actrice un bouquet panaché. Ah ! le joli bouquet ! C'était presque un sélam d'Orient. Moitié violettes, moitié œillets de poète !

Toute sa vie, il avait reçu de l'argent, de l'or,

des mandats, des rubans, des billets de banque.
Jamais on ne lui avait donné la moindre fleur.

Jugez s'il était aux anges !

— Un bouquet ! Elle m'a donné un bouquet !

Évariste Parny n'avait pas plus de lyrisme
au fond du cœur quand il chantait la chute
d'Éléonore :

> Elle est à moi, divinités du Pinde !
> De vos lauriers parez mon front vainqueur !

*
* *

Où trouver un vase assez précieux pour y
mettre ces fleurs venant d'une main aimée? Rien
ne serait trop riche, rien ne serait trop rare.

L'ancien munitionnaire fit atteler son cheval
et s'en alla à la découverte.

Paris est un univers ; Paris contient de tout ;
Paris est la capitale de l'impossibilité. Qui
donc ne sait pas ça sur le bout du doigt ? Un
jour, un fou, le prince Demidoff céda à la toquade
d'avoir l'équivalent de cette perle fameuse que
Cléopâtre but dans un des soupers que lui
donnait Marc-Antoine. Le lendemain, il se présenta chez lui un marchand de bric-à-brac avec
un vieil écrin, en lui disant :

— Monseigneur, voilà la perle elle-même. Ce
sera une bagatelle de trois cent mille francs.

Pour le bonhomme d'Escarville, il fallait
moins mais il fallait pourtant une chose de
grand prix. Or, après une journée de courses, il
rapportait, on ne savait d'où, une adorable petite

potiche en porcelaine du Japon, l'unique en son
genre ; c'était un objet d'art du plus haut goût.
Il l'avait payé cent dix mille francs.

Dix mille francs à cause du dessin : une Chi-
mère avec une tête de femme, des griffes de lion,
une queue de serpent. Ce joli monstre tenait à
la main droite une épée au moyen de laquelle on
le voyait couper en deux une orange. — Qu'est-
ce que c'est que ça ? — Un tableau d'histoire ?
Une épigramme ? Une fantaisie ? Un rébus ?

— Eh ! pardieu, c'est charmant, et c'est tout
ce qu'il me faut, se disait le millionnaire. Ce
sera là dedans que je mettrai mon bouquet.

*
* *

On remplit le vase d'eau : — les œillets de
poète et les violettes y furent posés.

Tout passe.

A la longue, le bouquet de Mlle M... se fana.

Est-ce que le temps respecte rien ?

Un jour, la comédienne elle-même mourut. —
Très grand deuil pour M. d'Escarville.

Ce jour-là, le bouquet tombait en poussière ;
il n'en restait plus trace.

Je me trompe : il restait le vase.

— Malheur à qui toucherait à ma potiche ! répétait le vieillard, tous les six mois.

Un jour, — il y a deux ans, — le neveu passait rue Louis-le-Grand, par chez son oncle. Un
peigne d'écaille à la main, il peignait tour à tour
sa tête et ses moustaches. Tout en se peignant

il regardait une console et, sur cette console, une porcelaine de la Haute-Asie.

— Tiens, se dit-il, en remettant son peigne dans son gousset, tiens, voilà une petite *machine* qui fera plaisir à Tata.

Tata, vous l'avez deviné, c'est une duchesse du bal Mabille.

Il prit sans façon la potiche ; — est-ce qu'on se gêne chez une vieille ganache d'oncle ? — Il l'enveloppa dans un numéro du *Journal des Débats* qui se trouvait sur un meuble et, le lendemain, il l'envoya par son groom à la duchesse en question.

— Ah ! quel agréable pot à moutarde ! dit Tata ravie.

★
★ ★

A quelques jours de là, M. d'Escarville, le digne oncle, revenait, seul, dans dans cette même pièce, désormais profanée.

Qui pourrait dire que ce n'était pas pour faire une station pieuse devant son vase du Japon ? Tout à coup on l'entendit pousser des cris d'aigle.

— Mon vase ! Où est mon vase ? Qui m'a volé mon vase ?

Harpagon se lamentait moins sur sa cassette perdue.

En l'entendant, on pouvait croire que le feu était à la maison.

— Mon souvenir le plus cher ! Ma potiche ! Quel est le scélérat qui me l'a emportée ?

Il chassa deux domestiques et congédia le cuisinier.

Il en fut malade trois semaines.

— Je ne m'en consolerai jamais, disait-il.

— Pauvre vieux ! pensait le neveu aux trois peignes ; s'il savait que cet affreux petit pot est en sûreté dans le boudoir d'une de ces petites dames !

*
* *

Il y a quinze jours, Tata, — c'est leur manie à toutes, — met en vente ses meubles, ses tableaux, ses raretés, tout son saint-Frusquin. — Elles pensent toutes que la notoriété du vice donnera de la valeur aux objets qui leur ont servi, et ce qu'il y a d'étrange, c'est qu'elles ne se trompent pas, c'est que les vraies grandes dames, elles-mêmes, se disputent leurs dépouilles, à coups d'enchères.

Pendant les deux premiers jours consacrés à la visite, à l'hôtel Drouot, on avait vu un vieux bonhomme, appuyé sur un jonc à pomme d'or, toussant, crachant, se lamentant, s'avancer et regarder en curieux tous les bibelots de mademoiselle Tata.

C'était l'ancien munitionnaire ouvrant ses deux petits yeux qui furetaient partout.

A un certain moment, il se mit à sauter en l'air de fureur.

Au milieu d'un lot de Saxe, de Céladons, de porcelaine de Chine, de tasses de Sèvres, il venait d'entrevoir « son cher souvenir », la poti-

che aux bouquets de l'actrice, objet qui était
pour lui ce que la Coupe d'or de sa maîtresse
était pour le roi de Thulé !

— Il n'y a que celle-là dans Paris, donc, c'est
la mienne ; donc, on me l'a volée ; donc, il y a
un affreux mystère là-dessous !

Il regarda l'étiquette et y lut :

Petit vase du Japon, excellent pot à moutarde.

Ici il se laissa tomber sur un fauteuil et s'é-
vanouit.

— Un pot à moutarde ! Le vase au fond duquel
avait reposé le bouquet de Mlle M... !

Revenu à lui, il attendit la criée et racheta la
pièce, bien entendu.

Mais, le soir, rentré chez lui, rue Louis-le-
Grand, il écrivait au gommeux si habile à se
peigner la tignasse et les moustaches :

« Paris, le 15 septembre 1880.

« Monsieur mon neveu,

« Je suis allé aux informations à propos de
mon souvenir retrouvé.

« J'en ai appris de belles, tant sur vous que
sur une certaine demoiselle Tata, votre protégée.

« Monsieur mon neveu, vous êtes un mauvais
cœur et un âne bâté tout à la fois.

« Vous aviez donné mon vase du Japon à une
gourgandine qui en faisait un pot à moutarde.

« Non seulement je vous maudis, mais encore
je vous déshérite.

2

« Ne reparaissez jamais devant ma vue, neveu dénaturé.

« Votre oncle qui renonce à l'être.

« HECTOR D'ESCARVILLE. »

*
* *

Que va faire le grand dadais avec ses trois peignes en écaille ?

Déshérité et sans le sou, c'est pour le coup qu'il va avoir besoin de se peigner.

En guise de vengeance, l'ancien fournisseur doit laisser sa fortune à un petit cousin éloigné, habitant le Forez, une grosse bête de commis aux écritures qui passe le plus clair de sa vie à jouer au bezigue, avec des politiciens d'estaminet.

Voilà la vie, et il y a des philosophes qui vous disent sur le ton de Pangloss :

— Le monde va toujours bien.

IV

COMMENT ON PERD 25,000 FRANCS
DE RENTE

Sous le premier Empire, après la paix d'A-
miens, lorsque l'abbé de Pradt, archevêque de
Malines, partit pour son ambassade de Londres,
Napoléon le prit à part et lui dit à demi-voix :

— Surtout, monsieur l'archevêque, donnez
des dîners et soignez les femmes.

Formule très courte, mais qui renfermait tout
un programme de roueries diplomatiques.

H. de Balzac dit, dans sa Correspondance,
qu'on ne saurait trop admirer ce peu de paroles.
Au reste, il y avait fait lui-même une variante,
assez curieuse pour être rapportée ici.

Quand il s'adressait à des jeunes gens du
monde désireux de faire leur chemin, l'auteur
des *Parents Pauvres* leur disait :

— Surtout, soyez aimables à table et « soignez
les vieilles cousines ».

Analysez ces quatre mots et vous verrez que
c'est une synthèse philosophique de premier
ordre. Cela constitue l'art de semer un million
sur le terrain du cousinage, de l'arroser à temps,

de le faire fleurir, de l'émonder et, finalement, de le cueillir.

Il n'y a pas de duc, de marquis, de comte ni de baron qui ne sache ce point de doctrine sur le bout du doigt.

*
* *

Mais dans les zones de la bourgeoisie, c'est différent, on néglige parfois les vieilles cousines à succession ou bien l'on ne sait pas comprendre leurs caprices, et l'on a tort.

Tristan Peaudecerf vient de faire une cruelle épreuve de cette vérité.

Lisez, s'il vous plaît, les détails de ce que les gens du siècle pourront appeler sa crucherie.

Tristan Peaudecerf est venu au monde à Issoire, jolie bourgade d'Auvergne.

En passant, rappelons, si vous voulez, le proverbe :

« Issoire, bon vin à boire, belles filles à voir. »

Tristan quittait donc pour la première fois ses parents et sa jolie petite ville natale.

Il était plein de joie, car il partait pour Paris, où il allait faire son droit.

Il s'arrachait sans chagrin aux caresses maternelles et aux tartines d'abricot de la maison. Libre ! il serait libre dans quelques heures. Il n'aurait plus d'autre maître que lui-même : il n'aurait pas à suivre d'autre volonté que la sienne.

Ses malles fermées et ficelées, on le conduisit à la gare du chemin de Lyon–Paris; et, au moment où le sifflet du départ commençait à se faire entendre, son père, homme grave, lui glissa ces mots dans le trou de l'oreille :

— Surtout n'oublie pas de t'arrêter à Bourges, chez la cousine Clotilde.

Et plus bas encore, il ajoutait :

— Nous ne devons pas oublier que la poule aux œufs d'or a pondu dans cette maison-là.

*
* *

Cette cousine Clotilde n'était cousine des Peaudecerf qu'au quarante-cinquième degré. Mais n'importe. En mainte occasion, elle avait affiché de vives préférences pour la petite famille d'Issoire. Une année même, au retour de Royat, où elle avait pris les eaux, elle avait fait une halte dans la petite localité et avait trouvé que Tristan était un grand garçon bien planté et qui serait en possession d'un bel avenir, s'il le voulait bien.

— Elle a du goût pour toi, ajouta le père : salue son chat, caresse son chien, ne médis pas de son perroquet. Si elle t'invite à dîner, accepte et, au besoin, brave les angoisses d'une indigestion pour lui faire plaisir.

— Compris, répondit le néophyte.

Tristan avait quitté Issoire à midi. Le soir, à six heures, il arriva à Bourges, chez la chère cousine, horriblement fatigué de son voyage, le plus long qu'il eût fait jusqu'à cette époque.

2.

*
* *

Tristan regarda la cousine Clotilde.

C'était une femme encore belle, encore fraîche malgré ses quarante ans.

Pourquoi était-elle demeurée fille, étant de si belle venue et passablement riche ? Il y avait là-dessous plusieurs versions. On disait d'une part, qu'elle avait été délaissée, en 1865, par un jeune officier de hussards qui craignait de s'enchaîner. On racontait, d'un autre côté, qu'elle-même, aimant fort la liberté, avait constamment refusé ceux qui lui avaient offert leur main.

Du reste, on prétendait que cette vestale du Berri avait l'humeur des plus acariâtres. Mais elle fit à Tristan Peaudecerf un si bon accueil que le jeune homme n'eut pas lieu de s'apercevoir de ce défaut, si commun parmi les femmes qui ont monté en graine.

Bourges est une ville à part. Si vous la connaissez, vous savez que c'est quelque chose comme un legs du moyen âge. On y voit des rues où les habitants sont habillés comme du temps de Charles VII. Les prêtres y sont nombreux et les sorciers aussi.

La cousine Clotilde recommanda à sa vieille Gertrude, la gouvernante, de faire un bon souper.

Ah ! ces filles déjà mûres mangent bien !

Un consommé aux œufs pochés, une entrée de poisson du Cher, des haricots verts à l'anglaise, des cailles rôties, excellentes dans cette contrée, une salade de pissenlit des prés ; fruits et crême comme dessert. Le tout arrosé par le vin de Sancerre, celui que La Fontaine préférait même au Bourgogne.

Quand on fut arrivé à la demi-tasse de café, la cousine Clotilde demanda à son jeune visiteur s'il avait peur des revenants.

A cette question, que Tristan trouva assez bizarre, il se mit à rire fort incivilement et répondit en disant non.

— Quoi ! s'écria la vieille fille, vous ne croyez pas aux revenants ! mais savez-vous, mon cousin, qu'il n'est que trop réel qu'il y a des âmes en souffrance qui reviennent du Purgatoire sur la terre ? N'avez-vous donc jamais entendu parler des *maisons hantées* ?

— On prétend qu'il y en a en Angleterre, à Londres surtout, mais...

— Mais il y en a aussi à Bourges, je vous jure.

— Ma chère cousine...

— Tenez, la mienne en est une.

— Vous croyez, ma cousine ?

— J'en suis sûre. Oui, ajouta-t-elle, il ne se passe pas de nuit, depuis la mort de mon frère, qu'une partie de la maison ne soit envahie par des fantômes et particulièrement la chambre de mon frère.

— Eh bien, ma cousine ?

— Eh bien, mon cher petit, comme c'est dans cette même chambre que vous devez passer la nuit, je voulais vous faire une recommandation.

— Laquelle, ma cousine ?

— Dans le cas où, de minuit à cinq heures du matin, vous seriez dérangé par quelque bruit, gardez-vous bien d'appeler les domestiques, car alors les spectres seraient furieux et vous étrangleraient.

— Ah ! diable, cousine !

— Je vous conseillerais plutôt de faire ce que le revenant vous demanderait. Au fond, il n'est pas méchant, quand on ne le contrarie pas trop.

Ces paroles, le ton solennel avec lequel elles étaient prononcées, se joignant au vin de Sancerre, très capiteux, comme le savent les gastrosophes, c'en était assez pour que Tristan Peaudecerf eût la cervelle troublée. Il ne savait plus que penser... Toutefois, ne voulant point passer pour un poltron auquel une vaine ombre ferait peur, il répondit à la cousine Clotilde qu'elle pouvait être bien tranquille, qu'il n'avait aucune crainte pour lui-même, qu'il était à peu près sûr de passer une bonne nuit et qu'il en souhaitait autant à sa bienveillante hôtesse.

— Bonsoir donc, mon jeune cousin, répondit la cousine Clotilde.

Le premier soin de Tristan Peaudecerf, en entrant dans la chambre qu'on lui avait assignée, fut de se déshabiller et de se coucher sans retard, comme un voyageur qui cède à la fatigue.

Au bout de cinq minutes, il dormait du sommeil le plus profond, du sommeil comparable à celui que communique la lecture d'un livre du duc de Broglie.

*
* *

A peine l'étudiant était-il dans cet heureux état qu'il se sentit tirer par les pieds.

Tristan se réveilla en sursaut; puis, jugeant que c'était un effet de son imagination, troublée par les contes fantastiques de la cousine, il se retourna de l'autre côté afin de reprendre le fil de son sommeil.

Mais, cette fois, une seconde attaque lui fit voir clairement qu'il ne s'abusait pas, et il commença à s'étonner pour tout de bon.

La lampe était éteinte, et comme on ne lui avait point donné d'allumettes, il ne pouvait pas la rallumer.

— On m'a recommandé, pensait-il, de ne point appeler les domestiques ; je ne crierai donc pas. Mais que faire ?

En ce moment il entendit un bruit de chaînes et une voix de trépassé. Ce revenant le priait de laisser l'ancien maître du lit l'occuper avec lui et de lui en faire les honneurs.

Tristan était peu disposé à partager sa couche avec un corps fantastique.

D'un autre côté, irrité d'avoir été troublé dans son sommeil, et revenu de la première frayeur, il signifia au fantôme de se retirer immédiatement et de le laisser en repos, s'il ne voulait pas attirer sur lui sa colère. Ce ton menaçant parut agir d'abord sur le spectre, mais il devint ensuite plus furieux, et le jeune homme le sentit s'approcher de son lit et vouloir y prendre place.

— Oh! par exemple, c'est trop fort, s'écria
Tristan en se levant avec agilité. Qui que tu sois,
mort ou non, je vais te faire passer l'envie de
venir désormais troubler les vivants !

Tristan, s'étant armé d'un traversin, s'en servait comme d'une massue pour accabler le funèbre visiteur.

Il était superbe dans la chaleur du combat.

Il est juste de reconnaître, au reste, que le
revenant n'était pas de force à lutter avec lui, et
que tous ses efforts tendaient à se débarrasser
de ses mains, deux tenailles.

L'étudiant allait lui porter un coup extermi-
natoire au moment où il s'échappa par une porte
secrète pratiquée dans l'alcôve.

Ce résultat obtenu, l'enfant d'Issoire se remit
au lit et dormit jusqu'à sept heures du matin,
sans encombre.

*
* *

A sept heures et demie, après avoir fait sa
toilette, Tristan Peaudecerf sortit de sa chambre et demanda à voir la cousine Clotilde.

Il était impatient de lui faire le récit glorieux
de ses aventures avec le fantôme et de lui apprendre qu'il avait probablement réussi à en débarrasser la maison.

La vieille Gertrude, accourant, répondit que
Mlle Clotilde était souffrante, et qu'elle ne pouvait se lever.

Cependant il obtint la permission de lui faire

ses adieux, car il allait se remettre en route sur Paris.

Tristan la trouva dans un état déplorable. Elle avait la tête tout à fait enveloppée. Il lui demanda la cause de son indisposition. Clotilde répondit d'une voix faible qu'elle avait été prise pendant la nuit du mal dont elle souffrait, mais que cela ne serait rien.

Le jeune voyageur ne lui en demanda pas davantage.

Il se disposait à lui narrer son combat nocturne, quand la vieille cousine le pria de garder le silence, car elle ressentait de violentes douleurs de tête.

Tristan Peaudecerf lui témoigna alors tous les regrets de la quitter aussi souffrante, et il prit l'express qui devait le mener tout d'une traite à Paris.

Là, dans une cellule du boulevard Saint-Michel, il se proposait d'écrire à sa cousine la relation que ses douleurs de tête l'avaient empêchée d'entendre.

★
★ ★

A six mois de là, une épidémie de coqueluche exerçait ses ravages sur le Berri.

La cousine Clotilde fut une des premières victimes du fléau.

Elle avait fait un testament, et Tristan Peaudecerf, pour lequel elle avait d'abord montré beaucoup de préférence, était dépouillé de son héritage.

— Vingt-cinq mille livres de rentes qui vont à d'autres !

Grâce à l'expérience que l'étudiant avait acquise depuis l'exercice de la vie parisienne, il reconnut, mais un peu tard, qu'il avait été trop cruel envers le revenant.

Et il répète avec H. de Balzac :

— Soignez les vieilles cousines !

V

L'ENFANT DE LA RUE

(SCÈNES DE LA VIE PARISIENNE)

I

Robertville s'inclina pour la troisième fois et, d'une voix presque tremblante, il dit à la jeune femme :

— Mathilde, quand vous reverrai-je ?

— Très prochainement.

— Mais encore ?

— La semaine prochaine, sans doute.

— La semaine prochaine, c'est la semaine du carnaval.

— Il est vrai : je n'y avais pas pensé. Ce sera pour un peu plus tard, alors.

— Mathilde, un peu plus tard, j'aurai peut-être reçu l'ordre de quitter Paris. Vous savez que je suis attendu à la Havane pour y surveiller de graves intérêts. Il n'y aurait qu'un dénouement bon pour tous deux : ce serait de m'y suivre.

— Richard, vous savez bien que ce que vous me demandez là est impossible.

Elle se tut et laissa un moment tomber sa belle tête entre ses mains.

Richard la regardait, en l'aimant de plus en plus.

— Écoutez, Mathilde, reprit-il, puisque vous ne pouvez pas me faire ce sacrifice de venir avec moi à Cuba, ne me laissez pas partir sans me donner au moins l'occasion de causer encore une soirée avec vous. Échanger des confidences, rien de plus. Venez mardi soir, masquée, au bal de l'Opéra.

Mathilde ne répondit pas. Un mouvement de soudaine rêverie paraissait s'être emparé de sa pensée. Richard et elle s'aimaient-ils? Tout semblait dire que oui. Mais si le jeune et intrépide colon de la Havane était libre de ses actions, il n'en était pas de même pour Mme des Tillières. Attachée à la chaîne de fer et de diamant du mariage, d'impérieux devoirs la retenaient à Paris auprès d'un mari qu'elle n'avait aucune raison d'aimer, mais dont elle avait à respecter le nom. — Cette situation si cruelle était sans doute ce qui venait de faire tout à coup fléchir son esprit.

— Chère Mathilde, vous ne me répondez pas, reprit Robertville. Souffrez donc que je répète ma prière: vous trouverez-vous mardi prochain, d'onze heures et demie à minuit, au bal de l'Opéra?

— Je ferai tout ce qui sera en moi pour y être,

répondit la jeune femme sur le ton d'un certain effroi.

— Eh bien, je vous attendrai, au foyer, tout près de la cheminée.

Cela se passait en 1850, dans une maison tierce, chez des amis, dans le salon des Pelviley, une société de riches banquiers de Genève ayant une succursale rue de la Chaussée-d'Antin.

— A l'Opéra donc, mardi, Mathilde.

— A l'Opéra, repartit la jeune femme à voix basse.

Il y a de cela plus de trente ans. En ce temps-là, le bal de l'Opéra était toujours un lieu de plaisir, et pourtant il ne s'y passait plus de ces aventures romanesques qui l'avaient jadis rendu si fameux. Depuis lors, il n'y a plus que les étrangers et les très jeunes gens qui croient aux aventures du bal masqué ; depuis lors, l'harmonieux édifice a disparu dans un incendie et il n'en est plus question. Mais, en 1850, le bal de l'Opéra n'avait pas cessé d'être un rendez-vous où la bonne compagnie était sûre de se rencontrer, ne fût-ce que par petits détachements. Ceci est dit pour expliquer au lecteur que, dans cette grande salle de la rue Le Peletier, se dénouaient certaines intrigues et éclataient certaines passions, non pas plus vives, mais plus franches et plus à l'aise sous le masque de velours que dans les salons.

Dans la soirée du mardi-gras, Mme des Tillières était chez elle, dans sa chambre à coucher.

Mollement étendue sur une causeuse, elle attendait onze heures et demie pour rejoindre une amie de son monde et pour aller passer une heure ou deux au bal de l'Opéra.

Il n'y avait, d'ailleurs, pas d'apprêts de toilette à faire. Un domino bleu était déployé devant elle. A quelques pas de là, sur une chaise, un petit masque à barbe rose semblait la regarder curieusement de ses yeux creux, et, à la vue de ces deux attributs des rencontres mystérieuses, elle se sentait peu à peu envahir par les accès de rêverie auxquels elle était sujette.

— Irai-je ? n'irai-je pas ? avait-elle l'air de se demander de temps en temps.

Cependant, Justine, la femme de chambre, tournait autour de sa maîtresse, attendant le moment où Mathilde se déciderait à revêtir son costume. Depuis plus de dix minutes, la voiture était attelée : le cocher jurait dans la cour, et la jeune femme ne savait pas encore si elle irait, oui ou non, rejoindre Robertville au foyer de la rue Le Peletier.

Ainsi qu'on l'a déjà deviné, Mathilde avait dans le cœur une passion violente.

On a vu qu'un homme, jeune, hardi, plein de séduction, lui avait donné rendez-vous ; elle se repentait presque de la trop grande facilité qu'elle avait mise à répondre. Mais comment résister à ce poursuivant qui, depuis six mois, la suivant pas à pas, comme l'ombre suit le corps, ne lui laissait ni repos ni trêve ?

Richard Robertville était un ancien sous-lieutenant de cavalerie, récemment sorti de l'école

de Saint-Cyr. Un vieil oncle, trois fois millionnaire, qui, l'année d'avant, était mort à la Havane, l'avait fait son légataire universel à la
double condition qu'il donnerait sa démission
d'officier et qu'il viendrait habiter l'île de Cuba,
cette reine des Antilles, où étaient ses proprié-
tés. Le jeune homme avait accepté. Il se faisait
donc espagnol par adoption ; mais, au moment
où il revenait, un instant, dans la mère-patrie
pour y faire de derniers arrangements, il faisait
la rencontre de Mathilde, dans une fête de l'ambassade espagnole. A première vue, il en était
éperdument amoureux.

— Mais elle est mariée, lui dit-on : c'est la
femme du marquis Marc des Tillières, un des
lions du jour.

Roberville crut que cette révélation le rendrait
fou ; mais, à deux ou trois jours de là, ayant recouvré un peu de sang-froid, il se livra à quelques
recherches et apprit, dès lors, que ce mariage
n'avait pas été bien vu de la destinée. Ce lion
était le plus détestable des maris. Un peu fou et
fort débraillé comme ils le sont tous, il avait
épousé par raison, c'est-à-dire par intérêt plutôt que par sentiment. Du reste, il n'avait pas
entendu pour cela rompre avec de vieilles habitudes de dissipation et de débauche. La main
de Mathilde, doublée d'une belle dot, avait été
un moyen de redorer son blason aux trois
quarts effacé par les fredaines de la vie de garçon.

— Il n'aime pas la marquise et la marquise

ne l'aime pas, se disait Richard. Dès lors, faire ma cour est de bonne guerre.

Il est bien entendu, lecteur, qu'en rapportant ces faits, nous ne donnons aucunement raison à l'ancien sous-lieutenant de cavalerie ; nous n'avons d'autre visée que de narrer une histoire telle qu'elle est.

Après quatre mois d'assiduités, Richard était parvenu à se faire écouter de Mathilde.

— Madame, lui disait-il, aucune parole humaine ne pourrait vous faire comprendre à quel point je vous aime. Ma fortune, ma vie, mon nom, mon honneur même, tout est à vous ? Je vous dis ces choses-là aujourd'hui : je vous les dirai encore à l'heure où je serai prêt à rendre le dernier souffle, car, je le sens bien, je ne changerai pas. Mais vous êtes une honnête femme. Je sais que vous seriez incapable de vous partager entre M. des Tillières et un amant. Aussi je n'ai jamais sollicité un tel partage, qui ne me répugnerait pas moins qu'à vous. Je vous demande plus et moins. Vous n'aimez pas le marquis, lequel ne vous aime pas davantage. Aussi votre vie à l'un et à l'autre est une tromperie de tous les instants. Eh bien, finissez-en avec ce mensonge odieux. Venez, suivez-moi en Amérique. Le divorce, que nous finirons par faire prononcer, vous permettra de devenir légalement ma femme.

Pâris n'a pas dû tenir un autre langage à Hélène, le jour où le berger a ravi la fille de Léda à Ménélas ; l'heureux Phrygien, grâce à la protec-

tion d'une déesse, emmena sa conquête dans un
vaisseau. Mais, ni Cypris ni aucune autre n'ai-
dait le nouveau Cubain dans ses amours. Hélas!
nous ne sommes plus dans les temps poétiques!
Mathilde était touchée, mais elle reculait devant
le scandale d'un enlèvement. Toutes sortes de
raisons fort sérieuses la retenaient à Paris. Elle
avait une mère âgée dont elle ne devait pas s'é-
loigner. Elle avait une famille fort affectueuse
pour elle, qu'il serait impie de condamner au
chagrin et à la honte d'un abandon. Elle avait
dans le monde des amies, à l'estime desquelles
elle s'était habituée à tenir. Le blâme et les
amères moqueries de l'opinion publique, sans
pitié pour certaines fautes, monteraient avec
elle dans le wagon qui la conduirait au Havre
et la suivraient sur le gaillard d'arrière du navire qui la conduirait à la Havane.

Pourquoi ne pas le dire? Mathilde hésitait,
et le marquis, son mari, entrait aussi pour quelque chose dans le mouvement de ses scrupules.
M. des Tillières la négligeait, il est vrai, mais
elle ne pouvait articuler un seul grief contre lui.
Il n'était jamais chez lui ; il allait au club, aux
courses, au théâtre, en ville ; il allait même
en voyage sans prévenir, mais n'est-ce pas
une des coutumes du grand monde? Toutefois, elle avait formellement promis à Robertville de se montrer au foyer, ne fût-ce qu'une
minute.

— Eh bien, non, je n'irai pas ! s'écria-t-elle.
Je n'irai pas ! Je ne veux pas que l'enfant qui

dort là, tout à côté de cette chambre, ait un jour le prétexte de me maudire !

En effet, à deux pas de la chambre à coucher, au fond d'un berceau d'ébène, dormait un enfant de deux ans, un enfant blanc et rose, dont le sourire l'enchantait, et qu'elle n'aurait pas pu quitter sans douleur et peut-être sans remords.

— Le pauvre petit Gaston, murmurait-elle alors, ne mêlerait plus mon nom à ses prières du matin et du soir !

II

En ce moment, l'aiguille de la pendule marquait onze heures ; il fallait prendre un parti définitif, soit pour oui, soit pour non. Mathilde se préparait à serrer dans un coffre le domino bleu et le masque à barbe rose quand la camériste, soulevant la portière, se présenta devant elle.

— Madame, il y a dans l'antichambre une jeune fille qui demande à vous parler.

— Comment ! à cette heure ?

— Mon Dieu, oui, madame.

— Savez-vous ce qui l'amène ?

— Une chose de la plus haute importance, madame.

Justine ajouta, peut-être à dessein :

— Cette jeune fille a des larmes dans la voix et dans les yeux, madame.

Il aurait fallu avoir un cœur de bronze pour refuser. D'ailleurs, comme Mme la marquise des Tillières était dame de charité, faisant partie d'un comité philanthropique de son arrondissement, son devoir strict était d'ouvrir à toute heure du jour et de la nuit sa porte à l'infortune. Peut-être s'agissait-il de quelque grande et sinistre misère, réclamant un prompt secours ?

— Justine, faites entrer cette jeune personne, dit-elle.

Au bout de quelques courts instants, une femme, en effet, fort jeune, entrait, mais en marchant encore plus avec timidité qu'avec modestie. On voyait qu'elle hésitait à se présenter devant la grande dame.

— Avancez, mon enfant, dit Mathilde ; que désirez-vous de moi ?

La nouvelle venue, gagnée sans doute par l'émotion, avait l'air de chercher ses mots.

— Voyons, reprit la dame patronnesse, d'abord, ne vous trompez-vous pas ? Est-ce bien à la marquise des Tillières que vous cherchez à parler ?

— Oui, madame, répondit la visiteuse, qui avait à peu près l'âge de Mathilde et était aussi jolie au moins que la grande dame était belle.

— En ce cas, Justine, laissez-nous seules.

— Voyons, mon enfant, ajouta-t-elle, avancez, parlez : je vous écoute.

Mais la nouvelle venue, debout au milieu de l'appartement, jetait autour d'elle des regards inquiets, comme si elle cherchait quelque objet qu'elle était étonnée de ne pas trouver.

— Vous êtes bien Mme la marquise des Tillières, madame ? reprit-elle tout à coup.

3.

— Oui, mademoiselle.

— La femme de M. le marquis Marc des Tillières ?

— Vous savez le prénom de mon mari, mademoiselle ?

—- Hélas! oui, madame, je le sais ! je ne le sais
que trop !

Puis, très vivement :

— Mille pardons, madame la marquise, mais
vous avez dans cet hôtel un enfant de la plus
tendre jeunesse, un enfant au berceau ?

— Mademoiselle, je ne comprends point...

— Un enfant, madame la marquise, qui n'est
pas à vous ?

— Mon Dieu, mademoiselle, comment avez-
vous pu pénétrer un tel secret ?

— Ah ! madame la marquise, par pitié, cet
enfant, où est-il ?

— Encore une fois, mademoiselle...

— Où est-il ? que je le voie un instant, une
seule minute !

— Mais, mademoiselle...

— Est-il beau ? est-il fort ? est-il blond comme...
ou brun comme moi ? Il est à l'âge où ils font
leurs dents. Souffre-t-il beaucoup ?

A l'exaltation de ce langage, Mathilde aurait
pu supposer d'abord avoir affaire à quelque
jeune tête troublée, mais comme toutes ces
paroles s'accordaient avec la vérité des faits, elle
devina qu'il y avait là-dessous quelque drame
dont elle avait ignoré l'existence.

— Y a-t-il longtemps qu'il parle ? reprit l'inconnue avec une étrange volubilité. Quels noms lui apprend-on à prononcer ?

— Mais, mademoiselle, pour lui porter tant d'intérêt, il faut qu'il soit à vous, cet enfant ? Dites tout, expliquez-vous !

— Ah ! madame la marquise, vous avez la réputation d'une âme charitable. On assure que vous faites du bien partout où vous portez vos pas. Faites-m'en aussi un peu, à moi.

— Mais que voulez-vous donc, mademoiselle ?

— Le voir, l'entrevoir, l'apercevoir, voilà ce que je désire le plus au monde. Si vous vouliez bien...

— Allons, venez, mademoiselle.

Après avoir prononcé ces paroles, Mathilde fit entrer la jeune fille dans une pièce attenante à sa chambre à coucher.

Là, sous des rideaux verts, dans un élégant berceau, dormait cet enfant qu'attendait l'œil avide de l'inconnue.

Faisant taire son étonnement et sa curiosité, la marquise écarta d'un geste les rideaux de ce lit si propre et si poétique. Alors la jeune personne plaça ses deux mains sur le berceau et s'enivra de la vue de l'innocent dormeur.

— Ah ! c'était bien ainsi que je me l'étais figuré, reprit-elle.

Sans en demander la permission, elle se pencha ensuite sur l'oreiller garni de dentelles, puis elle posa ses lèvres sur le satin coloré des joues de l'enfant et lui donna un de ces longs baisers, un de ces baisers où l'âme vient tout entière sur les lèvres.

— Prenez garde, mademoiselle, dit Mme des Tillières, vous allez le réveiller.

Mais le baiser d'une mère n'a jamais troublé le sommeil d'un enfant.

Habitué sans doute à recevoir de ces caresses et à les rendre, le petit garçon étendit son bras comme s'il eût voulu le passer autour du cou de la visiteuse. Un petit sourire d'une seconde effleura ses lèvres de fraise, et sa tête blonde et bouclée s'enfonça dans l'oreiller.

— A présent que vous l'avez vu, reprit Mathilde, venez par ici afin que nous puissions reprendre notre conversation. Vous comprenez bien que je ne dois pas vous laisser plus longtemps dans cette maison avant de savoir qui vous êtes.

En même temps, la marquise lui montra de la main la chambre à coucher, où elle la devança de quelques pas.

— Veuillez vous asseoir, mademoiselle.

L'étrangère se laissa tomber sur un fauteuil placé en face de celui sur lequel Mme des Tillières s'était elle-même assise.

— J'espère que maintenant vous ne refuserez pas de m'apprendre votre nom ?

— Je me nomme Jenny Dervé, madame.

Ce nom, le lecteur l'a deviné, ne disait absolument rien à la marquise. Elle se disposait à recommencer ses questions, quand la jeune personne lui fit respectueusement signe qu'elle se

préparait à lui en éviter la peine en allant au-
devant de ses désirs. Tout à l'heure, au moment
où elle était entrée dans ce riche hôtel où elle
n'avait jamais mis les pieds, des émotions de
tout genre l'empêchaient de s'exprimer avec
clarté. Mais du moment qu'elle avait reçu un
accueil si bienveillant de la part de la maîtresse
de la maison, elle n'était plus aussi timide. D'ailleurs la vue de l'enfant venait de lui donner un
courage nouveau. En recueillant ses forces, elle
se rappela bien vite pour quelle raison de
haute importance elle était venue. Aussi sa
voix, d'abord toute tremblante, s'affermit, et, en
se tournant vers la grande dame :

— Soyez sans crainte, madame, ajouta-t-elle,
je vais tout vous dire.

— Parlez donc, mademoiselle.

— Madame, il y a près de trois ans, je fis la
connaissance de M. Marc.

— Le petit nom du marquis !

Mathilde reprit :

— Il n'y a pas plus de trois ans, mademoiselle ?

— Non, pas plus. Ouvrière fleuriste, vivant
du travail de mes mains, je demeurais alors
rue Serpente et j'y demeure encore. Un jour
M. Marc loua une chambre dont la porte donnait
sur mon pallier. Entre un homme de vingt-sept
ans, âge qu'il avait alors, et une pauvre fille de
dix-neuf, sans expérience, il s'établit facilement
des rapports intimes. M. Marc, votre mari, se
prétendit garçon et se donna pour un étudiant

en droit qui avait besoin de prolonger son séjour à Paris. Ces pauvres étudiants ! on emprunte toujours leur nom pour des tromperies dont ils sont incapables !

— Passons sur les détails, mademoiselle, je vous prie.

— Mon Dieu, madame, je sais que tout ce que j'ai à vous révéler à ce sujet doit vous blesser au plus vif du cœur, mais veuillez me permettre de m'arrêter quelque peu à ces détails, car enfin c'est là-dedans que la pauvre fille qui vous parle trouve la justification de sa conduite.

— Eh bien, soit, parlez, mademoiselle, mais parlez vite.

— J'étais jeune, madame, je vous l'ai dit, et, comme toutes les ouvrières de Paris, j'aimais le plaisir. Un jeudi soir, j'étais allée danser à la Closerie des Lilas, un bal très connu du quartier des Écoles. Bien que l'élite de la France à venir soit souvent rassemblée en cet endroit, il y a aussi parfois une société assez mêlée, puisque l'entrée des jardins est publique. Au milieu de la soirée, un inconnu, quelques-uns disent un jeune peintre, quelques autres un élève de l'École d'Alfort, vint m'inviter à danser un prochain quadrille. Sans doute j'aurais accepté, mais le ton rude, presque grossier, que mit le personnage en m'abordant, me décida à lui répondre par un refus formel. Il paraît qu'à la Closerie des Lilas un refus net passe pour une mortelle injure. Ce jeune homme, du moins, eut l'air de prendre les choses comme si je l'eusse insulté. Un très vilain mot, accompagné d'un fort vilain geste, telle fut sa réplique, très bruyante, très scandaleuse, et, par conséquent, fort remarquée des voisins. Au bruit qui résultait de cette sorte de démêlé, plusieurs groupes se formèrent. On y parlait diversement de ce qui venait de se passer. Les uns prenaient parti pour moi, disant qu'il faut toujours et en tout état de cause protéger une femme qui est seule; les autres innocentaient l'attitude du malotru, en soutenant qu'une femme qui vient au bal n'a pas le droit de refuser un danseur bien mis et qui s'exprime avec politesse.

— Mais justement monsieur s'est dispensé d'être poli, me hasardai-je à répondre.

Sur ces seules paroles, le galant revint, plus menaçant, plus grossier que la dernière fois. Non seulement il ne mettait aucune bride à ses invectives, mais encore, à un certain moment, il avait poussé la fureur jusqu'à lever la main sur moi et à chercher à me frapper. Peut-être y serait-il parvenu, si tout à coup une main qui venait de sortir des groupes ne lui avait brusquement arrêté le bras. Au même instant un jeune homme, d'une mise des plus correctes, s'avançait vers l'agresseur et lui disait d'une voix très ferme :

— Comment ! misérable, vous voulez frapper une femme ! C'est à moi que vous allez avoir à faire ?

— Or, ajouta Jenny Dervé, celui qui venait de

parler ainsi n'était autre que M. Marc, mon voi-
sin de la rue Serpente.

— Le marquis Marc des Tillières, mon mari,
mademoiselle !

III

Jenny Dervé poursuivit son récit.

Elle n'omit donc aucune des circonstances de
cette aventure.

A la suite de cette rixe de la Closerie des Lilas
il y avait eu, le lendemain, aux environs de
Sceaux, une rencontre à l'épée entre les deux
jeunes gens.

Cette fois, conformément à tous les principes
de justice, l'insulteur avait été blessé d'un coup
assez grave dans l'aîne.

Toute femme est sensible à l'attention qui a
pour objet de la défendre. L'ouvrière aima le
faux étudiant. Ce dernier, d'ailleurs, protestait
sans cesse du désir qu'il avait de faire bientôt
de la jeune fleuriste sa femme.

— Vous voilà mère, lui disait-il ; très prochainement vous serez épouse.

Jusque-là tout était expliqué ; toutefois, ce
que Mathilde ne comprenait pas fort nettement,
c'était par suite de quel événement le petit Gaston avait été amené chez elle, où il était traité
comme s'il eût été son fils.

— Quant à cela, madame la marquise, dit
Jenny, la chose est encore des plus simples,
ainsi que vous allez le voir.

Il y eut de nouveau une légère pause, à la suite de laquelle l'ouvrière reprit l'histoire de ses souvenirs.

— Il y a deux ans, dit-elle, à peu près à l'époque où nous voilà, vous étiez allée, madame la marquise, au bal de l'Opéra avec M. Marc des Tillières, votre mari.

— Il est vrai, je me le rappelle fort bien.

— Vers les trois heures du matin, le bal vous fatigua et vous voulûtes rentrer chez vous.

— Soit, répondit votre mari, sortons ; mais la voiture n'est commandée que pour quatre heures, et elle ne doit pas nous attendre encore.

Par bonheur le temps était beau, très sec, et l'on pouvait très aisément regagner l'hôtel à pied. Pour vous, c'était un plaisir tout nouveau. La lune brillait au ciel. Toutes les étoiles scintillaient en miroitements diamantés, et cette nuit d'hiver était aussi douce que sereine. Vous voilà sortis tous les deux à pied, vous, madame, sous une pelisse de fourrure, lui avec un pardessus. Tout avait été prévu, tout avait été savamment calculé.

Au sortir du théâtre, le marquis vous offre son bras ; vous sortez. De vingt pas en vingt pas, la conversation change de ton. M. des Tillières vous parle du bal, du beau monde moderne, qui ne pense qu'à passer sa vie au milieu des fêtes et qui ne songe pas que d'heure en heure se présente à lui la grosse question du paupérisme, si redoutable et si pleine de menaces. Il s'étend sur les idées de charité sociale

dont on n'entretient pas assez les jeunes femmes.
Vous êtes émue. Vous vous dites à voix basse :

— Ah ! quand je pourrai faire du bien aux
pauvres, je n'en laisserai pas échapper l'occasion !

Rien de mieux que tout cela, madame la marquise, vous en conviendrez. Mais des sentiments
et des paroles il fallait passer à l'action. Quand
vous commencez à atteindre la rue que vous
habitez, M. le marquis vous fait frôler le mur
d'une maison jusqu'au moment où vous êtes
tout à coup arrêtée par un obstacle qui se rencontre sous vos pas.

— Arrêtez, arrêtez, mon cher Marc ! dites-
vous.

— Qu'y a-t-il donc ?

— Mais regardez donc, mon ami ; il y a quelque chose là !

Il faisait l'étonné ; néanmoins, il se baissa
jusqu'au niveau du pavé.

Des vagissements se faisaient entendre.

— Un enfant, Mathilde, un enfant ! s'écria-t-il
ensuite.

— Et, en effet, c'était, madame, mon pauvre
petit, que, par un adroit subterfuge, on offrait
ainsi à votre pitié.

— Oui, mademoiselle, oui, je me rappelle tous
ces détails ; c'était le petit Gaston.

— Gaston, madame, mon enfant se nomme
Gaston !

— Oui, mademoiselle, le nom d'un de mes
frères que je lui ai donné.

Et, à son tour, Mathilde prit la parole.

— Il reposait dans un petit berceau, très modeste, en branches d'osier. A ma prière, Marc s'empara de ce léger fardeau et nous courûmes chez le concierge afin d'examiner l'enfant, tant nous avions hâte de voir la pauvre créature que le hasard mettait en nos mains. Pourquoi ne vous le dirais-je pas ? Je fus touchée de sa beauté. Moi qui n'ai point d'enfant et qui en ai toujours désiré, je me pris d'une affection soudaine pour celui-là. Je demandai au marquis la permission de le garder. Quant à Marc, si pressant tout à l'heure à propos d'idées humanitaires, il affectait maintenant l'indifférence, soit pour m'éprouver, soit pour exciter mes désirs de devenir mère par hasard. Il me montrait éloquemment le danger d'admettre ainsi, sans aucun examen, un étranger dans ma famille. Il me disait : « Vous êtes jeune, nous pouvons encore avoir des enfants, qui soient les nôtres. » Il donnait ainsi un coup d'éperon à ma volonté, impatiente de tant de mauvais vouloir. A la fin, prenant l'allure d'un homme qui se laisse vaincre par l'obsession, il m'accorda la grâce que je lui demandais.

— Soit, Mathilde, dit-il, adoptez ce pauvre petit, je ne m'y oppose plus ; mais n'oubliez pas que, plus tard, vous n'aurez aucun droit de me blâmer de ma faiblesse ou de revenir sur votre résolution.

— Évidemment, ajouta la marquise, si j'eusse été moins facile à tromper, j'aurais dû méditer sur les belles choses qu'il me disait en ce moment, mais comment croire à un artifice ? Qui aurait pu me faire comprendre qu'il se jouait un drame autour de moi ?

Ici, elle regarda la jeune fleuriste, et, d'un ton de voix qui n'était pas exempt de colère, elle lui dit :

— Mais, vous, mademoiselle, vous qui paraissez être une honnête personne, comment avez-vous été complice d'une tromperie de cette nature ?

— Moi, madame la marquise, complice !...

— Oui, comment avez-vous pu souffrir qu'on vous enlevât votre enfant ?

— On voit bien que madame n'est pas mère, reprit Jenny, en regardant Mme des Tillières avec des yeux ardents. Madame ne sait pas par expérience tout ce qu'a d'angoisses et de douleurs le moment fatal où nous donnons la vie à un fils.

Jenny fit un mouvement comme pour se lever de son fauteuil.

— Il ne faut pas oublier, madame, que cet enfant n'appartenait pas à moi seule ; Marc arrivait et me disait : « Il est à nous deux. » Et, un peu plus tard, en le regardant, il murmurait ; « C'est mon fils ! » Dans ce temps-là, j'ignorais que le faux étudiant fût marié. Je ne connaissais aucun de ses projets. Il me disait : « Élever cet « enfant serait pour vous une fatigue et la source « de mille privations : il faut donc que ce soit à « moi qu'en revienne la charge. Dieu merci, je

« suis assez riche pour que ce que je fais là ne
« ressemble pas à un sacrifice. » Il me l'enleva,
il le fit élever à la campagne, du côté d'Antony.
Ah ! je vous l'ai déjà dit, madame la marquise,
vous ne savez pas ce que c'est qu'une mère ! Un
jour, à force de recherches, je finis par trouver
la maison où le pauvre petit avait été transporté.
Les premiers soins lui étaient prodigués, mais
il était privé des caresses et des baisers de sa
mère. J'arrivai, je fis valoir mes titres et je dis
à la nourrice :

— Cet enfant-là est mon fils. Je l'emporte.

— Pas avant que celui qui me l'a confié ne
soit prévenu, me dit cette femme.

Il fallait bien composer.

M. Marc fut appelé.

C'est alors que, pour la première fois, la vérité me fut dévoilée. Le faux étudiant arrachait
de lui-même le masque dont il s'était si longtemps couvert le visage et il m'apprit qui il
était, comment il s'y était pris pour me séduire,
et il finit en disant que, n'ayant point d'enfant
de sa femme légitime, il s'emparait du petit garçon ; qu'il le ferait élever à ses frais avec tous
les soins possibles et qu'il en ferait un jour l'héritier de son nom et de ses biens.

— Est-ce que ça ne vaut pas mieux cent fois
pour vous et pour lui que la situation précaire
et pénible qu'il rencontrerait auprès de vous ?
ajouta-t-il. Voyons, Jenny, réfléchissez ; soyez
vraiment bonne mère et consentez à ce que je
vais vous demander.

Ce fut alors qu'il imagina le roman de l'abandon simulé, opéré pendant une nuit d'hiver, au moment où lui-même et vous, vous sortiriez ensemble du bal masqué de l'Opéra. Vous pouvez bien penser, madame la marquise, que ma première réponse à ce sujet a été de répandre des larmes. Me séparer de mon enfant, m'en séparer pour en faire le fils d'une autre et, qui plus est, consentir à ne jamais le revoir ! Je ne comprenais pas, je ne voulais pas consentir. Mais, d'un autre côté, le marquis, tout à la fois impératif et persuasif, se remettait à me faire le tableau des deux situations si différentes pour le pauvre petit, et il terminait ses observations par un ordre formel en me disant :

— Jenny, au demeurant, cet enfant que je réclame est autant à moi qu'à vous. Il faut que vous me le laissiez.

— Et voilà comment, madame la marquise, j'ai été amenée à céder.

Ici, Mathilde, n'en pouvant plus de dépit et de tristesse, fit signe qu'elle avait quelque chose à dire.

— Avez-vous revu M. des Tillières ? demanda-t-elle.

— Vous voulez dire M. Marc ?

— Eh ! sans doute, je veux dire M. Marc des Tillières, mon mari.

— Si je l'ai revu ? Oui, et il y a de cela trois semaines environ. Il me fuyait, il dépistait toutes mes recherches ; mais, en dépit des précautions les plus savantes, je suis parvenue à le ren-

contrer. Un seul mobile me poussait : voir mon
enfant ; le voir, l'embrasser, lui souffler à l'oreille
le nom de sa mère, telle était ma pensée ardente
et invincible. Pendant une courte entrevue avec
le marquis, je parlai surtout de ce bonheur que
je rêvais, dont la réalisation occupait toute ma
pensée. Le marquis, toujours astucieux, me répondit : « Pas d'emportement et un peu de pa-
tience. » Mais je lui démontrai deux choses, à
savoir : que je ne me sentais pas assez forte
pour me calmer et que je ne saurais jamais attendre. A la fin, ayant sans doute peur des ré-
voltes dont j'étais capable, il me dit :

— Jenny, vous savez bien que je vous aime ;
Jenny, vous savez bien que vous êtes la seule
femme que j'aie jamais aimée.

— Vraiment, mademoiselle, il a dit cela ?

— Il l'a dit, et j'ai dû croire que c'était vrai, et
confondant dans mon cœur le père et le fils, j'ai
voulu revoir mon enfant, mais sans éprouver
le désir de troubler en rien le calme de votre vie.

— Fort bien, riposta Mathilde ; puis, tirant
le cordon d'une sonnette.

— J'appelle ma femme de chambre, mademoiselle.

IV

Onze heures venaient de sonner à la pendule.

— Justine, Justine, dit Mme des Tillières ; mon
domino et mon masque sont prêts ?

— Oui, depuis longtemps, madame.

— Il faut un costume semblable pour mademoiselle,

— Comment ! pour moi, madame ? dit Jenny.

— Sans doute. Vous m'accompagnez au bal
de l'Opéra.

Puis, s'adressant à la cameriste :

— Dites qu'on attelle et sans aucun retard. Il
faut absolument que nous soyons conduites
avant minuit.

Jenny écoutait ce qui se disait et regardait ce
qui se faisait, mais sans y rien comprendre.

Pourquoi la marquise des Tillières, qui, à
l'heure où elle s'était présentée, paraissait si peu
disposée à sortir, prenait-elle en ce moment le
parti d'aller au bal masqué ? Pourquoi voulait-
elle que la jeune fleuriste l'y accompagnât ?

Il n'était pas aisé pour Jenny de se répondre
sur ces deux points.

S'agissait-il d'une querelle de ménage dont la
visite de la jeune mère serait le prétexte ?

Savait-elle que le marquis, toujours viveur,
fût en ce moment au bal ?

Ainsi la visiteuse se perdait en conjectures.

— Mais, madame la marquise, pourquoi vouloir m'emmener avec vous à l'Opéra ? demanda-
t-elle tout à coup,

— Ne craignez rien, mademoiselle. Ce qui
peut, ce qui doit survenir ne saurait vous atteindre sous aucun rapport. Tout à l'heure vous
avez vu votre fils ; vous savez qu'il est là, dans
son berceau, sous la garde des gens de ma maison ; vous savez qu'au besoin vous le reverrez

quand vous voudrez. Le reste doit peu vous importer. Tenez, la voiture est prête, le cocher nous attend. Allons, venez; partons!

En parlant ainsi, elle l'entraîna en dehors de l'appartement.

Nous n'avons pas dit, mais le lecteur sait que les deux jeunes femmes étaient l'une et l'autre en domino, avec un masque semblable sur la figure.

Pendant le peu de temps que dura le trajet, Jenny sentait son cœur battre avec violence.

En dépit de ce que lui avait dit la marquise, la fleuriste de la rue Serpente redoutait les suites d'une aventure qui lui paraissait avoir toutes les allures d'une équipée.

Un moment, elle s'imagina que si Mme des Tillières montrait un si grand désir de l'avoir auprès d'elle, c'était afin de la faire servir d'instrument à sa vengeance.

— Pour sûr, pensait-elle, il va y avoir un conflit entre le mari et la femme. Cela aura peut-être même le caractère d'un esclandre. Quant à moi, je serai là comme entre l'enclume et le marteau.

Mathilde lisait-elle ces appréhensions sur les traits de la pauvre Jenny, ou bien devinait-elle par instinct les craintes qui tourmentaient son esprit? Il faut le croire, car elle reprenait de temps en temps la parole pour calmer les appréhensions de sa jeune compagne.

— Eh! sans doute, mademoiselle, en vous emmenant avec moi, disait-elle, j'ai mon plan, mais ce n'est pas le projet sinistre auquel votre effroi

4

me dit que vous faites allusion. Encore une fois, il ne s'agit pour vous de rien de fâcheux au point de vue humain, au contraire. Dans très peu d'instants, vous verrez bien qu'il ne sagit en aucune façon d'aggraver votre situation.

Au moment où elle achevait ces paroles, la voiture tournait le boulevard et entrait à toute vitesse dans la rue Le Peletier.

— Voilà minuit moins dix, s'écriait un paillasse en éteignant son cigare. C'est le bon moment. Le bal doit en être à la *Tulipe orageuse*. C'est ça qui est chic !

— Dis donc *chicocandard !* repartit le pierrot qui lui servait d'escorte.

Minuit moins dix, c'est tout ce que Mathilde avait à retenir.

Elle était sûre d'arriver à temps. Que pouvait lui faire le reste?

Dominique, le cocher, arrêta vivement l'équipage.

Quand les deux jeunes femmes arrivèrent à l'Opéra, costumées comme on sait, la foule encombrait le théâtre.

Il y avait des masques, des promeneurs et des curieux dans les corridors, sur les escaliers, dans la grande salle.

Le beau monde, fidèle à l'usage, se rendait de préférence au foyer.

Mathilde, fort calme et tenant Jenny sous le bras, avançait d'un pas ferme.

A mesure qu'elle fendait les flots de la foule, son œil ardent courait dans tous les groupes :

et, bientôt, elle se dirigea d'un pas assuré vers uu beau jeune homme blond, vêtu avec plus de sévérité qu'il n'était de mise en un tel endroit.

De son côté, ce jeune homme, dont les regards allaient de la pendule aux arrivants, paraissait chercher avec avidité quelqu'un dans cette foule immense.

La marquise l'eut bientôt atteint.

— Mademoiselle, dit-elle à Jenny en lui indiquant une place sur l'un des strapontins, veuillez m'attendre ici pendant quelques instants.

— Madame la marquise, je suis à vos ordres, répondit la jeune femme, qui continuait à ne rien comprendre à ce qui se passait sous ses yeux.

Une minute ne s'était pas écoulée que Mathilde, s'emparant avec familiarité du bras du beau jeune homme, l'entraîna vers un angle du foyer où elle pouvait parler sans être entendue.

— Mathilde, disait le cavalier, que je suis heureux de vous trouver ici !

— Richard, répondit la marquise, le temps presse. Ne perdons pas une minute en vaines paroles. Richard, dites-moi, m'aimez-vous toujours ?

— Si je vous aime ! pouvez-vous me le demander, madame ? répondit Robertville avec une émotion mal contenue.

Il pâlissait, il rougissait, il tremblait, le tout en un instant.

— Suis-je la seule femme que vous aimiez, Richard ? Suis-je la seule loin de laquelle les heures vous paraissent des siècles ?

— Oh! Mathilde, pourquoi douter de ce que ma bouche et mes regards vous ont dit mille fois?

— Êtes-vous prêt à me faire le sacrifice de votre vie tout entière?

— Rappelez-vous donc ce que je vous répétais à ce sujet à notre dernière entrevue.

— Vous êtes toujours disposé à m'emmener avec vous en Amérique?

— Je prends Dieu à témoin qu'il n'est rien au monde que je désire à l'égal de ce que vous dites là. Vous emmener avec moi à la Havane! ah! c'est le rêve obstiné de mes jours et de mes nuits, madame!

— En ce cas, je suis à vous, Richard. Nous allons partir, vous et moi.

— Cette nuit, Mathilde?

— Oui, tout de suite, sans le moindre délai.

Puis, en faisant un pas du côté du strapontin sur lequel Jenny était assise:

— Laissez-moi seulement dire deux mots à cette jeune personne.

Le second domino, ayant vu qu'on lui faisait signe, s'était levé brusquement et venait docilement rejoindre la marquise des Tillières.

— Mademoiselle, dit alors la grande dame en s'adressant à la fleuriste, chose promise, chose due. Il n'y a qu'un instant, lorsque nous étions ensemble dans ma voiture, je vous ai dit que vous n'auriez pas à vous plaindre de moi. J'ajoutais même que ce serait tout le contraire. Voici le moment de vous prouver que je veux tenir ce double engagement. A dater de ce moment, je vous laisse la place que j'occupais à mon hôtel. Vous aurez du même coup, si vous le voulez bien, l'enfant et le père.

— Qne voulez-vous dire, madame la marquise?

— Ah! c'est juste. Ce qui est clair pour moi ne saurait l'être autant pour vous. Il faut donc un supplément d'instruction. Il y a deux ans, quand, au retour du bal masqué, j'ai recueilli le petit Gaston, vagissant dans son berceau d'osier, je ne supposais pas être le jouet d'une odieuse machination; je croyais très naïvement devenir la mère d'un orphelin abandonné. Grâce à vos confidences, je sais que le pauvre enfant est le fils de M. Marc des Tillières; eh bien, je ne me plains de rien, je ne récrimine point contre le passé; mais je restitue très volontiers le fils de M. Marc des Tillières à son père. En d'autres termes, je me regarde comme n'ayant plus aucun droit sur cet enfant.

— Comment! vous le chassez, madame la marquise?

— Le chasser! votre petit Gaston! Que Dieu m'en garde, mademoiselle! Non, je me borne à le laisser à vous et à son père.

— Mais, madame, son père....

— Son père! Ah! j'oubliais de vous prévenir... Il est ici, mademoiselle.

— Ici, au bal de l'Opéra!

— Oui, mademoiselle.

— Où donc ça, madame?

4.

Mathilde, qui était toujours suivie de Richard Robertville, mais à distance respectueuse, prit Jenny par la main et, la dirigeant du côté de la grande salle, lui fit voir du doigt un compartiment au milieu duquel dix ou douze jeunes fous prenaient leurs ébats.

— Tenez, ajouta-t-elle, regardez ce débardeur qui s'agite au milieu d'un groupe de dominos. Il est l'un de ceux qui pressent le chef d'orchestre de faire jouer la *Tulipe orageuse*. Eh bien, ce même homme, c'est le marquis des Tillières ; c'est votre Marc de la rue Serpente. Allez lui dire, je vous prie, que je vais hors de France, dans un doux pays de l'Amérique du Sud, pour y attendre la loi du divorce qu'on dit être en préparation. Vous ajouterez que, quand cette loi sera rendue, il pourra en profiter pour vous épouser dans l'intérêt du petit Gaston.

A ces mots, la marquise disparut dans les groupes, ou pour mieux dire, le grand jeune homme blond lui fraya un chemin rapide vers la porte de l'Opéra.

Richard Robertville et Mathilde partaient cette nuit même, pour le Havre-de-Grâce, par l'express.

Quant à Jenny, de plus en plus troublée et tremblante, elle laissa M. des Tillières au milieu des folies du bal ; mais quand Marc rentra chez lui, il trouva la jeune mère auprès du bereau de son fils.

V

Paris compte deux millions d'habitants ; c'est l'endroit de la terre où il y a le plus d'écoles, de musées, de gymnases, de bibliothèques, de sociétés savantes, de théâtres, de cafés ; on y imprime, toutes les nuits, assez de prose pour faire une pile aussi haute que la grande pyramide de Chéops. Les poètes, faisant chorus aux géographes, s'écrient : « Saluez la capitale du monde » civilisé. » Oui, mais en même temps, Paris est devenu petite ville. Il y a tantôt trente ans qu'on ne s'y occupe que de petites choses, de petits hommes et de petits scandales. Sous ce rapport-là, Paris ne fait plus qu'un avec Brives-la-Gaillarde ou avec Carpentras.

On vient de lire dans son ensemble l'histoire de Marc des Tillières ; on a vu comment et pourquoi Mathilde est partie pendant la nuit d'un bal masqué. Ce roman, allongé du chapitre relatif à Jenny et au petit Gaston, ne tarda pas à devenir un des *racontars* du jour. Un petit journal satirique, le *Scorpion*, éventa toute cette aventure ; il la raconta d'un bout à l'autre, mais en saupoudrant son récit d'initiales. Pour la galerie, cette précaution typographique n'était, au fond, qu'une manière d'exciter la curiosité du lecteur en ce qu'elle forçait à chercher la clé du mystère, ainsi que cela arrive pour un logogriphe ou pour un rébus.

Le scandale dura quarante-huit heures ou, si l'on veut, deux jours pleins. Paris a cela de par-

ticulier qu'il ne donne jamais son attention. Il
ne fait que la prêter, tant il est toujours pressé
de passer à autre chose.

Donc, le troisième jour, on avait déjà tout oublié et l'on se remettait à saluer Marc des Tillières comme si de rien n'avait été. Au reste, le
marquis, qui était bien de son siècle, n'avait pas
cru devoir prendre, en raison des faits, une figure
de Carême. Jenny avait toujours été de son goût.
Il la prit, la couvrit de soie et de dentelle, de
diamants et de plumes d'autruche ; puis, il l'in-
stalla sans façon dans son hôtel, en lui deman-
dant de prendre la place laissée vide par Mathilde. Déjà, à cette époque, cette façon de procéder avait un nom ; on s'accordait pour dire :
« C'est un *arrangement*. »

Il est merveilleux de voir avec quelle rapidité
une ouvrière de Paris s'entend à se changer en
marquise. Jenny s'improvisa donc grande dame.
C'était elle qui tenait la maison du marquis, où
elle faisait les honneurs, les jours de réception :
c'était elle aussi que tout Paris rencontrait et
saluait, quand elle se promenait en voiture découverte autour du lac, où elle se croisait avec
les petites dames du demi-monde, occupées à
faire leur persil, comme on disait.

Pendant ce temps-là, Gaston grandissait. —
M. des Tillières, on se le rappelle, avait reconnu
l'enfant afin de lui donner son nom. — Du lycée
Louis-le-Grand, le gaillard passa à Brest, à l'é-
cole navale, sur le *Borda*, où il devint enseigne
de vaisseau.

De tous côtés, on disait de lui :

— Voyez donc le charmant jeune homme ! Ah ! comme il ressemble à son père !

Son père, ce même Marc des Tillières, qui, en philosophe pratique, prenait si aisément son parti des mauvaises chances de la vie, avait beau vieillir, il ne devenait pas plus sage : — Jenny n'y pouvait rien, ni personne non plus. — Il courait après les mondaines en renom, achetait et revendait des chevaux pour le steeple-chase de la Marche, jouait gros jeu, faisait fredaines sur fredaines. —Bref, il était le type du viveur de ce temps où la France était folle.

Çà et là, ses compagnons d'équipées, ses amis et ses créanciers disaient :

— Quelle héroïque insouciance ? Marc est un second duc de Morny !

Le fait est que, santé, fortune, nom, l'aimable sybarite réunissait de concert tout cela.

Il avait dettes sur dettes, procès sur procès, querelles sur querelles.

Ainsi le voulait la grande vie, la vie à grandes guides.

— Prenez garde, lui dit un jour le docteur Nélaton, prenez garde, monsieur : on ne va pas loin dans la vie en marchant de ce train-là.

Mais le marquis répondit stoïquement en répétant un vieil aphorisme du feu comte d'Orsay, l'ami de Byron, un des professeurs de la jeunesse dorée :

— La vie ? Eh bien, courte et bonne !

Il en fut, en effet, selon ses souhaits.

Elle avait été bonne dans le sens du jeu, des femmes, des chevaux, des plaisirs de toute sorte, et en jetant l'argent par les fenêtres.

Cela impliquait, conséquemment, qu'elle devait être courte.

Un soir, un peu avant de se mettre au lit, ce vieux viveur, faisant par hasard la situation de sa fortune, découvrit une chose dont il soupçonnait déjà l'importance ; — c'était d'abord qu'il ne possédait plus rien, puisque ses biens étaient criblés d'hypothèques ; — c'était ensuite qu'il lui restait un passif de deux cent mille francs de dettes.

Deux cent mille francs ! Un pauvre diable de bourgeois ou d'artiste se serait effrayé à la vue d'un tel chiffre ; le marquis se mit à sourire.

— Eh bien, dit-il, je ne demande que cinq minutes pour payer ça.

Là-dessus, ouvrant un tiroir, il y prit un revolver et se fit sauter la cervelle.

Au temps dont nous parlons, se casser la tête quand on était ruiné, c'était une manière de payer tout comme une autre.

Le lendemain, lorsqu'en se levant, Paris apprit cette nouvelle particularité, on commenta le fait un peu partout. En cela comme en tout, les avis étaient partagés.

— Il est mort en coquin qui ruine les autres par le suicide, disaient les uns.

— Il est mort en homme de cœur qui ne veut pas se trouver en face du papier timbré, disaient les autres.

Une femme, pâle et gémissante, se lamentait sur un lit de douleur.

C'était la pauvre Jenny, à laquelle les créanciers, accourus à la hâte, avaient déjà dit que, dans l'hôtel, tout était désormais à eux, les chevaux, l'ameublement, l'argenterie, les tableaux de prix, tout jusqu'aux parures de sa propre toilette, jusqu'à ses bijoux.

— Tenez-vous prête à sortir d'ici dans une heure, ajoutèrent-ils.

— Je n'y survivrai pas, répondit l'ancienne fleuriste de la rue Serpente.

Effectivement, la fièvre la prit, une fièvre chaude, attisée par la surprise et par le désespoir.

Dans la soirée même, elle succombait à l'excès de son chagrin.

Sa dernière pensée avait été pour Gaston, mais Gaston n'était point près d'elle.

L'enseigne de vaisseau, pour se conformer au programme de ses études, faisait avec un équipage le voyage autour du monde.

Cette année, l'*Orion*, qui le portait, sillonnait la mer des Antilles.

On était dans la saison de l'hivernage et en vue de Cuba.

Cuba, depuis six mois, travaillée par le feu souterrain d'une insurrection des plus sanglantes, voyait ses habitants les plus riches s'enfuir de jour en jour.

Le 25 septembre 1869, un coup de vent avait poussé l'*Orion* sur la côte.

Force fut bien au navire français de jete

l'ancre sur ces bords afin de réparer ses avaries.

Pendant ce temps-là, Gaston et trois matelots sous ses ordres étaient descendus à terre, du côté de cette vallée de citronniers qu'on appelle : *les Plis du serpent.*

A la nuit tombante, tous quatre arrivaient près d'une grande et belle habitation, occupée, disait-on, par une famille française.— Effectivement, c'était là que vivaient Richard et Mathilde.

Au moment même où ils allaient entrer, un panache de flamme surmontait la maison ; — des noirs venaient de mettre le feu à cette résidence.

— Au feu ! au secours ! au meurtre ! criaient les colons.

Gaston et ses amis accoururent ; — ils dégaînèrent ; — ils mirent les nègres en fuite et parvinrent à éteindre l'incendie.

Ils avaient sauvé l'habitation.

— Monsieur, dit Robertville en s'adressant à l'enseigne, je ne saurai jamais comment vous exprimer ma reconnaissance.

— Vous ne me devez rien, monsieur ; tout Français eût fait ce que je viens de faire.

— Il faut, pour le moins, que je sache le nom de notre sauveur.

— Mon nom : Gaston des Tillières, monsieur.

— Gaston des Tillières ! dit Mathilde : le nom de l'enfant de la rue !

Et elle ajouta :

— Si vous avez perdu votre première mère, il vous en reste une autre : c'est moi qui vous en servirai.

VI

UNE GARDEUSE DE DINDONS

SCÈNE Ire

(Sur le boulevard des Italiens.)

HECTOR DE VALCREUSE. — Comment ! c'est
vrai, ce joli petit masque gardait les dindons en
Bourbonnais ?

JEAN DE CÉRILLY. — Rien de plus vrai.

HECTOR DE VALCREUSE. — Il vous a fallu du
chien pour la cueillir sous cette forme-là.

JEAN DE CÉRILLY. — Je vais vous dire. Ça se
passait pendant la chasse, en 1873. Vous savez, je me flatte d'être physionomiste. Après
l'avoir rencontrée, à travers champs, conduisant son troupeau de volatiles, je me suis dit :
« Quand elle sera décrassée physiquement et
intellectuellement, ce sera une femme des plus
juteuses. »

HECTOR DE VALCREUSE. — Pardon, vous aviez
cent fois raison, mon cher Jean. Tout le club
des Trognons de choux vous envie ce diamant.

JEAN DE CÉRILLY. — Tout le club juge par ses

yeux, mais il ne peut presque rien savoir. Il a fallu polir ce diamant. Rude besogne ! D'une tignasse incorrecte, presque sale, rouge comme la queue d'une vache du pays d'Age, j'ai dû faire la toison d'une Belle aux cheveux d'or. L'âme se cachait sous la rouille de la grossièreté rustique ; on avait donc à épousseter une triple couche d'ignorance. Que de soins ! Dix professeurs et autant de maîtresses. Comptez ! Refaire le corps par l'hygiène, apprendre aux jambes à marcher, à la tête à saluer, aux bras à ne pas être gauches, aux mains à jouer du piano, à toute la personne à courir à cheval, à la bouche à parler, à sourire, à chanter.

HECTOR DE VALCREUSE. — Et aussi à mâcher des écrevisses à la bordelaise ?

JEAN DE CÉRILLY. — Sans doute. Ajoutez les romans du jour. Voyez donc que d'efforts, sans compter l'argent !

HECTOR DE VALCREUSE. — L'argent a dû être une semence de tous les instants. Mais après tout, vous êtes parvenu à vous faire une belle statue et à lui donner une âme ; Berthe est votre chef-d'œuvre. Que vous devez en être fier !

JEAN DE CÉRILLY. — Oui, fier, mais ruiné jusqu'à la corde. En langage des temps, on dit : *pané comme une côtelette.* J'en suis là.

HECTOR DE VALCREUSE. — Pas possible !

JEAN DE CÉRILLY. — Dame, quand on a pour maîtresse un prodige, on ne lui refuse rien et, sans s'en douter, on mène rondement sa fortune. Pendant trois ans, nous avons coulé une joyeuse existence au milieu du luxe et des plaisirs. Ah ! ç'a été une ivresse de tous les jours ! Nous marchions à la ruine par un chemin semé de fleurs. Pour mon compte, je n'ai vu le précipice que lorsque j'y ai été jusqu'au cou.

HECTOR DE VALCREUSE. — Mais il vous reste des bribes d'héritage, au moins ?

JEAN DE CÉRILLY. — Il ne me reste qu'un vieil oncle du Périgord, qui, par bonheur, est au plus bas. Sans cette vénérable poire pour la soif, ce serait à se jeter en pleine Seine, tête première.

HECTOR DE VALCREUSE. — Pauvre garçon !

JEAN DE CÉRILLY. — Mon cher, depuis le couronnement de M. Emile Zola par lui-même, on dit : « Pauvre bougre ! »

SCÈNE II

(*Il s'écoule une année. — L'oncle du Périgord, déjà un peu entamé avant son décès, est entièrement mangé. — La dèche recommence.*)

JEAN DE CÉRILLY, *seul*. — Allons, j'ai beau fouiller un à un tous les tiroirs, il ne s'y trouve plus un rouge liard. En quatre ans de temps nous avons, elle et moi, croqué un million et demi. A cette heure, je n'aurais plus de quoi faire un déjeuner d'étudiant chez Foyot. Voilà le terme d'octobre. Impossible de le payer, et je sais que le propriétaire, un banquier suisse, me donnera congé en retenant les meubles. Me laissera-t-il, du moins, emporter le portrait de Berthe, fait par Carolus Duran? Je suis un personnage d'Henry Murger, voué à la vache enragée. En dernière analyse, élevé en riche oisif par les jésuites de Fribourg, fier d'un nom de famille auquel je n'ai rien ajouté, habitué à fuir toute contention d'esprit, je n'ai plus qu'une manière de sortir de la vie, c'est de me faire *sauter le caisson*. Mais, en attendant, puisqu'il me reste un ami, allons lui demander à déjeuner et des conseils.

SCÈNE III

(La salle à manger d'Hector de Valcreuse.)

HECTOR DE VALCREUSE. — Il s'agit de secouer ce découragement. Nous allons nous mettre en campagne. Tout le faubourg Saint-Germain fera des avances au faubourg Saint-Honoré et, s'il le faut, à la Chaussée d'Antin, pour vous créer une situation.

JEAN DE CÉRILLY. — Peine perdue. Je ne suis capable de rien, moi.

HECTOR DE VALCREUSE. — Laissez donc ! Tous les chemins de fer ont institué des sinécures de quinze mille à vingt-cinq mille francs par an exprès pour les beaux fils qui ne savent rien faire. Est-ce que le Livre d'or de la vieille noblesse française n'est pas là tout entier ? Un fromage de Hollande, à l'usage des décavés, ou le diable s'en mêlera, ou l'on vous en trouvera un, mon cher.

JEAN DE CÉRILLY. — Ce sera usurper sur ceux qui ont du mérite.

HECTOR DE VALCREUSE. — Ne parlez donc pas comme un révolutionnaire, je vous en conjure. Mais, j'y pense ! Peut-être, comme condition expresse, exigera-t-on que vous rompiez avec l'adorable petite gardeuse de dindons !

JEAN DE CÉRILLY. — Me séparer de Berthe ! Ah ! ce serait un coup pour moi, mais qui sait ? Quoique ce ne soit pas une cascadeuse (style de *Nana*), elle a été tirée de la même argile que toutes les filles d'Ève. En apprenant que je n'ai plus à lui donner un radis, elle pourrait faire comme elles font toutes.

HECTOR DE VALCREUSE. — Vous voulez dire qu'elle prendrait les devants en vous quittant ?

JEAN DE CÉRILLY. — Je ne dis pas que ce sera ; je dis que c'est très possible.

HECTOR DE VALCREUSE. — Une fille dont vous êtes le second créateur ?

JEAN DE CÉRILLY. — Mon cher, nous sommes en temps de naturalisme. Laissons donc là les grands mots.

HECTOR DE VALCREUSE. — Comme il vous plaira, mon cher Jean.

JEAN DE CÉRILLY. — Voyez-vous, plus elles sont belles, plus elles deviennent un fléau redoutable. Pardieu, il y a beau temps, belle heurette que ce train-là a commencé. Hélène ! Déjanire ! Dalila ! Cléopâtre ! Diane de Poitiers ! on les voit renaître sans cesse, de siècle en siècle, pour nous perdre tous les uns après les autres.

HECTOR DE VALCREUSE. — Jean, un verre de saint-perray, et n'ayons plus dans la tête tant de papillons noirs.

SCÈNE IV

(En ce moment on sonne. — Le valet annonce une inconnue. — Au bout d'un instant, on introduit une belle personne qui s'avance, toute souriante, vers les deux jeunes gens.)

JEAN DE CÉRILLY. — Berthe ! Qui vous a appris que j'étais ici ?

BERTHE. — Tom, votre groom. Allez, Jean, je ne sais pas que cela. J'ai tout appris.

JEAN DE CÉRILLY. — Que voulez-vous dire ?

BERTHE, *en lui serrant les mains.* — Pauvre ami, ruiné de fond en comble ; ruiné à cause de moi !

JEAN DE CÉRILLY. — A cause de vous et de moi-même. J'y ai ma part.

BERTHE. — Permettez. Les jeunes gens d'aujourd'hui mangent leurs parents en compagnie. Quand ils n'ont plus rien à se mettre sous la dent, ils disent : « Ce sont les femmes et les chevaux qui m'ont ruiné, » et ils se comptent eux-mêmes pour rien. C'est là l'usage. Eh bien, vous me maudissez, n'est-il pas vrai ? Vous m'accusez de ce qui arrive ? Écoutez-moi, et vous allez voir que le diable n'est pas aussi noir qu'il en a l'air. Vous ayant aimé très sérieusement, j'ai accepté dès la première heure tout ce que vous m'avez donné. Diamants, dentelles, bijoux, tableaux, prodigalités de tout genre, j'ai inventé mille caprices. Bref, j'ai absorbé vos deux fortunes.

JEAN DE CÉRILLY. — Je ne vous reproche rien, la belle enfant.

BERTHE. — Et vous faites bien, car votre richesse perdue, la voici. (*Elle tire de dessous son cachemire un portefeuille.*) J'ai gardé tout ce que vous me donniez. Je viens vous le rendre.

HECTOR DE VALCREUSE. — Voilà qui est beau comme un roman d'Émile Richebourg.

Mais la chose n'a pas fini platement. Jean de Cérilly, les larmes aux yeux, a demandé à Berthe sa main, et, il y a quinze jours, il s'est marié, à Saint-Philippe du Roule, avec la gardeuse de dindons. C'est presque le conte de Peau-d'âne réalisé au dix-neuvième siècle.

VII

PETITE MONNAIE DE WERTHER

Un jeune homme du meilleur monde est M. Carle de Saint-Séverin. Grand, bien fait de sa personne, très élégant, il passe pour n'avoir qu'un défaut : il est sentimental. Oui, sentimental sur la fin du dix-neuvième siècle, dans un temps où personne ne croit plus à rien. En dépit de tout, le jeune beau en question s'obstine à croire à l'amour, aux femmes, à la vie rêveuse, aux bouquets, à toutes les choses dont il est de mode de se moquer. Voilà pourquoi ceux qui vivent près de lui, cherchant un nom qui lui convienne, l'ont appelé et l'appellent Werther II.

Carle de Saint-Séverin ne se fâche pas, car il ne sait pas voir de moquerie là-dedans.

Pour avoir l'air de s'occuper, puisqu'il faut de nos jours avoir l'air de faire quelque chose, Werther II a fréquenté quelque temps l'atelier de Gérôme. Peintre amateur, il fait de petits tableaux. J'ai vu de lui une aquarelle qui n'est vraiment pas mal. Le sujet roule sur un conte de fées. On y voit le prince Charmant baisant en secret la pantoufle de Cendrillon qu'il a trouvée,

comme on sait, à la fin du bal. Page de sentiment qui ne manque pas de poésie.

Carle de Saint-Séverin serait incapable de
dessiner autre chose qu'une scène d'amour.

Au reste, les aventures qu'il a de temps en
temps dans le monde sont toujours marquées
au même coin de la rêverie et du sentiment.

On va en juger par l'histoire qui suit, anecdote des plus authentiques.

La semaine dernière, en sortant de la représentation de *Faust*, Mme la baronne de Chamblis
s'aperçut qu'elle avait perdu un bracelet. Toutes
les recherches furent vaines : le bracelet ne se
retrouva pas.

Cette baronne de Chamblis est une jolie femme,
très recherchée et très répandue dans le faubourg Saint-Honoré, quartier des ambassades
et des nababs. Elle a une petite cour et elle
compte parmi ses adorateurs les plus assidus
M. Carle de Saint-Séverin, le Werther II, qui,
par sa figure, par sa tournure, par ses antécé-
dents et par son surnom, semble voué aux passions malheureuses. Ainsi qu'on l'a deviné par
ce que nous avons dit plus haut, ce rêveur comprend le sentiment comme on le comprenait au
commencement de ce siècle, c'est-à-dire à l'époque où Gœthe écrivait son fameux roman.

Ce soir-là, pendant un entr'acte, M. Carle de
Saint-Séverin était venu faire une visite à la baronne, dans sa loge. Il l'avait respectueusement
suivie à la sortie de l'Opéra. Ayant entendu
parler du bracelet perdu, il avait participé aux

5.

recherches, mais d'un air assez emprunté. Plus
tard, dans une conversation particulière dont le
joyau perdu était l'objet, il s'était livré à des
jeux de physionomie tellement étranges que la
baronne de Chamblis avait eu des soupçons.

— Voyons, cher monsieur, lui dit-elle, est-ce
vous qui avez trouvé mon bracelet ?

— Eh bien, oui, madame la baronne, j'ai eu
ce bonheur, répondit le second Werther.

— Vous êtes un homme charmant, Carle. Ren-
dez-le-moi bien vite, que je le revoie, ce cher
bijou tant regretté.

— Non, madame la baronne.

— Pourquoi donc ?

— Que voulez-vous que je vous dise, il ne me
quittera jamais, répondit M. de Saint-Séverin
avec un accent des plus passionnés.

Dans le premier moment, la baronne de Chamblis crut que c'était une plaisanterie, mais bientôt sa pénétration de femme lui apprit que
Carle parlait très sérieusement. Elle essaya quelques réclamations, d'abord avec grâce, puis
avec fermeté. Tout fut inutile. Poussé à bout,
le sentimental jeune homme déclara qu'il ne se
séparerait pas d'un objet qui avait appartenu à
son idole.

— Il y a en lui une portion de vous-même,
madame, ajouta-t-il.

Après une longue tirade, brodée sur ce thème,
il salua et se retira, emportant avec lui, à la
manière d'un vainqueur, la précieuse conquête
que le hasard lui avait livrée.

On voit d'ici la colère, le dépit et le ressentiment de la grande dame.

— Allons, pensa Mme de Chamblis, Werther II a besoin d'une bonne leçon, et il l'aura.

Le lendemain, presque à son lever, Carle reçut la visite du mari.

M. de Chamblis est un homme d'une très grande distinction, un peu diplomate de son métier. Après les compliments d'usage, il aborda franchement la question, en disant qu'il était au courant de l'histoire du bracelet.

M. de Saint-Séverin, qui ne manquait pas de sang-froid, répondit au baron :

— Et sans doute, monsieur, vous venez me demander satisfaction?

— Je viens simplement vous demander le bracelet, répliqua M. de Chamblis.

— Mais, monsieur....

— Je sais, ajouta vivement le marquis, que vous vous êtes déjà prononcé pour le refus au sujet de cette restitution; mais ce que vous ignorez probablement, ce que la baronne a négligé de vous apprendre, c'est que ce bracelet vaut 10,000 francs comme un liard. J'en sais quelque chose, puisque c'est moi qui l'ai payé. Convenez avec moi qu'un tel chiffre dépasse les limites permises aux bénéfices du sentiment. De mon côté, je suis prêt à reconnaître qu'il serait injuste de vous dépouiller entièrement de votre avantage de beau ténébreux, et c'est pourquoi je vous apporte, comme vous voyez, différents objets à choisir.

En parlant ainsi, l'ancien diplomate, souriant
d'un sourire légèrement mé₍histophélique, laissait voir un ancien bouquet de bal, un mouchoir
brodé et un éventail de sty'e espagnol.

— Toutes ces choses-là, ajouta-t-il, la baronne
les a également portées, mais leur valeur modeste mettra votre délicatesse en repos.

Jamais, on en conviendra, le sentiment n'avait
été plus cruellement persiflé.

Après avoir rendu le bracelet, M. Carle de
Saint-Séverin comprit que l'aventure ne tarde-
rait pas à être ébruitée et qu'il allait devenir la
fable de son monde. Le meilleur parti était de
battre en retraite. Werther II a profité de sa
pâleur et de sa mélancolie habituelles pour af-
firmer qu'il était attaqué d'une affection de poitrine, maladie encore poétique. Il a ajouté que
les médecins lui ont ordonué de passer l'hiver en
Italie. Carle est parti pour Naples.

Werther II est-il corrigé? J'en doute et je me
fonde pour en douter sur le mot de Nicolas Ma-
» chiavel : « On ne corrige jamais ni son temps, ni
» son ennemi, ni son ami, ni personne. »

VIII

BOUQUET FANÉ

Sténio est un paysagiste en renom.

Toute l'Europe l'achète, Paris l'encense ; six mille barbouilleurs l'envient.

Sténio s'est fait élever à la corne du bois, du côté de Saint-James, un chalet qui lui sert tout à la fois de demeure et d'atelier.

Un chalet à la mode de Lausanne, en sapin, avec des fenêtres sculptées et des plantes grimpantes qui courent après le maître de la maison comme une idylle qui le poursuit.

C'est là, dans cette petite boîte socratique, toujours éventée par les pins de Neuilly, que Sténio rêve, peint, fredonne et se souvient.

Il se souvient, parce qu'il commence à n'être plus jeune. L'hiver des ans a neigé sur sa tête. Sténio a dépassé la quarantaine et il a des cheveux qui grisonnent.

Soit, mais son cœur ne veut pas cesser d'être jeune.

L'autre jour, un peu fatigué de travail, un peu rêveur, il était placé près d'un petit meuble en palissandre, confident de sa vie d'autrefois.

Machinalement il ouvrit un tiroir. Il cherchait une esquisse, il trouva un bouquet.

Un bouquet de violettes fanées !

Sténio se frappa le front du doigt.

— Qu'est-ce que c'est que ce petit paquet de fleurs ? A quoi cela rime-t-il ? En quel temps étaient-elles fraîches ?

Il se mit à interroger sa mémoire.

— La mémoire, a dit Leibnitz, est la lanterne de l'esprit.

Bon ! mais cette lanterne s'éteint souvent et bien vite !

Néanmoins, Sténio y mit de la persistance. Il devint opiniâtre. Il chercha.

— Pour sûr, dit-il, c'est un bouquet de femme.

Ce premier point trouvé, il n'y avait qu'à faire un petit travail de récapitulation.

Par combien de femmes avait-il été aimé ? Quelles étaient celles qui avaient pu laisser chez lui, en passant, un bouquet de violettes ?

Ce bouquet était enserré par une faveur rose.

Il eut là comme un trait de lumière.

— Laquelle aimait plus particulièrement les rubans roses ?

Il continua à récapituler.

— Ce n'était pas miss Margaret, l'Anglaise sentimentale. — Non, celle-là étant blonde, n'aimait que les rubans bleus. — Ce n'était pas non plus la petite colonelle Z... ; celle-là n'avait de goût que pour les diamants et pour les glaces à la framboise. — Ce n'était pas Rodolphine, l'admirable modèle des sculpteurs ; — celle-là n'adorait que la friture d'Asnières, entourée de persil. — Ce n'était pas non plus... Sarah...

Il s'arrêta tout à coup, pareil à un cheval qui se cabre.

— Ah ! j'y suis maintenant, c'était Sarah, une jolie petite juive du Marais, une rose de Sârons qui avait fleuri à Paris. Si mes souvenirs sont bien précis, je l'avais soufflée à ce gros benêt de Mistanflûte, un vaudevilliste qui est pingre comme un rat d'église et bête comme ses pieds !

Cela se passait au moment de la guerre d'Italie : il y a vingt ans.

Vingt ans ! Ah! c'est quelque chose sur la tête d'une femme, surtout d'une jolie femme ! Sarah venait me surprendre ici, dans mon chalet, le matin. Aussitôt entrée, elle se jetait à mon cou, toujours avec un petit bouquet à la main. Une reminiscence du selam des Orientaux.

Une fois qu'elle avait posé le bout de son bouquet sous mes narines, il n'y avait plus rien pour me retenir. — Je jetais là le paysage commencé. — Au bout d'une minute, la vareuse était mise de côté. — Je m'habillais en deux temps, trois mouvements. Et nous partions, tantôt pour Saint-Cloud, tantôt pour la forêt de Saint-Germain.

Quel rire argentin que celui de Sarah !

— M'aimes-tu ? lui disais-je.

— Ah ! peux-tu le demander ! répondait-elle.

Tout ça finissait invariablement par un dîner au bord des étangs de Ville-d'Avray, et par la mort d'un louis.

En été, il lui fallait une jatte de fraises au sucre ; — c'était son luxe.

Au bout d'un an et demi, elle disparut tout à coup.

Un billet au crayon m'avertit de la chose :

« Mon gros chien, il ne faut pas m'en vouloir.
» Le temps est venu d'être sage. Je suis à pré-
» sent au prince Kramoïloff. Pas de bêtises,
» quand tu me rencontreras au théâtre ou
» ailleurs.

» SARAH. »

Oui, mais si je suis bien renseigné, un jour, le vieux prince Kramoïloff la surprit avec un jeune chasseur vert qu'il avait la sottise de laisser traîner dans son hôtel. Un kalmouk ne sait pas pardonner. Il chassa la pauvrette. Il la chassa sans rien lui donner.

Sarah eut, dès lors, la vie d'un oiseau sur la branche. Tantôt elle était à un quart d'agent de change, tantôt elle suivait un petit cabotin du petit théâtre des Folies-Marigny.

Encore une fois, il y a vingt ans de ça.

Qu'est-elle devenue ? Où est-elle ? Que fait-elle ? Vit-elle ?

Si elle vit, comment vit-elle ?

Tout en rêvant, tout en causant ainsi avec lui-même, il avait pris un crayon et une peau d'âne, et il cherchait à dessiner.

Il s'étudiait à refaire le bouquet de violettes, tel qu'il avait dû être à l'époque de sa fraîcheur première. Mais en dépit de ses efforts, cela venait mal.

Il jeta là crayon et papier.

Sténio se mit alors à la fenêtre, en suivant des yeux le chemin de la porte Maillot.

A cinquante pas du chalet, une femme qui n'était plus jeune, hélas! poussait une petite charrette à bras remplie d'oranges. Elle était coiffée en marmotte, à l'aide d'un madras assez grossier. Sténio remarqua qu'elle avait au menton des poils gris pareils à ceux d'un chat.

En marchant, en poussant sa charrette, cette femme criait à tue-tête :

— *A deux sous, la valence! à deux sous !*

— Ah! cette voix ! s'écria Sténio.

Il venait de reconnaître Sarah.

Prenant alors le vieux bouquet, il l'entoura d'une cuirasse de papier ; il y ajouta un louis et, en ayant bien soin de n'être pas vu des voisins, il jeta le tout près de la charrette.

— Elle aura encore une bonne journée ! pensait-il.

Pauvre Sténio !

IX

DONNANT, DONNANT.

I

EN GUISE DE PROLOGUE

Il y a bien longtemps, bien longtemps que Paris se plaî. à desservir l'autel du plus infâme des dieux. Il s'agit de l'Amour, pardon ! de l'Amour qui se vend et qu'on achète avec la monnaie courante du jour. Cet horrible Cupido a rejeté l'arc et les flèches de l'ancienne mythologie pour un carnet de chèques. Tout le personnel qui l'entoure est l'ignominie même.

Chose très curieuse, les Catons du monde poursuivent de leurs invectives cet Amour immonde, et c'est pour le mieux ; mais, par suite d'une inconcevable contradiction, ils accablent de leurs reproches les poètes et les artistes qui démasquent les menées du dieu. Une comédie, un roman, une caricature représentant l'Amour vénal et ses fidèles sont tenus pour répréhensibles. Mais comment connaîtrait-on l'ignoble trafic, si on ne le dévoilait pas ?

A la vérité, les esprits généreux ont de tout

temps laissé dire les Catons et ils se sont appliqués à faire voir l'infâme, tel qu'il est. Cela date de loin. Vous pouvez lire dans les Œuvres de Lucien de Samosate le *Dialogue des courtisanes*, saynètes qui se passaient à Athènes. Tant que le monde sera monde, les vers de Juvénal diront comment l'Amour se vendait dans la Rome des Césars. Chez les modernes, si l'on voulait citer on n'aurait que l'embarras du choix. Agrippa d'Aubigné, Mathurin Régnier, La Grange-Chancel, Le Sage n'ont pas ménagé le commerce du dieu. Depuis trente ans, le théâtre et le roman ne vivent guère d'autre chose que des révélations sur les mystères érotiques.

Nous en voudra-t-on de faire en petit ce que tant d'illustres devanciers ont fait en grand ?

Comment une transaction s'opère en 1852 ? Tenez, vous allez le voir.

II

UN MONSEUR ET UNE DAME

(*La scène se passe chez une grande parmi nos petites dames. Bien entendu, le décor est somptueux ; mais il y a des créanciers à la cantonnade et du papier timbré, dans les tiroirs.*)

PERSONNAGES

Un monsieur entre deux âges et une dame ; la maîtresse de la maison.

Nota bene. — Nous sommes au mois de décembre, période aiguë de l'année qui aggrave toutes les situations financières laborieuses.

LE MONSIEUR, *tirant un cahier de sa poche.* — Vous voyez bien ceci, chère enfant ?

LA DAME. — Laissez-moi voir de plus près. Cela vous a bon air. Je flaire une surprise et je raffole des surprises.

LE MONSIEUR. — Touchez pas : ça brûle! C'est un petit recueil de ma façon qui vaut trois cent mille francs. Douze chapitres, ou plutôt douze chèques de 25,000 fr. chacun, payables de mois en mois, à la fin de chaque mois, à la caisse du Crédit lyonnais. J'ai, toutefois, mis le premier au 15 parce que nous sommes au 14 et que je vous sais des besoins criards.

LA DAME, *étendant la main.* — Alors, donnez!

LE MONSIEUR. — Je ne donne pas, j'échange. Les affaires sont les affaires. Vous êtes charmante, mais vous recevez trop de monde. Moi j'aime la solitude à deux. Je suis une nature poétique : une chaumière et un cœur, voilà mon programme, pourvu que la chaumière soit située boulevard Malesherbes et le cœur logé dans un corps comme le vôtre et assaisonné d'un esprit de démon, toujours comme le vôtre.

LA DAME. — Alors, c'est une déclaration?

LE MONSIEUR. — Une déclaration, non : une proposition de bail. L'appartement me convient. Je donne 25,000 fr. d'arrhes. Mais j'entends y entrer tout de suite et y demeurer seul. Vous êtes trop accueillante, ma chère, et voyez ce qui vous en revient!... On se heurte toute la journée chez vous à des délégués de tous les clubs et à des représentants de toutes les professions, de

l'oisiveté, surtout! Depuis que nous nous connaissons, je n'ai pu parvenir encore à vous baiser
la main sans témoins. A quoi cette cohue vous
a-t-elle menée? Croyez-moi, réfléchissez; balayez
tous ces inutiles qui encombrent la maison et...

LA DAME, *rêveuse*. — Je toucherai les 300,000 fr.

LE MONSIEUR. — Mois par mois, par douzième
échu.

LA DAME. — Pourquoi pas tout de suite?

LE MONSIEUR. — Parce que je crains la force
de l'habitude avec une porte aussi accoutumée à
s'ouvrir que la vôtre. Je prends donc mes précautions. A vous mon cahier de chèques tout
entier, si le marché vous convient; mais vous
êtes avertie que les écus se changeraient en
feuilles sèches le jour où l'armée, l'art, la littérature, la finance, les cercles, la politique et la ma-
gistrature recommenceraient à défiler chez vous.

LA DAME. — Comment vous y prendriez-vous?
Moi, d'abord, quoi qu'il arrive, je vous préviens
que je ne rendrai rien.

LE MONSIEUR. — Inutile, chère petite. Si la
foule dont j'achète le congé reparaît malgré nos
conventions, à la fin du mois le Crédit lyonnais,
prévenu par moi, ne payera pas le chèque qui
lui sera présenté.

LA DAME. — Vous êtes homme de précaution.

LE MONSIEUR. — Mon amour ne porte pas de
bandeau comme le petit dieu grelottant de la
mythologie, mais il en donne..... en diamants.

(*Le rideau tombe.*)

III

(Au bois de Boulogne. — Après-midi d'octobre. — Avenue des Acacias. — Une petite grande dame en calèche découverte) est accostée par un jeune homme à cheval.)

LE CAVALIER. — Comment ! Denise, on ne peut plus se présenter chez vous ?

LA DAME. — Non, mon cher.

LE CAVALIER. — Pourquoi?

LA DAME, *en souriant.* — Parce que.

LE CAVALIER. — Parce que n'a jamais été une raison. Expliquez-vous donc.

LA DAME. — Il y a des choses qui se devinent et qui ne s'expliquent pas. *(Elle le salue de la main comme pour lui dire adieu.— A part.)* — Pourquoi? Parce que ça me brouillerait avec le Crédit lyonnais, tiens!

X

L'INVALIDE DE VERSAILLES

Figurez-vous un vieillard de soixante-cinq à soixante-dix ans, chauve aux trois quarts, encore vert, malgré les nombreuses blessures qui lui sillonnaient le corps ; encore droit, quoiqu'il fût obligé de s'appuyer en marchant sur une canne de jonc. Il avait fait toutes les campagnes de la République et du premier Empire. Après les désastres de Waterloo, où il s'était battu comme un lion, près de la Haie-Sainte, on l'avait renvoyé dans ses foyers avec une petite pension de douze cents francs et un bout de ruban rouge à la boutonnière de son habit.

Le père Bonaventure était venu alors habiter Versailles.

Il ne faudrait pas s'imaginer que cet excellent homme réalisât ce type ridicule du vieux sabreur qu'on est convenu de désigner sous les noms de chauvin ou de culotte de peau. Très intelligent à tous égards, il avait reçu, avant de s'enrôler sous le commandement de Bernadotte, une éducation littéraire assez distinguée. Des religieux de l'ordre de l'Oratoire avaient essayé de faire

de lui un savant, quand l'orage révolutionnaire
éclata et l'arracha à Virgile et à Plutarque pour
lui faire prendre un fusil. Peut-être serait-il devenu un pédagogue à diplôme ; il parvint au
grade de capitaine : voilà toute la différence.

Très original dans ses allures et très coloré
dans son langage, le capitaine Bonaventure,
enfant de Versailles, pouvait passer pour un
trait d'union entre les temps modernes et l'ancien régime. De la ville féerique bâtie par Louis
XIV, il n'ignorait aucun coin ni aucune particularité historique. Il aurait fait un admirable
commentateur pour les récits du duc de Saint-
Simon. D'ordinaire, il me montrait du doigt
trois ou quatre maisons devant lesquelles il ne
passait jamais sans tirer son chapeau en signe
de respect. — « Voici la maison où est né l'abbé
» de l'Épée : saluons. — Voici la petite chambre
» où Ducis enfant a écrit ses premiers vers : sa-
» luons encore. — Voici le pauvre chenil où est
» venu au monde Lazare Hoche, le pacificateur
» de la Vendée : inclinons-nous ! »

Dans le grand parc, tracé par Le Nôtre et par
La Quintinie, il n'y avait pas une cascade, pas
une statue ni un bosquet dont il ne sût l'histoire
intime, et il contait avec une verve qu'on ne rencontre plus chez personne aux jours de prose
où nous sommes. Tout cela faisait qu'on disait
autour de lui : « Ne perdez donc pas votre temps
à écouter les fariboles de ce vieux fou. »

Dans sa jeunesse, ou plutôt dans son enfance,
le père Bonaventure, qui n'était encore qu'un

écolier, avait eu un doux et chaste amour dont le souvenir réjouissait toujours son cœur. On l'avait fiancé à la fille d'un chirurgien nommée Marie, comme la reine des anges.

Il était arrêté entre les deux familles qu'un bon et légitime mariage s'ensuivrait, lorsque tout à coup le tocsin sonne, le tambour bat, l'ennemi est à la frontière, et Marie, Française encore plus qu'amoureuse, est la première à dire à son promis :

— Armez-vous et partez !

Il partit, en effet, mais la campagne dura longtemps, si longtemps même, que Marie n'eut pas la force d'attendre et mourut de chagrin en 1806, ne pouvant ni supporter son absence, ni se résoudre à en épouser un autre.

Toutefois, avant d'exhaler le dernier souffle, la fille du chirurgien avait envoyé au soldat un médaillon en or renfermant son portrait en miniature. Ce médaillon, je l'ai vu deux fois, et je puis dire que le capitaine en avait fait une amulette qui ne le quittait jamais.

Une autre prédilection du père Bonaventure, c'était son ami le général Junot, duc d'Abrantès. Quand il allait chercher le soleil ou l'ombre dans le parc du grand roi, ce qui lui arrivait tous les jours, le vieux capitaine ouvrait son carnet ; il y prenait un crayon et jetait sur un feuillet de peau d'âne la silhouette d'un soldat à la figure décidée ; cette silhouette était toujours celle au bas de laquelle on voit cette légende, dans la salle des généraux, au musée historique du pa-

6

lais : *Andoche Junot, volontaire du* 1ᵉʳ *bataillon de la Côte-d'Or ;* 1792. — Un jour (c'était il y a vingt-quatre ans), je poussai l'indiscrétion jusqu'à demander à l'invalide comment il se faisait qu'il dessinât toujours la même figure.

— Rien de plus simple, me répondit-il. Bien que nous ayons été placés dans la hiérarchie militaire à une grande distance l'un de l'autre. nous nous aimions comme deux frères. Andoche m'a sauvé deux fois la vie, et, quant à moi, j'ai été assez heureux pour lui éviter un coup de sabre qui l'aurait prématurément envoyé dans l'autre monde.

Un autre jour, je lui demandai de me conter un trait de ses campagnes.

C'était au parc ; nous faisions une promenade en zig-zag. Bonaventure prisa dans une petite boîte d'argent ciselé une prise de tabac d'Espagne. Il la porta à ses narines, secoua les fraises de son jabot et parla comme il suit :

C'était pendant la campagne d'Égypte. Une grande partie de l'armée victorieuse campait au Caire. En sortant, un matin, d'une bicoque qui nous servait de caserne, Junot me donna une petite tape sur l'épaule.

— Bonaventure, c'est aujourd'hui fête, à cause d'un avantage remporté par Desaix : tu m'accompagneras partout.

Comment se passa cette journée, pourtant si mémorable pour moi ? En vérité, je ne saurais me le rappeler. Tout ce que je puis dire, c'est que nous allâmes à deux lieues de là visiter le

général en chef dans sa tente. Obligé de me tenir à distance, je ne pus rien entendre de ce que
Bonaparte disait à Junot; il me fut seulement
permis d'arrêter au passage deux ou trois paroles que le vent du désert emportait sur ses
ailes. Bonaparte frappait du pied avec impatience en froissant les dépêches.

— Ah ! ces ânes du Directoire ! répétait-il de
minute en minute.

Il n'en aurait pas fallu davantage à un plus
habile que moi pour deviner le Dix-huit bru-
maire ; mais j'étais à cette époque-là une des
têtes les plus folles de l'armée. On n'en finirait
jamais, au surplus, si l'on se mêlait de vouloir
pénétrer les secrets de l'avenir, — et pourtant
le général en chef, pâle, maigre, la tête couverte
de longs cheveux plats, avait l'air inspiré d'un
prophète quand il disait : « Il faudra bien que
la France sorte du chaos. » Mais je ne comprenais toujours pas. On sait qu'un soldat ne doit
pas comprendre.

— Bonaventure, nous retournons au Caire,
me dit Junot.

— Retournons au Caire, général.

A une heure de là, grâce à de bonnes montu-
res, nous arrivions au palais de Joachim Murat, qui était gouverneur de la ville. Tout y
avait pris la physionomie du royaume de Co-
cagne. Des escouades de marmitons et d'é-
cuyers tranchants passaient et repassaient au
milieu de ce brillant état-major, d'où devaient
sortir prochainement des rois, des maréchaux

et tant de soldats illustres. On mit la table dans
une grande salle, on dîna, et Junot, tenant à
m'avoir toujours à côté de lui, obtint que je fi-
gurerais à cette table prestigieuse. En dépit des
formules républicaines, cela jurait un peu de
voir un simple maréchal des logis levant son
verre à côté de tant d'officiers supérieurs; mais
on me plaça à côté d'un membre de l'Institut,
un savant ou un poète, — je ne sais plus lequel,
et la chose ne parut plus si choquante. Pour des
soldats, il y avait égalité.

Neuf heures du soir sonnaient.

Le dîner fini, la nappe enlevée, on mit sur la
grande table un tapis vert, défroque des Cali-
fes, et le jeu commença. Toute hyperbole mise
de côté, ils étaient tous partis de France pauvres comme des rats d'église, et l'or gonflait
leurs larges ceintures de cuir. Je vous laisse à
penser si j'ouvrais de grands yeux! Très certainement je savais que cette accumulation de
richesses ne leur venait pas de la République :
il n'y avait plus le sou dans les caisses de l'É-
tat. Mais je m'avisai, pour la première fois, de
définir, à part moi, ce qu'on appelle « le droit
de la guerre, le droit de conquête, » et je ne tar-
dai pas dès lors à m'expliquer ce qui me paraissait d'abord inexplicable. Il faut dire les choses
comme elles se sont passées: — nos apprentis
grands hommes avaient imité leurs illustres devanciers, Alexandre le Grand, César, Pompée
et Omar : ils avaient dévalisé l'Égypte.

Ici l'invalide sourit d'un air malin et ajouta :

— Mais que voulez-vous ? c'est le droit de la guerre, c'est la loi de la conquête. Passons sur ce détail et revenons à mon histoire.

Vous pensez bien que, quant à moi, mince sous-officier, je n'avais pas la bourse assez bien garnie pour me permettre de jeter les yeux même sur une carte. Par tolérance et pour ne pas déplaire à Junot, je vous l'ai déjà dit, le gouverneur du Caire, Murat, m'avait fait placer devant un petit guéridon, tout seul, près d'un poète.

Il est juste d'ajouter que, pour combattre l'ennui de la solitude, on avait placé sur ledit guéridon un petit flacon en cristal rempli d'excellent rhum de la Jamaïque, un petit verre et du tabac. Je n'étais plus tant à plaindre.

Il me semble vous avoir déjà dit que nos héros jouaient un jeu d'enfer. Il y avait surtout une table de bouillotte qui paraissait être desservie par quatre anges déchus. La fleur de l'armée d'Égypte s'y tenait ; j'y voyais Joachim Murat, Bessières, mon cher Andoche et le général Lanusse, celui que les soldats avaient surnommé depuis la première campagne d'Italie : « l'*Homme-qui-n'a-pas-froid-aux-yeux.* »

Pour en revenir à cette diablesse de table de bouillotte, le général n'y épargnait ni son argent, ni ses expressions. Si la discipline existait dans les rangs inférieurs de l'armée, au temps où je vous parle, il est bien certain que, dans les rangs supérieurs, on tolérait un droit de critique encore assez large. Chacun avait son libre parler, et en usait volontiers.

A cet égard, l'*Homme-qui-n'a-pas-froid-aux-yeux* ne gardait aucune mesure. Il était un peu de l'école de Moreau, qui transportait au milieu des camps les habitudes oratoires de la tribune et les épigrammes du journal.

Depuis quelques instants, le général en chef, pour le génie duquel il professait pourtant beaucoup d'estime, et même de l'admiration, était devenu le point de mire de ses boutades.

— Allons, s'écria-t-il, les brelans se cachent de moi, absolument comme Bonaparte qui vit mystérieusement dans sa tente. C'est encore deux louis que ce coup-là va me coûter.

— Paye donc, bavard, et tais-toi, disait Bessières.

Junot ne sonnait mot ; mais je crus discerner qu'il était pâle, et que, de temps en temps, il mordillonnait ses cartes.

— Il ne m'arrive jamais le moindre trente-et-un, reprenait Lanusse, et pourtant ma main est toujours pleine de figures comme une harangue du citoyen général en chef.

— Encore le général en chef, objecta Murat ; tu le persifles plus que ne le ferait un conteur arabe, ou que le scheik El-Mohdhi. Que t'a-t-il donc fait ?

— Rien. Encore de mauvaises cartes. Allons, c'est toujours à moi de payer.

— Si tu ne jasais pas tant, tu ne perdrais pas si souvent. La bouillotte demande une attention exclusive. Pourquoi ces petits coups d'épingles ?

— Je n'aime pas les airs de Sésostris II qu'il

se donne. On croirait que nous sommes venus ici pour reconstituer le trône des Pharaons à son profit. Allons, encore un coup perdu, et cette fois, c'est mon tout. Il ne me reste plus rien.

Aucun des trois adversaires ne lui répondit.

Je regardai Junot, qui venait de gagner ; il était encore plus pâle que quelques instants auparavant, et je comprenais qu'une rage sourde grondait en lui. Je me disais : « Cela se gâte. »

A la fin, Bessières rompit le silence.

— Te voilà décavé, Lanusse ; te retires-tu ?

— Non.

Il prononça ce mot d'une voix formidable ; puis, s'adressant à Andoche :

— Junot, prête-moi dix louis ? lui dit-il.

— Je n'ai pas d'argent devant moi, répondit l'ancien volontaire.

Comme il avait un monceau d'or devant lui sur le tapis vert, Lanusse le regarda fixement :

— Ah çà ! comment dois-je prendre ta réponse, Junot ? — lui demanda-t-il.

— Comme il te plaira.

— Je t'ai demandé, il y a une minute, si tu voulais me prêter dix louis du gros tas d'argent que tu as devant toi.

— Eh bien ! moi, je te réponds que j'ai bien de l'argent devant moi, mais il n'y aura pas un rouge liard pour un traître comme toi, entends-tu ?

— Traître ! Il n'y a qu'un double j... f... qui puisse se servir d'un pareil mot en parlant de

l'*Homme-qui-n'a-pas-froid-aux-yeux !* répliqua Lanusse hors de lui.

Vous voyez d'ici ce soudain coup de théâtre.
En un instant Joachim Murat, Bessières, Lanusse furent debout.

— Junot, du calme !

— Lanusse, point de gros mots !

Les autres généraux, assis devant les tables
voisines, se levaient à leur tour et s'efforçaient
de les contenir : car, à l'épithète de Lanusse,
Andoche était devenu furieux et montrait cette
figure de lion qu'il avait les jours de bataille.

Je m'étais levé comme tout le monde, et malgré l'humilité de ma position, je m'étais approché de Junot.

Mon pauvre Andoche est toujours pâle et
tout tremblant.

Tout à coup il se calme, il fait signe de la
main qu'il veut parler. On fait un peu de silence.

— Écoute, Lanusse, je t'ai dit tout à l'heure
que tu étais un traître, je n'en crois rien. Tu
m'as dit que j'étais un double j... f... tu n'en
crois rien, non plus ; car nous sommes tous
deux de braves gens qu'un coup de sabre ne
fait pas bouder. Mais, vois-tu, il faut que nous
nous battions.

— Tu n'as jamais si bien parlé.

— Il faut que l'un de nous deux y reste.

— C'est bien ainsi que je l'entends.

— Je te hais d'ailleurs parce que tu railles
l'homme que j'aime et que j'admire à l'égal de

Dieu, si ce n'est plus. Battons-nous donc et tout
de suite.

— Tout de suite, et pas tant de rhétorique.

— Tiens, Lanusse, je jure de ne me coucher
ce soir qu'après avoir vidé cette affaire-ci.

Il n'y avait pas moyen d'éviter une rencontre.
Il fut donc convenu que le duel aurait lieu, aux
flambeaux, dans un endroit écarté.

— A propos, demanda Andoche, quelle arme
prendrons-nous ?

— Belle question, répondit Lanusse, le pistolet.

Chacun regarda avec stupéfaction l'*Homme-
qui-n'a-pas-froid-aux-yeux*. Étant insulté, il avait
incontestablement le choix des armes ; aussi
tout le monde était-il surpris qu'il allât prendre
celle qui, dans la main de Junot, était une arme
toujours mortelle.

Andoche s'approcha de lui, et d'une voix
douce, mais cependant ferme :

— Je ne me battrai pas au pistolet avec toi,
dit-il à Lanusse. Tu ne sais pas tirer, tu ne mettrais pas dans une porte cochère.

— Qu'est-ce que cela te fait ?

— Cela me fait tout. La partie doit être égale
entre nous. Nous avons nos sabres, marchons !

En parlant ainsi, Junot, qui me voyait à ses
côtés, me dit à demi-voix :

— Bonaventure, ramasse l'or qui est à ma
place et mets-le dans ta poche. Il t'appartient.

J'exécutai ses ordres, mais en me disant : « Je
le lui rendrai. Ce sera une poire pour la soif qu'il

retrouvera tôt ou tard. » Je ne m'imaginais pas
en effet que mon pauvre Andoche pût être tué,
et tué surtout par un Français, par un frère d'armes. — Il y avait cent louis à sa place. Je m'en
emparai bien vite, afin de pouvoir les suivre,
car un mot terrible m'était resté dans l'oreille ;
c'était celui-ci : « Marchons ! »

Ils marchèrent à la lueur de deux torches, en
compagnie de Lannes, de Bessières, de Murat,
d'Alexandre Dumas et d'un chirurgien-major.
Quant à moi, je ne les suivais qu'à vingt pas
de distance. Au bout de vingt minutes on s'arrêta en rase campagne.

— Allons, dégaînons, Lanusse !

— Dégaînons, Junot !

Le résultat du combat fut que mon pauvre
Andoche eut le ventre ouvert de huit pouces.

Ici, Bonaventure fit une nouvelle pause, prit
une nouvelle prise de tabac d'Espagne dans sa
boîte d'argent, et dit :

— Voyons, mon ami, ces défis, avant-cou-
reurs du combat contre les Arabes, ne sont-ils
pas réellement homériques, et n'était-ce pas
ainsi que Diomède invectivait les chefs troyens ?
Le baron Gros a jeté sur une toile immortelle les
Pestiférés de Jaffa, que je vais admirer chaque
semaine au musée. C'est une belle page d'histoire. Mais pourquoi le peintre n'a-t-il pas dé-
crit de même ce duel mémorable ?

Quoi qu'il en soit, ce fut à l'occasion du
duel de Junot et de Lanusse que le général en
chef dit au chirurgien Desgenettes :

— Pourquoi ces fous se battent-ils ? Ai-je donc amené tant de braves ici pour engraisser les crocodiles du Nil ? N'avons-nous pas assez des memelucks et de la peste ?

Bonaparte se montra particulièrement sévère envers Andoche, qu'il aimait tant. Il fut même quelque temps sans vouloir le voir. Et c'était pour lui que Junot venait de se battre ! Il avait eu le ventre fendu pour lui !

— Ah ! mon ami, ajouta l'invalide, ne vous attachez jamais à un homme, surtout à un grand homme !

— Fort bien, répliquai-je ; mais vous, qui me dites cela, vous avouez que vous n'avez jamais pu vous détacher de Junot et je vois bien que vous ne passez pas un jour sans penser à lui.

— Pas un seul jour. Vous dites vrai.

En parlant ainsi, nous étions arrivés à cette halte du parc de Versailles qu'on appelle le bosquet de Flore ou le jardin de Louis XVIII.

En 1815, après la seconde Restauration, un ministre, ami du roi, je ne sais plus lequel, fit dessiner dans le parc ce jardin qui est la reproduction exacte de celui que le prince proscrit avait parcouru si longtemps à Hartwell, pendant son exil. On raconte que la première fois que le monarque vint à Versailles, il fut sur le point de se trouver mal, tant cette copie était fidèle et lui rappelait de souvenirs joyeux ou amers.

On avait poussé l'amour de la ressemblance

jusqu'à poser sur le banc correspondant à celui
où il avait coutume de s'asseoir l'exemplaire
d'Horace qu'il y lisait jadis.

Je laissai là le capitaine seul en face de ses
souvenirs et de ses rêveries.

On était à la fin de septembre. Il y avait bien
un mois que je n'avais revu l'excellent homme.
Déjà l'automne annonçait son retour.

Un matin que je parcourais cette partie du
bois de Satory dans laquelle on a taillé depuis
le chemin de fer de Chartres, j'entendis pousser
de hauts cris. Cela partait du côté de la pièce
d'eau des Suisses, à cent pas de cette statue de
marbre qui représente le Romain Curtius et
qu'on attribue au chevalier Bernin.

Un groupe d'enfants aux abois se tenait sur
la rive et criait : « Il e t là ! il est là ! » Deux
hommes cherchaient en même temps à retirer
de l'eau une masse flottante. L'un des deux
pêcheurs entra résolument dans la vase et ramena un corps inanimé enveloppé d'herbes et
souillé de boue.

Je reconnus le pauvre invalide.

En se lavant les mains dans le bassin, il avait,
je ne sais comment, laissé tomber le médaillon,
— le médaillon de Marie ! — il avait voulu le
ravoir et s'était noyé.

Cette mort si étrange et si inattendue causa une
vive émotion.

Le père Bonaventure fut enterré avec tous les
honneurs dus à un vieil officier.

On trouva dans ses papiers un testament

écrit de sa main, et dans ce testament un paragraphe ainsi conçu :

« Au fond de mon secrétaire, dans un sac
» qui porte les noms d'Andoche Junot, dorment
» cent louis d'or. Je les lègue aux enfants de
» troupe des régiments actuellement en garni-
» son à Versailles. »

XI

COMMENT IL FAUT S'Y PRENDRE

POUR ENTERRER LA VIE DE GARÇON

Dans un restaurant du Palais-Royal, une vingtaine d'hommes et de femmes étaient réunis autour d'une table somptueuse.

On mangea, on but. on rit beaucoup ; on chanta un refrain de Bouffes-Parisiens, musique de Jacques Offenbach, avec accompagnement de couteaux sur les assiettes, et le festin se prolongea jusqu'à minuit, heure du crime et des amours.

Alors l'amphitryon monta sur une chaise, et, réclamant le silence, comme au Sénat ou à l'Académie française, il parla à peu près en ces termes :

— Mesdames et messieurs. le moment est venu de placer la petite homélie que je vous réservais.

— Ah! voyons ça !

— Est-ce long ?

— Est-ce moral !

— Est-ce en vers ?

— **Est-ce pour rire ?**

Écoutez et vous allez voir, reprit l'orateur.

Écoutez ! écoutez !

Je vous ai priés de venir enterrer avec ma vie de garçon.

Un convoi de première classe, alors !

Je vous remercie de votre empressement passé avec vous une soirée délicieuse.

Au fait ! au fait !

Ne m'interrompez pas ; m'y voici. Mon ... n'étant pas, mes amis, de vivre marié ... je vivais garçon, je vous annonce qu'à ... aujourd'hui Georges Du Thil que vous ... avons est mort, est mort et enterré.

Comme M. de Malbrough !

Je n'existe plus pour vous. Je ne vous ... plus, messieurs ; je ne vous connais ... mesdames.

Ah ! diable !

Seulement, permettez qu'en expirant je ... que un souvenir de moi, et Dieu vous ... de en bonne santé ! Adieu.

Il appela d'une voix forte :

Pierre ! Pierre !

Vint un homme en livrée.

Pierre, lisez mon testament à ces messieurs et à ces dames.

Cela dit, Georges du Thil salua et sortit.

Pierre, son domestique, resta et lut le testament fait en bonne forme.

Georges du Thil léguait à chacun de ses amis
une partie de son mobilier de garçon.

A l'un, son cheval ;

A l'autre, ses armes ;

A l'autre, ses livres ;

A l'autre, ses tableaux ;

A l'autre, ses autographes.

Et cœtera, et cœtera, et cœtera.

A chacune des jolies femmes présentes, il donnait quatre cents francs en rente trois pour cent.

Un *post-scriptum* annonçait que Georges du Thil allait quitter Paris le jour même de son mariage et se retirer en Bourgogne dans une terre isolée.

Là, il passera le printemps, l'été et l'automne, et viendra vivre deux ou trois mois, l'hiver, à Paris.

Il se promet d'être maire de son village, marguillier de sa paroisse, président du comice agricole de son canton.

Il couronnera chaque année une rosière.

Il s'abonnera à la *Gazette de France* et donnera le pain bénit, chaque semaine, à l'église de sa paroisse.

Quand, par extraordinaire, il viendra de son château à Paris, il ira, en famille, entendre les vêpres à Saint-Thomas d'Aquin, paroisse extraordinaire par excellence.

Jamais conversion ne fut plus complète. Le pénitent connaissant l'irrésistible puissance des séductions de la grande ville, a voulu prévenir jusqu'aux occasions d'être tenté.

Ah ! pauvre Georges, il est réellement mort... à la vie de la Gomme !

XII

UNE INVITATION A DINER

Il n'y a pas encore de ceci trois semaines, la journée avait été excessivement chaude, et vers les six heures du soir une brise assez fraîche s'étant levée, tout Paris éprouvait le désir d'en profiter ; sur les boulevards comme sur les quais, au Luxembourg comme au Jardin des plantes, aux Champs-Élysées comme aux Tuileries, comme au bois de Boulogne, il y avait foule partout.

Ce fut vers le Bois, du côté du Jardin d'acclimatation, que se dirigea M. Arthur de ***, un des gommeux les plus connus de la Chaussée-d'Antin. Ce soir-là, il s'ennuyait ; ses amis étaient à la campagne. Il ne savait que faire. Il sortit de chez lui sans but, sans projet, pour *tuer le temps*, comme on dit.

Il était un peu plus de six heures quand il entra dans le Bois. Qu'y était-il venu faire? Il n'en savait rien. Il avait déjà descendu et remonté la grande allée, quand ses regards s'arrêtèrent machinalement sur une jeune femme assise sur une chaise, où elle en balançait une autre du bout du pied. Elle était seule ; elle était fort jolie, et sa tête joignait à la très remarquable régularité de ses traits une charmante expression de physionomie.

Une des qualités de notre bellâtre était de ne douter de rien. Il s'approcha donc de la jolie solitaire, et, comme par inadvertance, il s'assit près d'elle. Quant à la manière dont il s'y prit pour entamer la conversation et pour la continuer, c'est ce que je ne saurais vous dire ; seulement, après une demi-heure, tous deux parlaient très vite et très haut.

— Madame, disait Arthur, vous ne sauriez me refuser...

— Mais, monsieur, y réfléchissez-vous ?

— Madame, je vous en conjure...

— Eh bien, soit, monsieur, puisque vous y tenez tant, dînons ensemble !

Et le gommeux, enchanté de la tournure que prenait cette aventure, était tout fier d'avoir à son bras une aussi jolie femme. Comme il prenait par la Porte-Maillot, elle lui dit doucement :

— Prenons plutôt par l'avenue de l'Impératrice.

— Soit, dit Arthur ; tout chemin...

— Mène à Rome, n'est-ce pas ? Est-ce votre maxime, monsieur ?

Tout occupé de la charmante interlocutrice, Arthur de*** monta, sans faire plus d'attention, dans une voiture qui stationnait devant la porte de l'avenue. Seulement, quand la portière eut été refermée et que la voiture eut commencé à s'élancer rapidement du côté de l'Arc de l'Étoile, le fashionable remarqua combien ce landau était élégant, comme il marchait vite pour une voiture de place, et ne comprenant pas grand'chose à tout ce qui se passait:

— Madame, dit-il, j'ai oublié d'indiquer à ce cocher où il devait nous conduire.

— Inutile, monsieur, je le lui ai dit.

— Pourtant, madame, je ne vous ai rien entendu dire, et je vous assure bien...

— Je vous répète que le cocher sait très bien où il va.

Quelques minutes plus tard, et la voiture s'arrête dans la cour d'un très bel hôtel de la rue Saint-Honoré. La portière s'ouvrit, le galant regarda autour de lui, et quelque temps il demeura immobile...

— Eh bien, monsieur, dit en souriant sa jeune compagne de voyage, vous me laissez là? C'est bien peu galant pour un homme tel que vous!

— Oh! madame!

Et Arthur, fasciné, suivit sa merveilleuse conductrice, qui lui fit traverser trois ou quatre salons meublés avec le plus grand luxe. Il était déjà assez tard; les bougies n'étaient pas encore allumées, et l'on ne distinguait qu'imparfaitement les objets. Enfin, Arthur, se laissant toujours conduire, fut introduit dans un petit salon, où, malgré l'obscurité qui augmentait à chaque instant, il aperçut deux ou trois hommes sur un divan.

Un des trois hommes se leva en disant:

— Ah! ah! ah! enfin!

— Mon ami, dit alors la jeune femme, qui, depuis la sortie de la voiture, n'avait plus prononcé une seule parole, j'amène avec moi un convive sur lequel nous ne comptions ni l'un ni l'autre. Monsieur, qui m'a rencontrée au Bois, voulait à toute force que je dînasse avec lui. Monsieur, poursuivit-elle en se tournant vers Arthur, je vous présente mon mari.

— Pierre, dites que l'on nous serve. A table, messieurs, car nous avons tous bien faim : n'est-ce pas, monsieur Arthur de *** ?

XIII

LE MÉDECIN DES EAUX

Il faut y revenir, puisque c'est l'actualité la plus pressante : Rome n'est plus dans Rome, la ville quitte la ville. Dès le 1er juin, Paris envoie aux quatre points de la rose des vents dix ou douze boisseaux de cartes de visite, avec les trois lettres si ridicules : P. P. C. (pour prendre congé): Paris a fait ses malles et boucle ses valises. Il est parti pour les eaux.

Sur les grands chemins, si vous les traversez, il vous sera donné de jouir d'un étrange spectacle. Vous verrez donc qu'à dater de ce moment les intrépides de l'hiver dernier se sont arrangés de manière à ressembler à des spectres. Ainsi la consigne est d'être malade ou d'avoir l'air de l'être le plus possible. Ceux qui sortent des deux faubourgs ressemblent à des échappés d'hôpitaux.

Les femmes sont anémiques, les maris sont écloppés, les jeunes gens tousseurs, les jeunes filles aveugles. Il y a des tétaniques, des endormis, des rhumatisants, des graveleux. Je crois même qu'on en pourrait voir qui se don-

7.

nent comme ayant la gale, tant la mode parle
haut. Les sybarites des fêtes d'hier sont tous
sur le point de rendre l'âme, du moins à ce qu'ils
disent.

Tout cela pour se donner un prétexte de
courir aux sources d'Auvergne, des Vosges, des
Pyrénées ou de la Suisse.

J'ai d jà parlé de ce travers des gens du
monde. Si j'y reviens aujourd'hui, c'est parce
qu'il y a un ou deux cou; s de crayon à ajouter
à l'esquisse. L'été, tout ce qui porte un nom
héraldique ou célèbre, tout ce qui est riche ou
qui a envie de le paraître, doit aller aux eaux.
C'est la loi, c'est l'usage, c'est une obligation
à laquel e nul n'a le droit de manquer sous
peine de n'être point catalogué parmi ceux qui
marquent à Paris.

Les eaux thermales, mon Dieu! il y a trente
ans qu'on se moque de cet abus, je le sais. Il y
a trente ans que les meilleurs esprits démon-
trent que les sources en vogue ne peuvent convenir qu'à un très petit nombre de cas, à peine
connus. Il y a trente ans qu'on dit que, hormis
certaines affections, c'est inutile quand ce n'est
pas nuisible. Mais on pourra le répéter, pendant trente ans de suite encore, qu'on n'y chan-
gera rien. Il est de règle, surtout pour les élé-
gantes, d'être accablé de maladie à point nommé,
entre prairial et messidor, et les Parisiennes
aimeraient mieux mourir que de se bien porter.

Dans les hautes régions sociales, chez les

gros banquiers, par exemple, les médecins, je
parle des docteurs les plus en renom, se font les
auxiliaires des migraines fictives, les complices
de mille jolies petites gastrites qui n'ont jamais
existé qu'en imagination. C'est alors qu'ils ré-
digent par centaines des ordonnances dans le
genre de celle que voici :

« Madame*** pourra aller prendre les eaux de
Cauterets, pendant vingt-cinq jours au moins.

> *Signé : Z***,*

> D.-M.-P. »

— Comment des hommes graves consentent-
ils à jouer un rôle dans cette comédie ?

— Lecteurs, au temps où nous sommes, ce
ne sont plus les médecins, ce sont les clients
qui commandent. Trois lignes contresignées
par une célébrité médicale, ce que, dans le vieux
style, on appelait « un oracle de la Faculté » !
que voulez-vous que réplique un mari à qui
l'on présente ce billet à ordre ? il n'y a qu'à y
faire honneur, comme on dit dans le commerce.
Toute affaire cessante, il faut donc se mettre en
route, à travers vaux, à travers monts, pour
s'emplir l'estomac d'une eau de montagne qu'on
trouverait tout aussi bien à Enghien ou à
Passy.

Il y a là-dessous beaucoup de petites histoi-
res. Au dernier bal ou bien à la dernière soirée
à l'Opéra, on s'est donné rendez-vous à trois
cents kilomètres du boulevard des Italiens
dans telle vallée ou sur tel pic, et le grand mé-

decin, sans s'en douter ou bien en s'en doutant, a facilité la rencontre ; mais que voulez-vous y faire? On a lu des romans d'alcôve toute l'année et il est tout naturel qu'on fasse un peu, de son côté, les jolies choses qu'on a vu faire aux héros et aux héroïnes qu'on admire.

En parlant des maladies pour rire, il est un type de plus en plus nombreux, que je ne peux m'empêcher d'indiquer : c'est le jeune médecin des eaux.

Écoutez ce que me raconte Paul Dhervieu, un de mes bons camarades.

— Un jour, dit-il, j'allai aux eaux du Bourbonnais, non parce que j'avais la goutte ou la jaunisse, mais pour faire comme tout le monde. Arrivé à Vichy, je demandai la liste des médecins en exercice.

— Ah ! m'écriai-je alors au comble de la joie, voilà Thémistocle Badinier, un condisciple de Sainte-Barbe, presque mon copain !

Et je me rendis chez lui.

J'y fus reçu par un homme qui paraissait âgé de cinquante à cinquante-cinq ans.

— Pardon, lui dis-je, c'est bien au docteur Thémistocle Badinier que j'ai l'honneur de parler ?

— Eh ! oui, mon cher Paul, répondit-il en riant aux éclats.

— Comment ! toi, en vieillard ! Ce serait toi, Thémistocle, qui, au printemps, pendant l'étude, habillais si bien les hannetons en lanciers polonais ?

— Ah ! tu me trouves bien changé ! répliqua le médecin d'un air satisfait.

— Très changé, j'en conviens.

— Ainsi, tu ne m'aurais pas reconnu ? Eh bien ! entre nous, tu ne pouvais pas me faire un plus grand plaisir ni un meilleur compliment. J'ai donc l'air bien vieux, Paul ?

— Mon cher, on te donnerait le double de ton âge.

— Merci pour ce que tu me dis là. — Et avec un soupir de satisfaction : — Si tu savais tout le mal que je me suis donné pour en arriver là !

— Qu'est-ce que tu dis donc ? C'est volontairement que tu t'es vieilli ainsi ?

— Mais sans doute. Écoute, ajouta-t-il. A la sortie de l'École de médecine, j'étais vert, fringant. J'avais de beaux cheveux noirs, un œil de feu, une mine à faire envie aux jeunes premiers du Vaudeville. Je me disais : « Tout malade » qui me consultera verra en moi l'image de la » santé. Je serai donc moi-même ma propre en- » seigne et une réclame vivante. » — Fort bien, mais ce que je prenais pour un avantage était, au contraire, une cause d'insuccès. Devenu médecin des eaux, ayant à visiter et à ausculter les femmes du monde, je déplaisais à la masse de mes clients, côté des hommes.

— Comment ça ?

— Les maris disaient : « Il est trop jeune. Un » médecin de cet âge-là, ce n'est pas moral. » — MM. les amants appuyaient sur la chanterelle. Ceux qui étaient réellement délabrés

murmuraient : « Sans doute, il est bon qu'un
» médecin se porte bien, mais celui-là a une
» santé insolente. » Bref, tout le monde me
tournait le dos et j'étais exposé, n'ayant pas de
clientèle, à crever de faim. Par bonheur, il m'est
venu une idée sublime, un peu renouvelée de
Sixte-Quint.

— L'idée de te vieillir et de te rendre malade ?

— Justement. Tu vois l'air que j'ai : mais ras-
sure-toi : je me suis fait de nombreux et riches
clients. Les maris ne me redoutent plus, ni les
amants de ces dames, ni personne. D'ici à trois
ou quatre ans, enfin enrichi par mon art, je re-
paraîtrai à Paris. J'y reviendrai rajeuni et brillant, prêt à rire à la barbe du tiers et du quart.

Et il le fera comme il le dit.

— Allons, répliquai-je, ce Thémistocle Badinier est un garçon d'esprit.

— Non, ajouta mon interlocuteur, c'est un
homme de son temps ; voilà tout.

XIV

LE MARIAGE AU THÉATRE

Un critique disait, il y a quelques jours :
« On se marie trop au théâtre. Il n'y a pas de
» nouvelle pièce dans laquelle on ne finisse par
» se marier. A la fin, c'est une scie, cela. Suppri-
» mez le mariage au théâtre si vous voulez
» avoir du neuf. » Excellent feuilletoniste !
Croit–il donc qu'on consente à l'écouter ?

Racontons à nos lecteurs comment s'élabore
le mariage au théâtre.

Deux hommes causent dans une chambre
tendue en bleu ou en rose cerise.

Il y en a un qui fume un cigare de cinq sous,
— étendu sur une sorte de canapé.

L'autre va et vient, chantonne, s'arrête, remue les pièces d'un petit Dunkerque ou joue
une minute avec un poignard à lame recourbée
qu'il vient de prendre à l'une de ces innocentes
panoplies dont il est encore de mode de décorer
aujourd'hui la chambre d'un artiste.

Ils en sont à leur cinquième entrevue pour
une pièce à faire.

Ils ont parlé de tout ce qui concerne le sujet.

Ils se sont entendus sur le lieu de la scène.
« Un jardin à Ville-d'Avray avec un banc peint
en vert. » Ils ont arrêté le nombre des rôles.
« Un père dindon, une mère précieuse, deux
prétendants dont un chauve, mais millionnaire ;
l'autre charmant, mais *n'ayant pas le sac.* »

— Quant à la jeune fille, ce sera un tableau
de Vidal, une vraie Parisienne, *epitome* de toutes
les perfections.

Il y aura un oncle armateur et bourru par-
dessus le marché.

On ne chantera pas, on ne dira pas un seul
couplet ; pas même sur l'air :

> Tiens, voilà Mathieu ;
> Comment vas-tu, ma vieille ?

Est-ce qu'on chante aujourd'hui, si ce n'est
dans les cafés ?

Bref, la chose est tirée à clair. On sait donc
ce qu'on va écrire ; on est tombé d'accord sur
tous les mouvements ; on a numéroté les scènes
comme un tailleur qui vous prend mesure d'un
paletot le fait pour les entournures et pour les
manches. On a dressé le total des mots à effet
qu'on lancera dans la machine. Il ne reste plus
qu'un point à décider : le dénouement.

Tout à coup, celui qui fume sur le canapé dit
à l'étourneau :

— Tout cela est bel et bien, Zacharie ; mais
en définitive, comment finissons-nous ?

— Belle question ! Nous marions notre
monde.

D'un bout à l'autre de la société des auteurs dramatiques, laquelle comprend 950 membres, ils n'ont pas d'autre refrain ni d'autre philosophie ; — marier leurs personnages, vachers ou rois, peu leur importe. Que le héros principal ait une tendance profonde vers le célibat ou qu'il soit né pour la polygamie, ça ne fait rien : on le mariera tout de même. On le mariera d'autant plus qu'il ne désirait pas se marier.

Quand on se met à réfléchir avec quelque sang-froid à ce travers de la littérature contemporaine, on se demande si la profession d'homme qui écrit des pièces de théâtre ne doit pas être classée par un Broussais du jour dans la catégorie des monomanes.

Il n'y a pas de parisien véritablement digne de ce nom qui, bon an, mal an, ne voie jouer une centaine d'œuvres théâtrales, des opéras, des tragédies, des drames, des comédies, des vaudevilles, des opérettes, des pantomimes. En dix ans, il en a donc vu mille ; en vingt ans, c'est le double, c'est-à-dire deux mille, sans compter celles qu'il éprouve le besoin de revoir. Imaginez le tohu-bohu d'étonnements qui doit se remuer au fond de la boîte osseuse de cet intrépide.

— Ah ! çà, dit-il, tous les cinq ans, en donnant un coup de canne sur la balustrade de l'orchestre, ah ! çà, ils ne varieront donc jamais leur dénouement ! Comment ! c'est toujours, toujours leur sempiternel mariage final !

Cependant, çà et là, d'une salle de spectacle

à l'autre, le consommateur naïf qui paye sa place, demande qu'on varie un peu plus la gamme de ses plaisirs. Tout spectateur sérieux commence donc à s'inquiéter de cette profusion inexplicable d'hymens éclairés par le lustre. Penché sur sa lorgnette, il se demande pourquoi nos beaux esprits se condamnent depuis Cyrano de Bergerac à répéter une rengaine si fatigante pour tout le monde.

— Certainement, se dit-il dans son gros bon sens, il faut qu'il y ait une raison à cela. Une chose ne se produit pas incessamment dans le monde sans cause, mais c'est la cause que je cherche et que je ne puis parvenir à trouver.

Au fait, pourquoi cet inévitable mariage de la fin ? En est-il donc du dénouement des pièces de théâtre comme des gants dont la forme ayant paru bonne, il y a trois mille ans, du temps d'Ulysse, a été conservée jusqu'à nos jours avec d'insignifiantes variantes seulement ? Est-ce pour venir en aide à l'institution que M. Alfred Naquet menace si fort ? Est-ce pour avoir toujours occasion de faire valoir auprès du public un comédien cocodès et une jolie actrice ?

A force de creuser cette thèse, le spectateur arrive, malgré lui, à se fournir à lui-même les réponses de la nature la plus désolante.

D'abord, le mariage, exhibé ainsi, chaque soir, sur toutes les planches de Paris, s'y produit au milieu de cris, de rires moqueurs, de lazzis, de coutumes grotesques et d'épisodes qui ne sont pas propres à le faire aimer, au contraire.

En second lieu, l'intérêt qu'inspire une nouveauté est diminué toutes les fois qu'en levant le rideau, on voit sur le devant de la scène, un monsieur frisé et une belle rousse qui s'adorent, parce qu'on sait tout de suite qu'ils finiront par se marier envers et contre tous. On sait à quoi s'en tenir avant qu'ils aient seulement prononcé quarante paroles.

Que voulez-vous qu'une telle situation puisse offrir de piquant ?

A la vérité, certains auteurs se rendent bien compte, au fond, du désavantage qu'impose cette coutume décidément absurde. Aussi ceux-ci, agissant en fins renards, embrouillent le plus qu'ils peuvent l'écheveau des aventures qu'ils ont à mettre en relief.

Par exemple :

Voilà deux amoureux en présence, un Arthur en col cassé et une Hortense à gros chignon.

Après s'être rencontrés dans le monde, — où l'on prétend qu'on se rencontre par hasard, — (encore une jolie *ficelle !*) ils sont malheureux, innocents et persécutés, comme dans un roman de M. Xavier de Montépin. Ils ne savent plus à quel diable se vouer.

— Puisqu'on ne veut pas que nous soyons l'un à l'autre, s'écrie Arthur, je m'enrôle dans les Turcos ou bien je m'exile en Cochinchine.

— Si vous faites ce coup-là, j'en mourrai, répond l'Hortense, en portant à ses beaux yeux son mouchoir de dentelle.

Ils parlent sans cesse de mourir, sans cesse

de s'adorer, sans cesse de se fuir pour toujours, et ces sans cesse-là durent, ma parole d'honneur, depuis le théâtre de la Foire.

On les persécute. Eh bien, ils en rient. Ne savent-ils pas que ce n'est qu'une frime ?

On les sépare. Allons! ils haussent les épaules. N'ont-ils pas la certitude de se retrouver, quand le dénouement de la comédie sera cuit à point ?

Tout le long de la pièce, ils ne font qu'un jeu de cache-cache !

Regardez.

On se fourre dans les cabinets, — mais on se mariera.

On grimpe sur les balcons, mais on se mariera.

On ouvre des fenêtres pour se casser la tête sur le pavé, mais on se mariera.

On traverse des fleuves à la nage, mais on se mariera.

On ne fait, en un mot, au fond des coulisses, rien de ce qui se fait dans le monde réel ; mais surtout on passe tout le temps à se lamenter, — et l'on se mariera.

— Que faire ? dit le jeune premier.

— Que devenir ? dit la jeune première.

L'amour de nos jours étant au théâtre toujours chagrin, il n'y a, pendant quatorze ou vingt scènes, qu'un concerto d'hélas à fendre l'âme ; mais, par bonheur, le dénouement avance ; on se mariera.

Nos auteurs ont placé là, dans un coin, un père imbécile ou un oncle à succession ; c'est un personnage qui fait les gros yeux, qui se fâche, qui est arriéré, qui crie contre le luxe effréné des femmes comme feu Dupin aîné, lequel se livrait, de son vivant, au luxe effréné des rengaînes. On croit que ce discoureur incommode va refuser net la proposition de mariage ; on s'imagine, vu la moue qu'il fait, qu'il enverra l'Arthur pleurard d'un côté et l'Hortense à chignon de l'autre.

Point du tout.

Père imbécile ou oncle de Normandie, il prend l'un par la main gauche et l'autre par la main droite, puis, il chante un couplet dans lequel il dit qu'il n'a pas le sens commun, mais qu'il les marie tout de même. — Ah ! s'il ne les mariait pas, comme on le sifflerait !

P.-J. Proudhon, après avoir vu quatre ou cinq de ces pièces, sortait indigné du théâtre.

— Et le peuple le plus spirituel de la terre applaudit ces choses-là tous les soirs ! disait-il, éternellement ce même mariage !

Oui, tous les soirs !

Bien mieux, la masse de la salle, pressentant d'avance l'invincible mariage, a la bonhomie d'écouter, de rire aux éclats, de s'attendrir, d'applaudir même. Ils sont tout yeux et tout oreilles pour une chose ressassée, qu'ils ont vue la veille et qu'ils reverront le lendemain. Qu'arriverait-il, si l'on avait l'audace d'innover ? Est-qu'ils ne se fâcheraient pas comme des ânes rouges, si l'on changeait le moindre détail à ces balançoires antédiluviennes ?

XV

LA GUITARE DES RICHES

Méry était la fantaisie en chair et en os. Cent fois par jour, on l'entendait dire avec le même accent de conviction le blanc et le noir. Nul, plus que l'auteur d'*Éva*, n'aimait le luxe, les délicatesses de la vie, les fleurs, la musique, les tableaux, tout ce que la richesse arrose de ses flots d'or. D'un bout de l'année à l'autre, le poète passait sa vie avec des millionnaires. Il ne se trouvait à l'aise qu'au Théâtre-Italien ou dans un salon de femmes à la mode. Mais, tout à coup, la mouche du caprice le piquait de son dard subtil, et il se mettait alors à faire des élégies en prose parlée sur ce beau monde, le seul pour lequel il consentît à vivre.

⋆
⋆ ⋆

L'été, on rencontrait volontiers Méry sur les bords du Rhin, dans les villes de la Roulette et du Trente-et-Quarante. Il courait après la fortune au lieu de l'attendre dans son lit, ainsi que le conseille si sagement La Fontaine. A Paris,

sous Charles X et sous Louis-Philippe, le col-
laborateur de Barthélemy avait gagné près de
1,500,000 francs avec ses satires, toujours
tirées à 100,000 exemplaires. Mais ce gros argent, donné par l'éditeur semaine par semaine,
s'était évaporé dans le mouvement de la vie, et,
à cinquante-cinq ans, Méry était plus pauvre
qu'à vingt-cinq ans. Voilà pourquoi il cherchait
à refaire son avenir sur une carte.

— Je connais à fond, disait-il, la *Martingale
mitigée* de d'Alembert. C'est une mine plus fé-
conde que le Potose. Il ne faut qu'une fois pour
faire sauter la banque. Me voyez-vous revenir
de Bade ou de Hambourg dans une calèche dont
les deux chevaux, couleur d'ébène, seraient à
moi, rien qu'à moi ?

Le lendemain, c'était une autre chanson. Cette
fois, Méry redoutait d'être riche. Mais il n'y avait
pas à craindre une telle éventualité : Méry, si
habile joueur, perdait toujours. Il faut croire
que la Fortune lui en voulait de ce qu'il l'avait
tant maltraitée lorsqu'elle venait à lui, à l'époque
où il tirait un si grand lucre de ses œuvres poétiques. Le malheur d'être riche ! Ce causeur pa-
radoxal n'en était pas moins très curieux à entendre sur ce thème, renouvelé de Sénèque le
philosophe.

Ceux des générations nouvelles ont entendu
parler de sa verve incomparable, de l'entrain
qu'il mettait à dire la chose la plus simple ; sa
causerie, en effet, était toujours abondante en
mouvements inattendus.

*
* *

Un jour, à table, chez lui, il nous parlait donc
de la misère des riches.

— Allons, croyez-moi, disait-il, ce n'est pas
un paradoxe ; ce n'est pas un jeu de l'esprit,
mais la plus réelle des vérités : je ne connais
personne de plus à plaindre que l'homme riche.
Que de fois j'en ai vu aux Italiens, le soir, de
ces prétendus heureux du jour, hommes et femmes, couverts de velours, de soie, de duvet de
cygne, de dentelles, de pierreries, de plumes et
d'ennui ! Ils lorgnonnaient, ils bâillaient, ils res-
piraient des sels, ils médisaient les uns des autres ; ils avaient l'air d'écouter une musique qu'ils
n'entendaient pas ; ils criaient d'une voix défail-
lante à la Grisi, à Rubini et à Lablache : *Bravo !
Brava ! Bravi !* La belle dame jetait son bouquet
sur la scène ; le beau monsieur saluait avec son
gant, et puis, le rideau tombé, ils sortaient,
toujours bâillant, vieillis d'une année en une
soirée, ayant cent kilogrammes de spleen sur la
tête.

Méry, improvisateur de la trempe de Diderot,
s'interrompait à peine et reprenait bien vite :

— Ah ! les riches de Paris ! je les ai épiés et
suivis exprès, en voiture, du boulevard des Italiens au bois de Boulogne. J'ai vu leurs gestes
de détresse et prêté l'oreille à leurs paroles d'in-
digence. Ces pauvres dorés ne savent que faire
du temps, la seule et véritable richesse de la vie.
Tout le long du chemin, ils lorgnaient les pas-

sants, car, hélas! ils paraissent n'avoir de force
dans les bras, de puissance dans la rétine de
l'œil et d'énergie dans la boîte osseuse, que pour
exercer en public l'art de lorgner. Ils bâillaient
encore. Mon Dieu, ils bâillent toujours, les
riches, parce qu'ils ne font rien. L'idée ne leur
venait pas de s'arrêter aux Champs-Élysées
devant les baraques de Polichinelle, ni auprès
de l'équilibriste qui lance un bâton en l'air pour
le faire retomber sur son nez. Ils allaient toujours, ils couraient au bois, puisque c'est la consigne. Ce bois, c'était la même chose pour eux
que la salle des Bouffes. N'allez pas croire
qu'ils aient pris plaisir à écouter les fauvettes,
ni à regarder les arbres, ni à observer le jeu de
la lumière et de l'ombre sur les massifs. Un
pauvre, un artiste, un bohême n'y eussent pas
manqué, mais les riches de Paris! Tout leur
dialogue ne roulait que sur deux choses : la toilette des femmes et la robe des chevaux. Il y en
avait pour une heure, une heure et demie. A cinq
heures moins un quart, après le tour du lac, ils
tiraient leurs montres d'or, montées sur rubis ;
ils bâillaient et se disaient : « Allons dîner! » Aussitôt le cocher faisait tourner bride. Ils rentraient
dans Paris, silencieux, moroses, mais ayant fait
provision d'un peu d'appétit. A mi-chemin, j'ai
vu cela cent fois! auprès des chevaux de Marly,
un marchand en plein vent, criait : « Bonne galette! galette toute chaude! » Et ils se disaient :
« Tiens, ça doit être bon, de manger de la galette. »
Rue Royale, n'y pouvant plus tenir, ils faisaient

arrêter à la porte d'un pâtissier en vedette, et ils
disaient : « De la galette ! de la galette chaude ! »
Et ils en mangeaient chacun pour dix sous, tant
leur faim était vive.

— Mais la galette n'est pas déjà une si mauvaise chose, Méry.

— Mon Dieu, si, tenez, vous allez bien voir.

Il reprenait, en s'animant :

— Vingt minutes après la halte chez le pâtissier, la voiture s'arrêtait devant un hôtel de
marbre. On entrait dans une salle à manger où
se trouvait dressé un couvert splendide, le meilleur potage, des vins fins, des primeurs, le plus
beau linge, l'argenterie la mieux ciselée, des
fleurs, tout ce qui flatte les yeux, le goût et le
toucher. Nos riches se mettaient à table. Ils lorgnaient les mets, ils bâillaient, mais impossible
de manger. Ils n'avaient plus faim, ils s'étaient
emplis de galette. Vous voyez que le dîner était
vite fini. On était taciturne comme cela arrive
aux gens blasés. Il fallait se lever de table. Où
aller ? Que faire des heures du soir, toujours si
difficiles à bien dépenser ? Parfois on optait pour
le cercle, où l'on jetait négligemment vingt louis
sur un tapis vert ; parfois on s'endormait sur une
chaise longue, en faisant semblant de lire les
journaux de l'après-midi. Le plus souvent on
disait : « Allons à l'Opéra ou au Théâtre-Français », et, dès lors, comme l'indigestion de la
galette reparaissait, on ne comprenait ni la musique de Rossini, ni les vers de Victor Hugo.
Tout au plus pouvait-on déchiffrer, à force de

lorgnettes, les jambes des danseuses, quand il y
en avait de passables.

Il était minuit sonné quand on rentrait chez
soi. Avant de se faire déshabiller par le valet de
chambre, on prenait son lorgnon encore une fois,
on se l'appliquait sur l'œil droit, on se regardait
soi-même dans la glace, en se disant : « Eh bien,
voilà tout de même encore une journée de passée!»
Et l'on s'endormait, en bâillant, sur de tendres
oreillers, mais, au fond, plus durs et plus indi-
gents que la paille de François Villon et que le
pavé de Richard Savage. — Jeunes gens, repre-
nait-il, vous plaindrez-vous encore d'être pauvres? — O pauvres! restez pauvres! vous êtes
trop vengés!

*
* *

En guise de péroraison, Méry nous versait
alors, à trois qui étions là, un plein verre d'excellent vin d'Espagne, comme on n'en boit d'ordinaire que chez les gens qui n'ont pas le sou.

XVI

LA CHENILLE DE GOETHE [1]

PERSONNAGES

GOETHE, *premier ministre du duc de Saxe-Weymar.*

ECKERMANN, *ami et secrétaire de Goëthe.*

UN VALET.

FRÉDÉRIKA BREMER, *jeune première du théâtre Grand-Ducal.*

(*La scène se passe en 1805, au palais ducal, dans les appartements de Goëthe.*)

SCÈNE I

ECKERMANN. — Pourquoi l'illustre Goëthe est-il morose ?

LE VALET. — Monsieur, cela pourrait bien venir de ce que son chocolat a mal coulé.

ECKERMANN. — La raison ?

1. L'idée de cette comédie a été suggérée à l'auteur par la lecture d'une anecdote de dix lignes qui se trouve dans le *Divan* de Goëthe.

LE VALET. — Parce que l'officier de cuisine n'y a pas mis assez d'eau.

ECKERMANN. — L'observation a son prix. Notre grand poète touche à l'âge où la digestion devient la grande affaire de la vie. Si les spiritualistes m'entendaient, ils me blâmeraient, j'en suis sûr, de ce que je signale un tel fait très crûment, sans préliminaires. Dans l'espèce, ces deux philosophes ne sont pas des hommes à entendre ni à croire, puisqu'ils mangent si peu qu'on arrive à constater qu'ils ne mangent pas du tout. Klopstock ne vit que de miel. Il faut du chocolat à Goëthe, mais le chocolat commence à mal passer.

LE VALET. — Tout ce que vous dites est fort bien, monsieur, mais il suffira, je crois, de mettre à l'avenir un peu plus d'eau dans la chocolatière.

ECKERMANN. — Bien dit. Kant n'aurait pas mieux parlé. Assez là-dessus. Va-t-en. (*Le valet disparaît.*) Il faut que je m'approche de mon illustre ami.

SCÈNE II

ECKERMANN. — Cher maître...

GOETHE, *en rangeant des papiers.* — Bonjour, Eckermann. Assieds-toi là, sur ce tabouret.

ECKERMANN. — Je voulais vous dire...

GOETHE. — Non, ne me dis rien. Tu es ici, non pour parler, mais pour écouter, comme tous les amis des grands poètes. Et d'ailleurs ne m'interromps point parce que j'ai une tirade à faire.

ECKERMANN, *à part.* — C'est juste, des tirades, il en fait de vingt à vingt-cinq par jour.

GOETHE, *sans l'écouter*. — Inconcevable ironie du sort ! Hier au soir, en me couchant, je me proposais d'employer la prochaine ma inée à tracer le plan d'une comédie qui se cache obstinément dans un des p is les plus secrets de ma tête. Toute la nuit, j'y avais pensé, même en rêvant. Il s'agissait de mettre en scène un triple drame, fécond en incidents de théâtre : *le Mariage à temps, le Mariage à perpétuité, le Mariage à mort*. C'était une manière aimable de traiter devant des spectateurs assis dans leurs loges l'âpre question du divorce et de l'union indissoluble. — Mais voilà ce que deviennent les idées les plus généreuses ! On prend, le matin, une tasse de chocolat au pur caraque ; le chocolat passe mal, et la triple et merveilleuse comédie rêvée ne se fait pas. Je n'ai, ce matin, pas plus d'imagination qu'un employé au télégraphe.

ECKERMANN. — Cher maître, je voulais précisément vous dire...

(*On frappe trois coups à la porte*)

GOETHE, *vivement*. — Tais-toi donc. N'entends-tu pas qu'on a frappé ? Qui cela peut-il être ? Ah ! si ce pouvait être Schiller ! si c'était mon cher Achate ! il n'y aurait que demi-mal dans le fait de cette digestion laborieuse. Au théâtre, il est à bon droit tenu pour le premier, l'auteur des *Brigands*, et grâce à lui, peut-être pourrais-je retrouver à l'instant même, le fil de mon idée rompue. D'ailleurs nous causerions un peu du décret de la Convention nationale qui l'a proclamé citoyen français avec le contre-seing de Danton.

Très beau monument d'histoire littéraire, mais dont la forme prête à rire. Voyez-vous ces légis-lateurs de Paris, disciples de Voltaire, qui ont décerné un honneur à un poète étranger et qui, ne sachant pas l'allemand, nomment dans leur loi mon Schiller, le *citoyen Gille*? *Citoyens Gilles* vous-mêmes, messieurs? Mais qu'y faire? Au moment où il faisait voter le décret, le girondin Vergniaud avait peut-être pris du chocolat qui ne voulait pas passer.

(On frappe pour la seconde fois.)

SCÈNE III

GOETHE. — Entrez.

(Paraît une jeune et belle femme en toilette de ville.)

ECKERMANN. — Cher maître, si ce n'est pas Schiller, c'est, du moins, le meilleur de ses in-terprètes dans *Don Carlos* et dans *Intrigue et Amour* ; c'est Frédérika Bremer, la première comédienne du théâtre de Weymar.

GOETHE. — Dis donc la perle de l'Allemagne littéraire.

FRÉDÉRIKA BREMER. — Votre servante se borne à souhaiter le bonjour à l'auteur de *Faust* et de *Wilhelm Meister*.

GOETHE. — Soyez la bienvenue chez moi, étoile de notre ciel dramatique. Mais pourquoi tant d'émotion ! Vois donc, Eckermann, comme elle est pâle !

FRÉDÉRIKA BREMER. — Grand homme, on le serait à moins.

GOETHE. — Que vous est-il donc arrivé, ma belle enfant ?

FRÉDÉRIKA BREMER. — Une impression de terreur et d'effroi.

GOETHE, — Où ça ?

FRÉDÉRIKA BREMER. — Dans ce palais même, chez vous.

GOETHE, *vivement*. — On vous a effrayée chez moi ! Qu'est-ce que cela veut-dire ?

FRÉDÉRIKA BREMER. — Avant d'arriver à cette porte, tout à l'heure, j'ai eu à traverser votre salle à manger. Là, j'ai rencontré un monstre.

GOETHE, *même jeu*. — Un monstre ! Fritz, mon valet ?

FRÉDÉRIKA BREMER. — Du tout. Un serpent.

ECKERMANN. — Un serpent !

FRÉDÉRIKA BREMER. — Oui, mais de très petit format.

GOETHE, *avec un éclat de rire*. — Ah ! j'y suis maintenant ! Ce n'est pas un serpent ; ce serait tout au plus une chenille.

FRÉDÉRIKA BREMER. — Tout ce qu'il vous plaira, mais c'est noir, c'est gris ; cela se tord en mouvements désordonnés. Ah ! j'ai eu une peur !

EKERMANN. — Et ce monstre est encore à la même place ?

GOETHE, *avec gravité*. — J'espère bien que oui, par exemple ! Au fait pourquoi n'irions-nous pas lui faire une visite à ce monstre ? (*A l'actrice.*) Rassurez-vous, belle enfant, nous serons deux pour vous protéger. Vous voyez qu'il n'y a aucun péril. Allons, venez.

(*Tous trois passent dans la pièce voisine. Sur le poêle, au milieu de feuilles de mûrier, s'étend un ver-à-soie.*)

FRÉDÉRIKA BREMER, *mettant les mains sur ses yeux.* — C'est bien mon serpent! Je le reconnais.

GOETHE, *sur le ton familier* — Il faut que je vous apprenne pourquoi cet insecte se trouve ici. D'abord c'est de la haute politique. Pour ne pas acheter de soie à l'Italie et à la France, le grand-duc a voulu établir à Weymar une magnanerie. La première question à résoudre consiste à savoir si ce ver divin est éducable dans ce pays. Chacun des ministres en a pris un et l'a exposé en ses appartements. Voici le mien. Il m'a été donné par le prince Rodolphe. Vivra-t-il? Je l'espère. Mais ce qu'il y a de certain, c'est que je vais bien amuser Son Altesse et toute la cour en racontant qu'il est parvenu à jeter l'épouvante dans le cœur de l'actrice qui est la plus habituée à jouer avec le poignard du drame et le poison de la tragédie. Comme ce trait va égayer les princesses!

FRÉDÉRIKA BREMER. — Mon grand poète, si les princesses le voyaient, croyez qu'elles éprouveraient autant d'effroi que moi-même. Ah! l'horrible chenille!

GOETHE. — Encore un coup, ce n'est pas une chenille. Sachez du reste que sans ce petit reptile, vous ne seriez rien ou presque rien. Vous n'auriez pas ces bas fins qui dessinent si bien votre jambe faite au tour. Vous n'auriez pas de

robe pour modeler votre taille de guêpe. Vous
n'auriez aucun de ces rubans couleur de feu qui
rehaussent avec tant d'éclat l'ébène de vos cheveux. Vous n'auriez pas le petit châle français
aussi riche en arabesques qu'une chape d'évê-
que et qui, de loin, vous fait ressembler à un
papillon aux ailes nacrées.

FRÉDÉRIKA BREMER, *un peu rassurée.* — Mais,
cher poète, d'où vient ce petit monstre?

GOETHE. Ce ver à soie e t l'arrière-petit-fils du
serpent de l'Éden qui a tenté notre mère Ève et
perdu le genre humain. Il tente aussi. Il fait aussi
perdre les âmes. Mais, excepté vous, les petites-
filles d'Ève ne le fuient pas. C'est qu'il y a progrès. Aujourd'hui, voyez-vous, la femme est forte.
Elle ne mangerait plus la pomme ; non, elle mangerait le serpent.

ECKERMANN. — Tiens, c'est un mot, ça. Je
vais l'inscrire sur mon calepin.

FRÉDÉRIKA BREMER. — Moi, je le répéterai à la
répétition.

GOETHE, *s'animant.* — Pour en revenir à ce petit
monstre, il fait aussi quelque bien. Par exemple,
comme il est nombreux en Chine, au Japon, dans
l'Inde, chez les Arabes, il nourrit cinquante millions d'Asiatiques et à peu près dix millions
d'Européens. S'il venait à disparaître, la terre
serait pleine de gémissements. (*En souriant.*) Mais
il ne se contente pas de faire l'étoffe pour les
robes, il file aussi le papier spécial avec lequel
les gouvernements font les billets de Banque.

FRÉDÉRIKA BREMER. — Que dites-vous là ? c'est

de lui que vient la matière avec laquelle on fait
les billets de Banque! Grand poète, arrangez-
moi un numéro de la *Gazette d'Augsbourg* et
j'emporte le petit monstre chez moi!

GOETHE, *tout bas à Eckermann*. — Eh bien, tu le
vois: c'est toujours l'histoire du Paradis terrestre qui recommence.

XVII

UNE FEMME QUI TIRE LE FLEURET

Tout Paris connaît maître L'Œillet, maître d'armes. Le personnage a eu quelque vogue sous le second empire. Un moment, il a rivalisé avec Gâtechair. On le mettait volontiers sur le rang de Pons neveu. Comment se fait-il que le nom de maître L'Œillet ait perdu de son éclat ? Il n'y a qu'un mot à répondre, et ce mot a été dit, pour la première fois, il y a trois mille ans, par le roi Salomon : « Tout passe. »

Un jour, il y a de cela cinq ou six ans, à l'heure où il voyait la vogue le quitter, maître L'Œillet prit une grande résolution. Il imagina de jouer au Coriolan en délaissant notre ingrat Paris pour aller donner des leçons d'escrime à l'étranger.

Sur informations prises, il choisit la Hollande.

Voltaire, qui a habité quelque temps le pays et qui l'a habité jeune et en proscrit, Voltaire en dit un mal affreux ; mais le protégé de Ninon est souvent injuste. En parlant du lieu de son exil, vous vous le rappelez, il disait : « Adieu, canaux, canards et canailles ! » A quoi Denis Di-

derot, son ami, répliquait finement : « La Hol-
» lande est aussi la patrie des tulipes rares et
» des presses libres, de celles qui impriment les
» vers qu'on ne peut pas imprimer ailleurs. »
Très joli mot, qui disait beaucoup, mais qui ne
disait pas tout. La Hollande n'a pas sa pareille
en Europe pour la liberté des allures mondaines.

Maître L'Œillet avait-il compté là-dessus
pour refaire sa fortune ébréchée ?

Le maître d'armes partit d'abord de Paris
pour Bruxelles ; puis, d'embranchements en embranchements, de Bruxelles pour La Haye.

Ayant encore une trentaine de louis dans son
porte-monnaie, il avait pris un coupé des premières.

Il y avait dans ce compartiment cinq personnes ; un commis-voyageur en joaillerie, qui s'en
allait quérir du diamant à Amsterdam pour le
compte d'une maison de la rue Vivienne, une
petite chanteuse à roulades qu'on attendait dans
un café-concert, un Anglais ennuyé, notre sus-
dit maître l'Œillet, puis, en face de lui, sur l'autre banquette, une jeune femme d'une grande
beauté, que nous appellerons, si vous le voulez
bien, Mme la comtesse Van-der-Maâle.

*
* *

Au bout de cinq minutes de parcours, après
qu'on se fut bien regardé les uns les autres,
maître L'Œillet prit brusquement la parole.
L'espèce est loquace. Celui-là commença par

9

dire son nom et par raconter ses projets. Il exposait avec emphase comment il était maître d'armes et propriétaire incontesté de sept bottes infaillibles. Il quittait Paris, où il n'y avait plus que des professeurs de savate et il allait se fixer en Hollande pour y donner des leçons.

— Vous pensez bien, ajouta-t-il, qu'un homme tel que moi ne peut débuter que par un coup d'éclat. On est déjà prévenu. Les journaux du pays ont convoqué à un assaut général toutes les bonnes lames d'Europe. Il en viendra même des deux Amériques.

Pendant qu'il pérorait ainsi, le commis-voyageur en joaillerie regardait Mme Van-der-Maâle. La belle comtesse paraissait prendre le plus vif intérêt aux hâbleries du maître d'armes. En général, pendant un voyage, on aime à rire des excentriques, et celui qui fait rire est toujours sûr de captiver la bienveillance des esprits le plus réservés.

Au moment où l'on entrait en gare, à la Haye, maître L'Œillet offrit obligeamment des billets à ses divers compagnons de voyage. On se sépara alors en lui promettant d'assister à son triomphe du lendemain.

* *
*

Maître l'Œillet avait choisi la plus belle salle de la Haye. Grâce aux affiches, l'assemblée était brillante. — Un des premiers professeurs d'escrime du monde connu ! une des gloires de Paris !

Il y avait toute sorte de raisons pour que la chambrée fût nombreuse.

Le maître d'armes se présenta avec assurance et, comme il tirait réellement bien, il se concilia tous les suffrages.

Cependant au moment où l'émigré de la Chaussée-d'Antin savourait les joies du succès, il se fit une certaine rumeur dans l'enceinte. Les groupes s'ouvrirent. Un jeune homme, de très belle allure, venait d'entrer en frisant sa moustache. Le nouveau venu vint se poser en face du maître d'armes.

— Qui donc est ce jeune mynheer? disait-on.

Maître L'Œillet perdit un peu de son aplomb lorsque, sous ces habits d'élégant cavalier, il reconnut Mme Van-der-Maâle, sa compagne de voyage.

La force sans égale de cette jeune femme lui avait acquis un grand renom dans toute la Hollande. Son goût pour les exercices masculins, pour le fleuret, pour le cheval, pour la chasse, était connu du professeur, et il eut peur d'être boutonné, quand il la vit lui dire :

—Eh bien, maître, voyons, un petit assaut?

Un petit assaut ! S'il était touché par une jeune femme, ce serait la ruine du pauvre diable.

Comment, après une telle défaite, trouver des élèves à la Haye ?

Mais il n'y avait pas moyen de refuser.

— Va pour un petit assaut avec vous, madame la comtesse, dit-il à demi-voix.

On se met en garde.

Feintes, coupés, coups de flanc, coups de revers, dégagés, couronnements, attaques, retraites, voltes, parades de tout genre, rien n'est épargné.

Enfin, ce merveilleux combat se termine par un coup superbe dans la poitrine de la belle comtesse ; du reste, protégée par un plastron.

Vous pensez bien qu'il résulte de là un long cri d'admiration en l'honneur du Parisien.

— Bravo, maître L'Œillet !

— Ah ! maître L'Œillet est un grand maître !

Sans s'émouvoir, Mme Van-der-Maâle demande sa revanche, et, quatre fois de suite, après quatre luttes aussi savantes, maître L'Œillet boutonne encore son intrépide adversaire.

Enfin, au sixième assaut, la dame est encore touchée.

— Comment ! dit la foule, est-ce que la comtesse ne serait, au fond, qu'une *mazelle ?*

Mme Van-der-Maâle, si souvent vaincue dans cette matinée, se retire avec quelque confusion ; maître L'Œillet, gardant une pose d'Ajax au repos, reçut les éloges de toute la salle.

On se pressait déjà pour lui demander des leçons.

**
* **

Par malheur, ce poète du fleuret était loin de posséder la modestie, vertu inconnue, comme on sait, des gens de sa profession. Il avait eu les honneurs de la lutte, mais les yeux de diamant

de la comtesse lui avaient dit, très généreuse-
ment :

— Il ne faut pas que tu te méprennes, mon
garçon. Si je me laisse boutonner par toi en public, c'est afin de ne pas te faire perdre ton pain ;
c'est pour t'aider à te faire une clientèle.

Comprit-il ce muet langage d'une femme ? Non,
et, tout au contraire, il allait partout se vantant.
Puisqu'il avait touché Mme Van-der-Maâle, il
pouvait toucher la Hollande tout entière, les
colonies comprises. Il était invincible.

Bien plus, vantard, ainsi que le sont ceux qui
ne savent pas digérer en sages l'ivresse de la
victoire, maître L'Œillet alla jusqu'à dire que
les regards que la comtesse lui avait lancés pendant le combat étaient quelque chose comme
une invite à carreau du côté du cœur, une provocation pleine de flammes. Elle aurait été aussi
touchée au cœur.

— Comment ! cet imbécile a compris les choses
de cette façon ? s'écria la comtesse.

— Mon Dieu oui, madame.

— Eh bien, il me le paiera.

A huit jours de là, Mme Van-der-Maâle fit
annoncer dans la ville un assaut en son nom.
Les affiches ajoutaient qu'il s'agissait d'une lutte
entre elle-même et maître L'Œillet, le maître
des maîtres.

Un paragraphe particulier du programme portait que l'on aurait bien soin d'ouvrir toutes les
portes, toutes les fenêtres et spécialement le
poêle qui occupait le milieu de la salle.

N. B. — Ce poêle était énorme, comme le sont tous ceux dont on se sert en Hollande.

— Fantaisie de femme, disait-on. Cette belle comtesse a, d'ailleurs, la tête complètement tournée. Il faut la laisser faire.

Au jour dit, maître L'Œillet fut exact au rendez-vous.

Était-il bien sûr de lui ? Il souriait, voilà tout ce qu'on peut dire. Mais, un peu avant la cérémonie Mme Van-der-Maâle le regarda — *entre quatre-s-yeux*, comme on dit. Maître L'Œillet ne souriait plus.

— Allons, avait-il l'air de penser, allons, cette fois ce ne sera plus un jeu d'enfant.

La galerie, très nombreuse, était accourue pour juger définitivement les deux rivaux, mâle et femelle.

Maître L'Œillet se pose avec une confiance bien jouée et le combat commence. Pendant dix minutes, c'est un échange de feintes excessivement habiles de la part de Mme Van-der-Maâle.

— Elle a une poigne d'acier, disaient les assistants.

A la fin, le maître d'armes se trouble ; ses regards, déconcertés, ne suivent plus la direction de sa pointe ; sa main sent encore le fer par habitude, et la comtesse trouve dix occasions de le frapper.

Jouant avec lui comme le chat avec la souris, elle l'épargne visiblement, mais elle le pousse avec vigueur, tantôt vers une porte, tantôt vers une fenêtre.

— Ah! ça, il ne lui tient pas trop bien tête, dit-on dans les groupes.

Enhardie, elle le promène tout autour de la salle, lui cédant du terrain, quand elle le voit près de sauter par la fenêtre et recommençant le manège au milieu des rires de tous les spectateurs.

Hors d'haleine et tout désorienté, maître L'Œillet se laisse conduire jusqu'à l'ouverture du poêle (nous avons dit combien est grand un poêle en Hollande); mais là, rompant encore, le maître d'armes glisse, tombe à la renverse, est colloqué dans la porte du calorifère, reçoit un superbe coup de fleuret dans la poitrine, et Mme Van-der-Maâle s'écrie :

— Eh bien, vainqueur, en avez-vous assez comme ça?

*
* *

La fin de cette aventure, vous l'avez sans aucun doute pressentie.

Dès ce moment, la supériorité de la comtesse ne pouvait plus être révoquée en doute.

Cette mystification, unique dans l'histoire des salles d'armes, prouvait combien la grande dame avait été généreuse lors du premier combat.

Quant à maître L'Œillet, bafoué, tourné en ridicule, il comprit qu'il ne pouvait demeurer vingt-quatre heures de plus à La Haye. C'est pourquoi, dès le lendemain, il fit sa valise et repartit dare dare pour Paris, où il s'est remis à courir le cachet.

XVIII

LE PETIT-FILS DU DOCTEUR NOIR.

I

— Parions-nous, Raymond ?

— Eh ! sans doute, puisque c'est la mode. De nos jours, les chevaux ont remplacé les cartes. On ne fait plus courir que pour avoir occasion d'engager des enjeux.

— Je mets cent louis sur *Sornette*, Raymond.

— Je mets cent louis sur *Nautilus*, Octave.

— *Sornette* n'est pas une jument ; c'est une gazelle de grand format.

— *Nautilus* n'a jamais été un cheval ; c'est un aquilon descendu de la rose des vents.

Ces jolies choses, si bien tournées en madrigal, se débitaient au bois de Boulogne, en 1872 ; c'était le dernier lundi du mois de mai et le second jour des courses du printemps.

La scène se passait à deux cents pas environ de la cascade, en vue de ce tapis vert de La Marche dont les amateurs de la race chevaline ont fait depuis un quart de siècle leur champ de bataille.

Ce bois de Boulogne, qu'on a si spirituellement surnommé le *boudoir des forêts*, était, ce jour-là, dans l'épanouissement de toute sa beauté.

En mai, les arbres sont encore chargés de fleurs, notamment dans l'avenue des Acacias. A la feuille d'un vert émeraude des platanes que la brise change en éventail, aux branches d'or des faux-ébéniers, à la poésie des arbres de Judée qui sont d'un rose si tendre, on voit, par places, succéder les arbres du Nord, des pins droits comme des colonnes grecques, le sapin et les cèdres dont les puissantes membrures et le feuillage bizarre racontent à nos citadins les paysages des autres climats.

On sait d'ailleurs ce qu'est un jour de courses pour Paris. Les Français aiment-ils sérieusement le cheval? On peut en douter. Cependant les Anglais ont réussi à leur faire accroire que le suprême bon ton consistait à s'occuper de ce qui se passe dans l'écurie. Tout aussitôt notre capitale s'est trouvée garnie d'un peuple de centaures. Désormais tout le monde s'en mêle, en haut, au milieu et en bas de l'échelle sociale. Tous les sexes accourent, tous les âges s'y confondent. On a pour les courses un costume spécial, des gants faits exprès; on a aussi adopté un langage impertinent et bizarre, moitié palfrenier, moitié homme du monde, qui ne se parle qu'au milieu de ces fêtes.

Un touriste de l'école de Molière ne peut que sourire en contemplant ce tronçon de la comédie humaine. Voyez-vous cette foule qui, à part

9.

quelques exceptions, n'a jamais su qu'aller à
pied et qui se passionne pour l'art de monter à
cheval ! Entendez-vous ces calicots de la rue
des Bourdonnais qui ont tant de peine à ne point
parler correctement la langue maternelle et
qui s'exercent au jargon de New-Market ! Aper-
cevez-vous ces Gommeuses qui, avant de mettre
le pied à Paris, gardaient les dindons dans la
Beauce et qu'on surprend à se carrer en princesses d'un jour sur des huit-ressorts payés par les
descendants des Croisés ! Que de piquants coups
de crayon, pour un caricaturiste à la Juvénal,
tel que l'a été Gavarni ! Mais attendez pourtant.
Le ridicule coule à pleins bords à travers ces
masses endimanchées, soit ; néanmoins il n'y a
pas qu'à rire. Notre civilisation d'affamés y
trouve aussi son compte. Quand dix mille élégants, cinq cents sportmen, deux cents jockeys
et deux cent mille curieux se donnent rendez-
vous pour venir voir des chevaux d'élite faire
un kilomètre de chemin en trois minutes, toutes
les industries battent des mains. Il ne s'agit plus
uniquement du triomphe de telle ou telle bête.
La fête s'étend aux marchandes de fleurs, aux
coiffeurs, à la parfumerie, aux loueuses de
chaises, à l'agence matrimoniale, aux pâtissiers,
aux reporters, à la poste, au télégraphe, aux
pigeons messagers, aux changeurs, aux mar-
chands de coco, aux restaurants, surtout à ceux
qui sont renommés pour déboucher lestement
le champagne. Bref, un jour de course fait
couler l'or par ruisseaux.

Il en était assurément ainsi pour le lundi dont il vient d'être question.

L'affiche avait attiré par les dix portes du bois une cohue immense, des flots de peuple assez compactes pour rappeler à l'esprit une assemblée romaine du temps des Césars. Mais il faut se hâter de le dire, c'étaient les belles toilettes qui dominaient. Jeunes pour la plupart, les femmes se faisaient remarquer par l'éclat de plus en plus asiatique de leurs parures. On n'entendait qu'un mot de cent pas en cent pas :

— La belle journée ! le beau monde !

Au reste, les deux oisifs qui pariaient si bien au commencement de ce récit, l'un pour *Sornette*, l'autre pour *Nautilus*, ne se fatiguaient guère l'esprit à analyser la foule au milieu de laquelle ils circulaient. Tous deux jeunes, tous deux riches et élégants, ils étaient du nombre de ceux qui, en naissant, trouvent toujours le monde bien fait à leur gré. Une seule philosophie les attirait, celle du plaisir.

Ils étaient venus à La Marche un peu pour voir, un peu pour être vus, un peu aussi pour parier.

Dans cette foule si mêlée, on n'aurait pas été en peine de signaler des centaines d'oisifs qui leur ressemblaient de point en point.

En se rendant du café de la Cascade à l'enceinte du pesage, ils avaient été, durant quelques instants, arrêtés par un groupe.

Tout au milieu du chemin, sur une borne, se dressait une manière de prophète ; c'était ou un

Gracque ou un Jérémie — nous ne savons plus
au juste lequel — qui parlait en termes ardents
des affaires du jour.

Octave et Raymond ne purent se retenir de
hausser les épaules de pitié.

— Qu'est-ce qu'il nous chante là ? dirent-ils.
Comment ! ce beau diseur nous recommande de
prendre nos querelles, de les enfermer au fond
d'un sac et de les jeter dans la Seine pour ne
songer qu'à l'étranger. Est-ce qu'on vient débi-
ter de ces sermons-là au milieu d'une fête publique ? A Chaillot, les gêneurs ! comme dit le
peuple.

Après avoir murmuré ces paroles, ils pour-
suivirent leur chemin.

Un peu plus loin, à vingt-cinq pas de là, il se révé-
lait une autre scène d'un caractère plus animé.

Raymond et Octave entendaient les gémissements d'une femme.

Une mère avait perdu son fils, âgé de sept ans,
et elle se lamentait en poussant des cris d'Hé-
cube désolée.

— Mon enfant ! Où est mon fils ? Je serai la
servante de celui qui me ramènera mon enfant !

Sans doute elle était coupable de la plus con-
damnable des imprudences ; sans doute elle n'aurait jamais dû amener un enfant d'un âge si tendre à travers une foule si profondément distraite
et égoïste : Raymond et Octave le lui dirent en
termes amers.

— Eh ! madame, quand on ne veut pas perdre
son enfant, on ne l'amène pas au bois de Boulo-

gne, un jour de course, au milieu de deux cent mille Parisiens et Parisiennes qui ne sortent de chez eux que pour s'amuser !

Peut-être, cher lecteur, pensez-vous qu'il n'y avait rien à répliquer à ça ? Eh bien, entre nous, vous vous êtes trompé. La preuve qu'il y avait une réponse à faire, c'est que la pauvre femme la fit.

— Ah! messieurs, ah! mesdames, vous me blâmez en raison de mon imprudence et, au fond du cœur, je suis obligée de vous donner raison. Cependant écoutez-moi, et vous allez comprendre. Nous sommes de pauvres gens. Pour vivre, pour faire vivre ma famille, je vends des fleurs à la main, de petits bouquets d'un sou. Ces sortes d'assemblées sont particulièrement favorables à cet humble commerce. Il y a mieux : tout ce qui est petit plaisant mieux à l'œil, on y vend dix fois plus quand les fleurs sont offertes par la main d'un enfant. Voilà pourquoi j'avais amené le mien, commençant de bonne heure, hélas! à le dresser au dur apprentissage de la vie. Mais vous savez qu'à sept ans leur raison n'est pas encore formée. Il n'a pas même encore sept ans sonnés, celui-là! Il est distrait. Un rien l'amuse en chemin. Au milieu de cette foule qui remue sans cesse, il a quitté tout à coup ma main. Il m'a échappé. Il a disparu en une seconde. Perdre ma journée, perdre l'occasion de vendre, perdre mes fleurs, celles qu'il portait, c'était déjà un grand mal ; mais égarer mon enfant peut-être exposé à être écrasé par les groupes ou sous les

pieds des chevaux, ou emporté par une voleuse
d'enfants, par des bohémiens, par des saltim-
banques, c'est le comble de la misère!

Elle se lamentait, elle pleurait à chaudes
larmes. Pour la consoler autant que possible,
quelques bonnes âmes lui jetaient dans la main
un peu d'argent et même un peu d'or. Mais que
faire de cet or, si elle ne devait pas revoir son
fils? Elle ne s'en montrait que plus affligée.

— Hélas! il aurait fait un si bon souper, ce
soir — par extraordinaire, — disait la pauvre
mère.

En ce moment, un inconnu fendit les flots de
la foule.

C'était un homme de haute taille, grand, maigre, pâle, tout habillé de noir. Son œil était d'une
clairvoyance incroyable. Il ne souriait pas. Il
n'était pas triste non plus. Il tenait à la main un
enfant, celui-là même que la marchande de fleurs
avait perdu, vingt minutes auparavant.

— Tenez, brave femme, dit-il, voilà votre fils.
Surveillez-le mieux à l'avenir.

Et il disparut au milieu des groupes, sans
attendre un mot de remercîment.

II

Une scène si inattendue ne pouvait manquer
de causer une vive émotion. De tous côtés, on
cherhait des yeux l'inconnu. Qu'était-ce que cet
homme qui, à travers les masses, allait chercher
un enfant du peuple pour le remettre à sa mère?

Comment! au milieu d'un si grand nombre d'indifférents, un cœur composé de fibres et de sang et qui battait pour une pensée d'humanité? S'il faut le dire nettement, on n'en revenait pas. La surprise était à son comble. Un ami du malheur, un philanthrope, quel oiseau rare! Il y en avait qui souriaient en songeant à cet acte de don quichottisme.

— Évidemment, c'est bien; l'eussiez-vous fait, vous?

— Non, certes; ni vous non plus, j'imagine.

D'autres disaient:

— Ce doit être un *toqué*, cet homme-là?

— Vous vous trompez.

— Qu'est-ce donc, alors?

— Un fin renard qui cherche à happer le prix Monthyon et qui l'aura, vous le verrez.

En habitués des boulevards où voltige sans cesse l'épigramme, Raymond et Octave n'étaient pas éloignés de partager l'opinion émise en dernier lieu par les groupes. Quoiqu'ils fussent de ceux qu'on nomme les heureux du monde, ils ne voyaient partout que du mal. Cette interprétation satanique d'un beau trait leur paraissait aussi ingénieuse que probable.

— Celui qui vient de parler le dernier a raison, murmuraient-ils en souriant. Notre sauveur doit être quelque candidat aux récompenses académiques.

Sur ce, ils passèrent leur chemin, en continuant à se porter du côté de l'hippodrome. Mais à tout moment, les flots de la foule embarras-

saient leur marche, les obligeant à une halte forcée, soit près d'une file de voitures découvertes,
soit au milieu d'une guirlande d'élégants et d'élé-
gantes.

— Tiens, Raymond, s'écria tout à coup Octave
en attirant l'attention de son ami sur un banc
peint en vert, adossé à un remblai, tiens, que
dis-tu de cette jeune fille? Les blondes sont fort
à la mode, tu le sais. Mais en trouverait-on dans
tout le bois une seule qui fût plus dorée?

Et il se mit à réciter avec une sorte d'affecta-
tion deux des beaux vers des *Orientales :*

> Mais on dirait qu'on l'a dorée
> Avec un rayon de soleil.

— Allons donc! riposta l'autre d'un air de dédain, une beauté de province, de sous-préfecture tout au plus!

En entendant ces paroles, prononcées à haute
voix, la jeune fille ne put s'empêcher de rougir ;
son cœur battit avec violence. En même temps,
elle jeta un regard à un cavalier assis près d'elle-
même et près de sa mère; puis, une réflexion
soudaine traversant son esprit, elle devint pâle
comme une blanche statue de marbre. Alors les
veines de son front se gonflèrent et d'une voix
altérée par l'émotion:

— Maman, dit-elle, je me sens mal; rentrons.

— Comment, mais les courses ne sont pas
commencées?

— N'importe. Demande à Gustave de nous
reconduire.

Pendant ce temps-là, les deux parieurs s'é-
taient éloignés.

— Mais à quel caprice obéis-tu, Fanny? reprit
Mme d'Olbreuse, qui, tout occupée à saluer une
personne de sa connaissance, n'avait rien vu, ni
rien entendu. Tu as désiré voir courir. Nous
avons eu grand'peine à nous procurer une des
meilleures places qui donnent sur la pelouse, et
voilà que tu veux t'en retourner! Tu te trouves
mal, dis-tu? Attends un peu. En moins d'une seconde, l'attrait du spectacle te captivera assez
pour te remettre.

— Assurément ma tante a raison, ajouta aussitôt Gustave des Courtilz. Ces places sont les
meilleures du bois.

En parlant ainsi, le jeune cavalier se leva
vivement et ajouta:

— Il est certain qu'on ne commencera pas
avant dix minutes. En attendant, permettez-moi
d'aller dire deux mots à un ami de collège.

— Ne me quittez pas, mon cousin, s'écria alors
la jeune fille encore effrayée.

— Que craignez-vous, chère Fanny? N'êtes-
vous pas auprès de votre mère?

En disant ces mots, il regarda du côté par où
les deux impertinents s'étaient échappés. Élevant
de nouveau la voix, il reprit d'un ton aisé et leste:

— Je suis à vous, mesdames; je reviens dans
un instant.

Il se perdit ensuite dans la foule.

En le voyant s'éloigner, Fanny cherchait à
causer avec sa mère. La jeune fille s'efforçait de

parler des courses, du cheval favori, de l'étrange physionomie des jockeys, des grandes dames qui affectaient de se montrer sur les hauts gradins de l'hippodrome; mais à toute parole qu'elle prononçait, sa langue, distraite ou comme paralysée, se collait à son palais. En réalité, ce n'était plus aux divertissements hippiques qu'elle songeait, mais à la scène qui venait de se passer sous ses yeux. Elle revoyait les deux élégants. Elle entendait de nouveau le plus méprisant des deux dire d'elle-même, tout haut, qu'elle était une beauté de province, de sous-préfecture, tout au plus. — Un tel propos constitue-t-il une injure? — Eh! oui, sans aucun doute, si celui qui le tient y met visiblement le ton du sarcasme et de l'outrage. Voilà ce que décide l'allure bizarre de nos mœurs. A bien prendre les choses, qu'est-ce qu'une parole, même malsonnante, prononcée par un inconnu sur une personne qu'il n'a jamais vue et qu'il ne reverra probablement plus? Rien autre chose qu'un vain bruit que le vent emporte. Mais la vanité nationale ne l'entend pas ainsi; le Français tient à être à cheval sur le point d'honneur. Fanny, se croyant grossièrement insultée devant l'homme qui était sur le point de devenir son mari, n'avait pas eu assez de présence d'esprit pour dissimuler son effroi ou sa colère. A présent que le sang-froid lui était revenu, elle se repentait amèrement de l'enfantillage de son attitude.

— Il court à eux, pensait-elle. Il va les provoquer. Ils se battront et ils se battront pour moi!

Un moment elle eut la pensée de confier ses angoisses à sa mère, mais elle la voyait si calme qu'elle hésitait. Tout en cherchant à sourire, Fanny se disait :

— Il se peut d'ailleurs que je me trompe ; Gustave ne s'est aperçu de rien ; il n'a pas entendu un mot de ce qu'ils ont dit. Ce n'est donc pas à eux qu'il en a ; il va venir nous rejoindre.

En ce moment, en effet, le jeune homme revenait, mais il était déjà tout différent de ce qu'il s'était montré au moment de sa sortie ; Gustave avait les lèvres serrées et pâles. Il tenait une carte qu'il pliait et repliait convulsivement entre ses doigts. Plus de doute pour Fanny ; ses pressentiments étaient fondés. Un rendez-vous venait d'être donné à son cousin, à son promis. Deux hommes venaient de prendre l'engagement de s'égorger à cause d'elle. — L'émotion qu'elle ressentit fut telle qu'elle s'évanouit.—On lui fit respirer des flacons d'éther.

— Gustave, dit alors la mère tout éplorée, prévenez Baptiste de faire approcher la voiture. Il faut sans retard ramener la pauvre enfant à Paris.

Ce fut, en effet, ce qui eut lieu.

Il s'est écoulé douze heures.

Nous sommes au lendemain.

— Mademoiselle Bastienne, comment va Mlle Fanny ? — disait à voix basse le cocher de Mme d'Olbreuse en avançant doucement la tête dans l'antichambre.

— Mieux, Baptiste ; mademoiselle a repris

connaissance. Entrez donc, continua la femme
de chambre en sucrant une infusion de tilleul.
Mais que s'est-il donc passé à ces courses d'hier ?

— Dame, mademoiselle Bastienne, voilà. J'é-
tais bravement sur mon siège, en dehors du
gros de la foule, quand j'ai vu s'avancer M. Gustave. Il levait haut la tête, il boutonnait son habit
comme on le fait lorsqu'on veut chercher querelle à quelqu'un. Eh bien, c'était vrai qu'il allait lancer une provocation. En un rien de temps,
il s'approcha de deux beaux messieurs de
ceux qu'on appelle *petits crevés*, vous savez. Une
raie sur la tête, un mufle d'imbécile, un col
cassé, un stick à pomme d'or en main ; voilà
l'espèce. Pour lors, en s'approchant, le cousin
de mademoiselle donna un coup de coude à
celui qui avait l'air de friser sa moustache. Ça
lui fit tomber sa canne sur le sable, à ce mirli-
flore.

— Vous venez de faire tomber ma canne ; vous
allez la ramasser, monsieur ! dit le *petit crevé* à
notre jeune maître.

— Monsieur, répliqua vivement M. Gustave,
ça ne me plaît pas de faire ce que vous me com-
mandez. Cependant, si vous y tenez, je la relè-
verai, votre canne, mais pour vous la casser sur
les épaules.

Alors la foule accourut ; on les enveloppa et
et je ne vis plus rien, si ce n'est que cinq minutes après, M. Gustave et Mme d'Olbreuse ap-
portèrent Mlle Fanny sur leurs bras pour la mettre dans la voiture.

— A l'hôtel ! me cria ma maîtresse.

En homme qui ne connaît que son devoir, j'ai crevé mes pauvres chevaux, et voilà tout.

— Allons, ce ne sera rien, riposta la femme de chambre, en congédiant le cocher. On a fait venir un médecin, un des plus savants, le plus fort de Paris peut-être, un docteur tout habillé de noir, et il a dit, dès la première visite : — «Une peur de jeune fille. C'est quelquefois une chose grave. Celle-là, j'en réponds, n'aura pas de suites sérieuses. »

Baptiste sortit, et il n'était point à dix pas que l'homme de l'art se présentait pour faire sa visite du jour,

— Annoncez le docteur Stello, dit-il à la femme de chambre.

Stello, vous connaissez pour sûr ce nom-là. C'est celui du Docteur noir dont Alfred de Vigny a si bien raconté la *Première consultation*. Hélas ! dans une heure de découragement et de scepticisme, le poète a lui-même jeté au feu la *Seconde Consultation*, rue des Écuries-d'Artois. — Stello, le Docteur Noir, celui qui nous a appris tour à tour la mort de Gilbert, le suicide de Chatterton et le supplice d'André Chénier, Stello a laissé un petit-fils et ce petit-fils est médecin comme son aïeul. Hâtons-nous de noter un point essentiel : il s'efforce d'être encore plus médecin de l'âme que médecin du corps.

Stello a quarante-un ans sonnés, et il est déjà chauve. Il est de haute taille. Figure pâle, calme, sérieuse, on dirait qu'elle a été taillée dans le marbre par le ciseau du Puget. Sans mépriser la science et, au contraire, en la pratiquant, il compte surtout pour la guérison de ses malades sur l'étude de la psychologie, sur le jeu des passions, sur la persuasion par voie de causerie. C'est, du reste, un homme étrange qui, peu semblable aux autres, ne recherche ni les fonctions, ni les rubans, ni les titres, ni les honneurs, ni l'argent, ni les fanfares de la réputation, toutes choses dont les contemporains se montrent si friands. Il se borne à vouloir guérir comme Ambroise Paré et comme son grand-père. Ayant un patrimoine de douze mille livres de rente, il n'est ardent que pour le bien. Autour de lui, on vous apprendra qu'il connaît aussi bien Paris qu'Asmodée connaissait Madrid. Ceux qui ont lu ce qui précède ce récit l'ont vu, d'ailleurs, apparaître au premier chapitre de cette histoire. Rappelez-vous l'enfant de la marchande de fleurs perdu dans la foule ; c'était Stello qui le ramenait à sa mère.

Mais revenons à Mlle d'Olbreuse.

Pâlie et couchée sur une chaise longue, Fanny recevait les soins de sa mère désolée. En même temps, elle suivait des yeux Gustave, qui, fort agité, s'avançait vers l'entrée afin de recevoir le docteur.

— Monsieur, disait-il, la fièvre a persisté.

Stello ne lui répondit que par un léger sourire. Cela signifiait très clairement qu'il n'avait aucune inquiétude. D'un coup d'œil il avait deviné la source du mal. Il trouvait là-dedans de l'a-

mour et de l'effroi mêlés. Ce qu'il fallait, avant
tout, c'était un pansement moral.

— Gustave, laissez-nous seuls un instant avec
le docteur, dit Mme d'Olbreuse à son neveu.

Dans une première visite, Stello n'avait pu
qu'entrevoir la vérité. Ah ! la vérité, il faut la
révéler tout entière au médecin qui veut vous
guérir comme au confesseur qui nettoie votre
âme de ses ordures, comme au notaire qui
rédige votre contrat de mariage, comme à
l'avocat qui s'apprête à défendre votre honneur
ou votre tête. Mais c'était le système du Docteur
Noir d'interroger à fond afin de ne rien ignorer
de ce qu'il lui importait de savoir. — Stello
pressa donc de vives questions la mère et la
fille, et il fallut bien ne lui rien dissimuler.

En expliquant les faits, Mme d'Olbreuse ne
pouvait se défendre de gronder légèrement
Fanny.

— Quelle imprudence, ma fille, d'avoir fait
appel même avec un seul coup d'œil à l'appui
de Gustave ! Sachez, au surplus, que vous avez
compromis votre dignité de femme en prenant
pour vous ce qu'un impertinent a pu dire, et
c'est pour cela que vous avez disposé de la vie
d'un homme ! Allons, calmez-vous ; ne tordez
pas ainsi vos bras. Le docteur est habitué à faire
des miracles. Il nous tirera de cette aventure.

— J'y mettrai, du moins, tout mon savoir,
répondit philosophiquement Stello.

III

Après avoir prononcé les paroles que nous venons de rapporter, le médecin écrivit une prescription, en très peu de lignes :

« Continuer l'infusion de tilleul, sucrée avec du miel ; — faire de la musique de demi-heure en demi-heure, — pendant dix minutes.

» STELLO, D.-M.-P.»

Après que le papier eut été remis à Mme d'Olbreuse, il salua cérémonieusement les deux dames et sortit.

Stello sortit de l'appartement, voulons-nous dire. — En se retirant, il avait rencontré, dans l'un des corridors, Gustave des Courtilz, le fiancé de la jeune malade.

— Eh bien, monsieur, et Fanny, où en est-elle ? demanda le jeune homme.

— En très bonne voie de guérison, monsieur.

— Dieu soit loué, docteur ! Je vous remercie du renseignement, docteur !

L'appartement de Gustave se trouvant à deux pas, le fiancé de Fanny pria le médecin de vouloir bien s'y arrêter quelques minutes.

— Je suis à vos ordres, monsieur, répondit Stello.

A peine furent-ils entrés que le jeune homme, montrant une carte sur carton-porcelaine, la mit sous les yeux du savant visiteur. — Il n'y avait que deux lignes :

RAYMOND DUTHÉ,
17, *rue Louis-le-Grand.*

— Vous pour qui Paris n'a pas de mystères, connaissez-vous ce nom-là, monsieur le docteur? reprit Gustave avec un mouvement de vivacité presque fébrile.

— Oui, monsieur.

— Qu'est-ce donc qui celui qui le porte ?

— Pour tous ceux que ne s'arrêtent qu'aux apparences, c'est un jeune homme du monde. Pour un observateur, c'est un fou comme il en existe de nos jours un si grand nombre, mais un fou dangereux, toujours prêt à troubler l'existence des autres et la sienne propre.

Gustave des Courtilz rougit tout à coup.

— Eh bien, docteur, ce fou je l'ai insulté, hier au soir, au bois. Nous devons nous battre à l'épée, demain matin, à Vincennes, près de la Maré-aux-Minimes. C'est pour cette raison que j'ai à vous demander un service.

— A moi, monsieur ?

— Oui, à vous, docteur.

— Que souhaitez-vous donc de moi, monsieur ?

— Que vous me serviez de témoin.

— Cher monsieur, vous vous adressez mal. Premier point, je désapprouve le duel, qui n'est, aux yeux des moralistes, qu'un assassinat déguisé. Second point, quand ceux de ma profession

10

assistent à un combat singulier, c'est toujours
avec l'arrière-pensée d'empêcher l'effusion du
sang ou de fermer la blessure.

— Soit. Ne prenez aucune part au combat, si
la chose vous répugne. Trouvez-vous-y.

Ici Stello protestait avec toute l'énergie dont
il était capable.

— Même en qualité de médecin, je ne puis
jouer un rôle dans une de ces boucheries que je
condamne en principe. Le duel, on sait que c'est
une coutume des Francs, nos ancêtres, mais
ce n'en est pas moins une coutume barbare.
Encore dans les temps d'ignorance où la force
physique décidait du bon droit des combattants, un noble ne pouvait se battre contre un
roturier, ni un catholique contre un juif, ni un
lépreux contre un homme sain. De nos jours,
un homme de cœur peut jouer sa vie contre un
fat, un sot ou un fou. Vous voyez que la barba-
rie subsiste. Ainsi vous comprenez que la partie n'est pas égale.

— Je l'ai égalisée en insultant mon adversaire,
répondit Gustave.

Et, à ces mots, il avait l'air de se mettre en
garde.

— Vous l'avez insulté, et vous en tirez gloire!
Eh bien, je vous conseille de vous en vanter!
Vous l'avez insulté, dites-vous? Mais plus habile
à l'escrime ou plus favorisé du hasard, s'il parvient, d'un coup, à vous coucher sur le carreau
qu'arrivera-t-il? On vous accordera trois lignes
de nécrologie dans les journaux. Quelques-uns

de vos proches porteront le deuil trois mois au
plus. Après ça, vous serez oublié à tout jamais.
Et, au bout du compte, vous aurez fait le sacrifice
de votre vie sans avoir été utile aux autres, à
vos frères.

Il y eut une légère pause ; Stello reprit d'un
ton grave :

— Nous vivons dans un temps où il n'est plus
permis à personne de faire follement la dépense
de sa vie. Tout jeune Français se doit à la patrie
en deuil. Qui sait si, au lieu de finir d'une mort
inconnue, vous n'êtes pas appelé à finir d'une
manière glorieuse pour rendre au pays sa grandeur disparue ? Mais non, la vanité et la routine
d'un faux point d'honneur vous emportent. A un
noble trépas, à la mort de Bayard et de Marceau,
vous préférez un dénouement ridicule.

— Monsieur le docteur !

— Tout ce que vous voudrez, mais je vous
déclare que je ne prêterai ni directement ni indi-
rectement les mains à un acte de démence. Ceci,
cher monsieur, est pour vous dire de ne compter
sur moi, ni comme témoin, ni comme médecin.

Gustave s'était tu.

Stello reprit vivement :

— Pourtant, je puis servir à quelque chose.
Voulez-vous me charger d'arranger cette déplorable affaire ?

— Non, monsieur, non, pour rien au monde,
s'écria des Courtilz. J'ai provoqué, je me battrai.
Je tuerai Raymond Duthé ou bien je serai tué
par lui.

Jugeant sans doute qu'il en avait trop entendu, le Docteur Noir se leva, reprit son chapeau, sa canne, ses gants. Il salua ensuite le jeune homme comme il avait l'habitude de saluer tout le monde ; après quoi, il se retira.

Tout en regagnant la voiture qui l'attendait à la porte, il songeait à ce qui venait de se passer.

— Eh bien, ils n'y vont pas de main morte, les jeunes gens d'aujourd'hui. Voyez-vous le cas qu'ils font de cette vie humaine que nous autres, hommes de science, prêtres de l'art, nous avons tant de peine à conserver ! « — Je le tuerai ou bien il me tuera ! — » Les mères ne sont rien pour ces jolis messieurs, ni la société non plus. Et tout cela pour quelques folles paroles prononcées sans préméditation au milieu du clic-clac des postillons et du cri des cochers ! On parle sans cesse de progrès. Bon ! il y a progrès dans l'art de s'assassiner, soit, mais c'est tout. — Il y a progrès ! Mais que faisait-on de plus sous Henri III ? — Et si j'allais voir de ce pas Raymond Duthé, l'adversaire, il y a mille à parier contre un que je lui verrais tenir le même discours. Ils veulent se tuer, ils ont soif de sang, ces raffinés d'honneur. Tant qu'il leur plaira, mais, de par tous les diables, les choses n'arriveront pas comme ils le supposent.

Il n'avait perdu de vue aucune des particularités que Des Courtilz avait révélées. Cela le mit à même de méditer sur ce qu'il y avait à faire. En examinant donc les choses, il arriva à concevoir un plan de résistance dans lequel l'homme de génie donnait la main à l'homme de cœur.

C'est cette combinaison stratégique que nous allons voir se dérouler sous nos yeux.

— Eh bien, j'ai eu tort, se disait le Docteur Noir, de refuser d'être témoin dans ce duel. Il faut que je me hâte de revenir sur cette décision.

Aussitôt rentré chez lui, il écrivit à Gustave des Courtilz le billet qui suit :

« Paris, le 7 mai 1872.

» Cher monsieur,

» Toute réflexion faite, je me rétracte ; j'accepte l'honneur que j'ai refusé, ce matin, d'assister à la rencontre qui doit avoir lieu demain au bois de Vincennes entre M. Raymond Duthé et vous. Il est seulement bien entendu que je ne figurerai à ce combat qu'en qualité de médecin.

» Veuillez donc m'attendre à sept heures et demie, à la porte de Montreuil.

» STELLO. »

Ce billet envoyé à son adresse, le docteur chercha à réveiller ses souvenirs sur l'adversaire. Après s'être cogné le front, il se dit :

— Eh ! pardieu, voilà mon moyen tout trouvé !

— Si j'ai bonne mémoire, j'ai eu, il y a trois ans, à examiner M. Raymond Duthé. Il fallait l'ausculter, le tâter, interroger les sources de la vie, le tout au nom d'une compagnie d'assurances. Un créancier, un parent, pour rentrer, un jour ou l'autre, dans une somme de cent mille francs

10.

qui lui est due par ce viveur, l'a assuré pour un espace de dix ans. Il reste donc environ sept ans à courir. Mais l'espace peut être aisément raccourci par la balle d'un revolver ou par un coup d'épée. — Le créancier, le parent, je le connais. En lui mettant la puce à l'oreille, j'aurais chance de faire avorter tout projet de duel. — Voyons, mon stratagème est-il donc si peu honnête qu'il ne me soit pas possible de le mettre en action? Ou je me trompe fort, ou le moraliste le plus sévère y applaudirait. Comment donc! l'existence d'un homme à sauvegarder et une dette de cent mille francs à garantir, ce ne peut être que louable? il n'y a pas le moindre doute à concevoir là-dessus.

Au bout de cet autre monologue, le Docteur Noir se recueillit comme on a coutume de le faire lorsqu'on cherche une formule. Il écrivit ensuite au crayon les lignes qui suivent:

« A monsieur Jean-Joseph Réchamieu, rue du Mail, 23.

» Monsieur,

» Un homme qui ne veut que du bien à tous les autres croit de son devoir de vous communiquer un fait qui serait de nature à porter à vos intérêts le tort le plus grave.

» Voici de quoi il s'agit:

» M. Raymond Duthé, votre débiteur, se bat demain matin en duel.

» On ne sait pas au juste si son adversaire

est fort à l'épée; cependant ce qu'on sait, c'est qu'il est question d'un combat devant entraîner mort d'homme.

» Vous serait-il agréable, monsieur, que celui qui vous doit cent mille francs tombât ensanglanté sur le gazon avant de vous avoir soldé?

» Il est supposable qu'un tel dénouement vous chagrinerait au plus haut point.

» Aussi vous donne-t-on avis de cette rencontre projetée afin que vous preniez les mesures propres à l'empêcher, ou, pour le moins, à en modérer le dénouement.

» N. B. — Le duel en question aura lieu, demain matin, dans le bois de Vincennes, à huit heures précises, près de la pièce d'eau des Minimes.

» L'AMI DE TOUT LE MONDE. »

Cependant Stello, fidèle à son habitude de ne rien faire à la légère, voulut relire ce billet.

Un scrupule de la nature la plus excusable agitait sa conscience.

— Ai-je bien le droit d'intervenir ainsi dans une affaire qui ne me regarde pas? se demandait-il. Ce que je fais est-il conforme à l'honneur?

Ce qui lui déplaisait dans cette démarche, c'était d'être conduit à faire une lettre anonyme. La réflexion aidant, il finit par comprendre que cette missive n'avait rien de l'odieux qui s'attache d'ordinaire à ces sortes de délations. En thèse générale, celui-là est le dernier des lâches qui envoie par la poste un tissu de révélations non signées. Plutôt que d'avoir recours à un aussi méprisable expedient, il aurait cent fois mieux aimé renoncer à la mission de redresseur de torts. Mais, grâce à Dieu, il n'en allait pas ainsi. Tout au contraire, sa lettre, véritable instrument de la morale, pouvait être tenue pour un bon point à porter à son compte. En l'écrivant, il avait eu en vue un double objet : *Primo*, il écartait de deux familles une éventualité de larmes et de deuil ; *secundo*, il empêchait la ruine d'un créancier qui regardait ses cent mille francs comme reposant sur une solide hypothèque.

Stello envoya donc la lettre à son adresse.

— Malheureusement, dit-il, le succès peut dépendre encore d'autre chose.

IV

Stello était redevenu pensif.

Il ne suffisait pas, en effet, d'entourer la personne de Raymond Duthé d'une sorte de garde-fou ; le docteur se rappelait l'entrevue qu'il venait d'avoir avec le fiancé de Fanny.

— Gustave des Courtilz aussi est à craindre, se disait-il, puisqu'il refuse d'entendre raison. Comment faire pour rendre illusoires les incertitudes de cet autre insensé ?

Stello se décida à retourner chez Mme d'Olbreuse.

Au moment où il y faisait son entrée, notre philosophe n'eut pas besoin de se mettre longuement en frais d'analyse pour deviner que tout l'hôtel était en l'air.

Les domestiques, réunis dans l'antichambre, faisaient, suivant l'usage, leurs conjectures sur ce qu'ils avaient observé d'inusité chez leurs maîtres.

Mlle Bastienne, la femme de chambre, se faisait surtout remarquer par la vivacité de ses paroles.

— Madame d'Olbreuse écrit, mademoiselle Fanny pleure et prie: on dirait qu'il est arrivé quelque catastrophe. Savez-vous ce que c'est, vous autres?

— Monsieur Gustave écrit aussi. Il se frotte fréquemment le front et prononce tout bas, de temps en temps, des mots tels que ceux-ci: « Je donne et lègue. » Ce serait à faire croire qu'il rédige son testament. Qu'est-ce que tout cela signifie?

— Allons, vous n'êtes guère subtils, dit Baptiste, le cocher. Cet embrouillamini est pourtant clair comme le jour. M. Gustave a un duel demain matin à cause de la dispute de lundi soir, au bois. J'en mettrais ma main au feu.

En ce moment un coup de sonnette se fit entendre.

— Bastienne, dit Mme d'Olbreuse à la femme de chambre, tenez, prenez cette lettre et portez-la sans retard à M. des Courtilz.

Bastienne se mit en devoir d'obéir.

— Baptiste avait deviné juste, murmurait la

femme de chambre, il y a un duel sous jeu et cette lettre a pour objet de s'y opposer.

Dans un autre quartier de Paris, rue Louis-le-Grand, des scènes d'une toute autre allure se passaient au milieu d'un appartement de garçon.

Raymond Duthé, causant avec deux de ses amis, s'emporte en apostrophes comiques.

— Conçoit-on ce qui m'arrive ? s'écriait-il en allumant un cigare. Depuis deux ou trois heures, je suis poursuivi, traqué, enveloppé comme un cerf ne l'est pas par les chasseurs. Tous mes créanciers sont à mes trousses. Tout cela parce que j'ai à donner demain une leçon d'escrime à un petit monsieur dans un fourré du bois de Vincennes. Ma parole d'honneur, il n'y aura bientôt plus place dans Paris pour les honnêtes gens.

Il avait à peine fini que, soulevant une portière en cachemire, son groom lui apportait une lettre.

Raymond regarda négligemment la suscription de ce message.

— Encore l'écriture de Réchamieu ! dit-il en frappant du pied. Voilà trois dépêches dont il me bombarde coup sur coup ! Étant admis que j'ai eu la sottise de m'assurer pour cent mille francs qu'il aura à toucher dans sept ans d'ici, au cas où je serais sur mes jambes à cette époque solennelle, il craint à tout moment qu'on me casse comme un verre ou qu'on m'embroche comme une mauviette. Les deux premières mis-

sives témoignaient de sa profonde épouvante à
cet égard. Je parie cent louis contre un sou que
ce troisième envoi sera le reflet de la même
terreur.

En parlant ainsi, il fit sauter l'enveloppe de la
nouvelle épître.

Voici ce qu'il y lut, à voix haute et en s'ac-
compagnant de gestes qui s'efforçaient de peindre la consternation à laquelle son créancier
était en proie.

« Cher monsieur Raymond,

» Permettez-moi de vous renouveler l'expression de mes craintes et de mon attachement. On
assure que votre duel de demain repose sur les
causes les plus futiles. En quoi une pareille
rencontre pourrait-elle aider à votre réputation
en tant qu'homme de cœur ? Est-ce que vos
preuves ne sont pas suffisamment faites ? Tout
Paris sait que vous vous êtes battu cent fois.
En un tel état de choses, est-ce donc la peine
de courir quelque folle aventure et de compromettre en même temps l'avenir d'un honnête
père de famille qui n'a pas d'autre garantie que
les cent mille francs placés sur votre tête ?

» Voyons, cher monsieur, un bon mouvement
et méprisez un ridicule conflit dont il ne saurait
rien résulter de bon.

» Agréez les salutations de votre affectionné
serviteur.

» J.-J. RÉCHAMIEU. »

—Eh bien, reprit Raymond après avoir terminé sa lecture, qu'est-ce que tu dis de ça, Octave ? Voilà que je n'ai plus le droit de me faire tuer, si la fantaisie m'en arrive !

Raymond Duthé n'était pas au bout de ses épreuves. Ce même Jean-Joseph Réchamieu dont la sollicitude s'éveillait d'une façon si cruelle, avait imaginé un stratagème dont les créanciers de don Juan eux-mêmes ne se seraient jamais avisés. Pour en venir à ses fins, pour empêcher son débiteur de se battre et, par conséquent, de mettre en péril le fameux gage des cent mille francs, il venait de rédiger, sous forme de dépêche télégraphique, une sorte de circulaire, arrangée avec assez d'éloquence pour semer l'alarme parmi tous ses pareils. Quiconque était à n'importe quel titre créancier du viveur avait déjà reçu un exemplaire de ce *memorandum :* — « M. Raymond Duthé va se battre dans un duel à mort ; — M. Raymond Duthé n'existera plus demain matin, si l'on n'y met bon ordre. » Le bourdon de Notre-Dame sonnant le tocsin à grandes volées n'aurait pas produit un effet plus sinistre dans la zone des fournisseurs inassouvis ou impayés. La peur sait s'attacher au dos des ailes rapides. En moins de deux heures, la circulaire de M. Réchamieu eut changé en visiteurs inquiets tous ceux qui avaient un billet en souffrance ou un mémoire non acquitté. H. de Balzac a usé sa plume de fer à raconter les fureurs du commerce parisien, mais l'auteur de tant d'analyses sociales vivait à une époque

relativement calme, dans un temps où l'amour
du gain n'avait encore que des allures modé-
rées. L'appétit du lucre et la tendresse pour
l'argent ne sont plus ce qu'ils étaient il y a
trente ans. On peut dire qu'ils ont centuplé
pour le moins. Ces honnêtes gens du négoce
regardent désormais les membres de leur clientèle comme les chercheurs d'or de Californie
regardent les sables du Sacramento. Ces sables
il faut les laver, les tamiser et les réunir jusqu'à
ce qu'ils en aient fait des lingots ou des piles
de louis. Jugez donc de la panique dont trente
magasins à la fois devaient devenir le théâtre
quand un petit lambeau de papier vert, apporté
par un employé du télégraphe, leur apprenait
en termes précis qu'un de leurs gages les plus
précieux était sur le point de leur être enlevé
par une balle conique ou par quelque joli coup
d'épée.

— Ces ferrailleurs ! Peu leur importe de se
faire couper la gorge en laisant un dû derrière
eux. Le sens moral s'en va.

Raymond venait de jeter au fond d'une chiffonnière le troisième message de l'honorable
M. Réchamieu. Moitié souriant, moitié rêveur,
il se disposait à mettre le feu à un nouveau
cigare, puisqu'il est convenu que fumer est
tout pour certains hommes du jour. Mais en
ce même moment, le groom reparut pour dire
à son maître :

— Trois personnes demandent à parler à
monsieur.

11

— Trois personnes ! riposta Raymond en levant les yeux sur la rosace du plafond comme un homme qui chercherait le mot d'une énigme. Quelles trois personnes ? Je n'en attends aucune que je sache.

Et, sur le ton du commandement :

— John, vous savez bien qu'il faut toujours demander les noms.

Une minute ne s'était pas écoulée que le valet reparaissait, tenant trois cartes à la main.

Ces trois cartons, c'étaient autant des enseignes de magasin que des adresses.

— Qu'est-ce que c'est que ça ? reprit le prodigue d'une voix étranglée par la colère. M. Isaac Triboukoff, un Russe, un tailleur ! M. Ludwig Schumaker, un Prussien, un bottier ! M. Farinelli, un Italien, un parfumeur ! Et que me veulent-ils donc à une telle heure, ces estimables industriels ?

Faisant alors un retour sur l'intervention de M. Réchamieu dans ses affaires, il s'écria :

— Je vois qu'il y a là-dedans comme une sorte de franc-maçonnerie de fournisseurs. Dans l'esprit de ces braves gens, il suffit que je sois leur débiteur pour que chacun d'eux se croie propriétaire d'une partie de ma personne. Si ce n'était profondément ridicule, ce serait grandement odieux.

En finissant cette tirade, le *petit crevé* cria à John :

— Dites-leur à tous d'aller voir au Tir-aux-Pigeons si j'y suis.

Non moins docile que l'eût été un automate de Vaucanson sous la pression d'un ressort, le groom se retira afin d'exécuter les ordres qu'on venait de lui donner. Mais la surprise de son maître et de ses deux amis ne fut pas mince lorsqu'ils virent le serviteur revenir, mais d'un air tout effaré.

— Tandis que j'apportais les trois cartes à monsieur, dit-il, quatre autres personnes se sont présentées, c'est-à-dire quatre autres car-tes.

Cette fois, c'était le carrossier, le joailler, le chemisier et le marchand de cannes.

Raymond ne se sentait plus la force de se soutenir.

Un moment il eut la pensée d'aller décrocher une épée à coquillage à une panoplie, de s'en armer à la manière de Frédérick Lemaître dans le rôle de don César de Bazan, puis de se jeter en furieux sur cette bande de sept malotrus. Par bonheur, le sang-froid lui étant vite revenu, il comprit qu'au bout du compte les choses ne doivent point se passer dans la vie réelle comme au théâtre et qu'il y avait encore des ménagements à prendre avec ceux qui osaient violer ainsi son domicile.

— John, s'écria-t-il, dis-leur que je n'y suis pas, même si l'on vient m'offrir la couronne de Guazacoalco.

V

Ce matin-là, le soleil teignait d'un or pâle le sommet des arbres du bois de Vincennes ; l'air était calme et pur. De gais oiseaux s'ébattaient sur les branches flexibles. Les insectes bruissaient sous l'herbe.

— Voilà une belle journée qui commence, disait-on tout autour de Paris.

A la porte de Saint-Mandé, un cabriolet s'arrêta. Deux hommes en descendirent portant, l'un des épées sous son manteau, l'autre une boîte de pistolets.

Bientôt une autre voiture, à peu près garnie de même, se montra.

— Comme nous étions suivis par M. Réchamieu et par dix ou douze de ses assesseurs, dit une voix, nous avons dû faire de nombreux détours ; c'est ce qui vous explique comment nous sommes en retard de quelques minutes.

— Bon! dit une autre voix, nous avons réussi à dépister vos importuns, cher Raymond ; mais voici, par là-bas, deux gendarmes qui ont l'air d'avoir les yeux sérieusement braqués sur nous.

— Allons, il faut s'effacer un instant dans les fourrés. Quand les agents de la loi ne nous verront plus, ils ne penseront plus à nous.

Ce conseil, donné par Duthé, qui était ferré sur les affaires d'honneur, fut suivi par Gustave des Courtilz et ses deux témoins.

Un cinquième personnage arrivait en ce moment à grands pas.

On reconnut bien vite en lui le Docteur Noir.

— Nous voilà maintenant au grand complet, puisque le médecin se trouve au rendez-vous, reprit Raymond. Rien ne nous empêche plus de procéder au combat.

Il n'avait pas achevé ces paroles que Gustave des Courtilz, s'avançant sur la pelouse, fit signe de la main qu'il avait quelque chose à dire.

— Permettez-moi un mot, monsieur, reprit Raymond ; ce que vous faites là est contraire à tous les usages. En matière de quel, avant que le combat n'ait eu lieu, il n'y a que les témoins qui aient le droit de prendre la parole.

Le front pâle, les lèvres tremblantes, Gustave s'inclina un moment ; ce fut toute la réponse qu'il fit à cette interpellation. S'approchant ensuite de Raymond Duthé, il lui dit d'une voix qu'il s'efforçait de rendre ferme :

— J'étais allé, ce matin, chez vous, monsieur. J'avais à vous parler avant cette rencontre. Vous étiez déjà parti. C'est pour cette raison que j'ai à vous entretenir ici un instant.

— Je ne vois pas, monsieur, ce que vous pouviez avoir à me dire. J'ai le choix des armes. Néanmoins, je veux me montrer beau joueur. Je vous laisse prendre, à votre choix, l'épée ou le pistolet.

— Il ne s'agit pas du choix des armes, reprit des Courtilz.

— De quoi donc s'agit-il, monsieur ?

Ici Gustave prit l'attitude d'un homme qui fait un appel suprême à sa volonté.

— Je voulais vous dire, monsieur, — et sa voix tremblait, — je voulais vous dire que ma conduite d'hier était celle d'un fou et que je ne craignais point de vous en faire mes excuses.

Raymond Duthé, cédant à un profond sentiment d'étonnement, paraissait être de glace.

— Hier, monsieur, dit-il avec un ton de visible impertinence, hier, vos excuses, je les aurais peut-être acceptées: mais, ce matin, il n'est plus temps. Croyez que je n'ai pas l'habitude de me lever de si bonne heure et de me déranger pour rien.

Il y eut un petit temps de silence.

Octave, l'ami et le premier témoin de Raymond Duthé, crut devoir intervenir.

— En fait d'excuses, dit-il, il me semble que la réparation doit être publique, puisque l'insulte a été faite au milieu de la foule, un jour de courses. Or, comme nous ne pouvons réunir au bord de la pièce d'eau des Minimes les deux cent mille personnes qui se trouvaient à La Marche, il faudrait que monsieur signât son repentir, en sorte qu'on pût le faire paraître dans un journal qui pourrait être parcouru par deux cent mille lecteurs.

Gustave des Courtilz, pétrifié par la tournure qu'on venait d'imprimer tout à coup aux choses, ne savait plus quelle réplique opposer à de telles prétentions.

En voyant que le silence se prolongeait de

façon à donner le temps aux gendarmes ou à
l'honnête M. Réchamieu de revenir, les témoins,
sortant de leur immobilité momentanée, se
remettaient à parler des conditions d'un inévitable combat, lorsqu'une voix plus grave et
peut-être plus magistrale que celles qu'on avait
entendues jusqu'à ce moment résonna et fixa
bien vite l'attention de tous les auditeurs.

C'était le Docteur Noir.

Stello venait de juger le moment opportun
pour intervenir et il prenait donc sur lui d'entrer
personnellement en scène.

— Messieurs, dit-il tout à coup, je ne suis
pour rien dans les affaires qui vous ont ame-
nés sur le terrain. Je représente ici la société,
la science et la paix. En cette qualité, j'ai, je
pense, le droit de donner mon avis. Etes-vous
donc disposés à m'écouter les uns et les autres?

— Docteur, dit Raymond Duthé, parlez en
toute liberté, mais parlez vite : le temps presse.

— Messieurs, reprit Stello, un des deux combattants, bien plus courageux qu'on ne le pense,
vient de s'humilier au point de présenter des
excuses à son adversaire. C'est le contraire de
ce qui se fait tous les jours. C'est, suivant moi,
le signe d'une grande force intellectuelle et
morale. J'ose espérer que cette tentative d'a-
paisement n'aura pas été faite en vain. Où en
serions-nous donc, messieurs, si l'acte de folie
d'un écervelé ne pouvait être réparé que par
un crime? Je viens de dire un crime. Un duel,
en effet, est un double assassinat, prémédité de

sang-froid. Aussi n'y a t-il pas de sacrifice que je ne conseille pour éviter une telle éventualité. Un des témoins de M. Raymond Duthé vient de parler d'excuses qu'on accepterait si elles étaient écrites. Je demanderai à M. Gustave des Courtilz d'avoir de l'abnégation jusqu'à être un stoïcien et d'écrire ici-même, sans le moindre retard, une lettre dans laquelle il accusera nettement ses torts. Cette lettre, il la signera devant nous tous.

Tandis que Stello s'échappait dans cette tirade qui était autant d'un poète que d'un philosophe, Raymond Duthé s'enhardissant de plus en plus, poussa l'arrogance jusqu'à refuser de nouvelles propositions. Il se promenait de long en large pour donner à entendre qu'il était agité par une impatience sans pareille. Il s'avança subitement et s'écria :

— On vient de parler d'une lettre d'excuses, témoignage de l'agenouillement de mon adversaire, qu'il me serait loisible de montrer ou de publier. Mais je n'accepte pas ce genre de réparation. Cette affaire s'est ébruitée. Que dirait le café Riche, que diraient les divers compartiments du boulevard des Italiens, si je montrais tant de faiblesse ?

Gustave des Courtilz, à la fin fatigué de tous ces préliminaires, s'était approché et commençait à regarder le viveur dans les yeux.

— Allons, monsieur, reprit Raymond Duthé, allons, choisissez un de ces pistolets. Mes amis savent que nous devons déjeuner après cette rencontre. Ne perdons donc pas notre temps, ni notre poudre non plus.

Gustave prit un pistolet au hasard. Il ajusta un oiseau qui volait à soixante mètres au-dessus de leurs têtes ; c'était, je crois, un épervier. Il ajusta une minute à peu près : il tira.

Presque au même instant, l'oiseau tomba à leurs pieds, sur la marge de la pièce d'eau des Minimes.

— Vous voyez, monsieur, reprit-il, que je m'entends à atteindre un but bien ajusté. Accessoirement vous comprendrez que je saurais disputer ma vie. Mais il n'y a qu'un instant j'ai eu l'honneur de vous dire, monsieur, que je ne me battrais pas. J'ai offert et j'offre toujours des excuses signées. Il est certain qu'un homme de cœur ne peut aller au delà. Cependant, monsieur, lorsque vos témoins déclarent que vous devez être satisfait, je ne vois pas pourquoi vous ne le seriez pas.

Raymond Duthé était devenu quelque peu rêveur à l'aspect de l'oiseau qui, après sa chute, ensanglanté et n'ayant plus qu'un reste de vie, flottait sur la pièce d'eau où sa blessure venait de tracer un léger sillon de sang.

— Diable, monsieur, dit alors Octave en s'adressant à Gustave, voilà un beau coup de pistolet ; mais, puisque vous consentez à faire une lettre, je vais écrire ; voici du papier et un crayon.

11.

« Le 31 mai 1872.

» Dans une rencontre qui a eu lieu, ce matin, au bois de Vincennes, près de la pièce d'eau des Minimes, M. Gustave des Courtilz, assisté de ses témoins, a demandé à entrer en arrangement. Reconnaissant ce que sa conduite aux courses de La Marche avait eu de répréhensible, il a fait des excuses que M. Raymond Duthé, son adversaire, a reçues et que nous avons trouvées suffisantes. »

Tous les assistants apposèrent leurs noms au bas de cette sorte de procès-verbal.

Quand tout fut fini, Raymond Duthé prit le papier et le plaça, non sans quelque forfanterie, dans un élégant petit portefeuille en cuir de Russie.

Faisant ensuite le magnanime, il tendit la main au fiancé de Fanny.

— Monsieur, ajouta-t-il, j'espère que nous aurons occasion de nous revoir. Il me sera agréable de tirer le pistolet avec vous.

— Impossible, monsieur. Je n'étais à Paris que pour quelques jours et je repars à l'instant.

— C'est dommage. En conscience, vous êtes sur le revolver de la force du colonel américain Tom Morphy.

Gustave des Courtilz ne l'écoutait plus. — Remontant aussitôt en voiture avec ses deux témoins, il se hâta de reprendre le chemin de la ville.

Ils n'avaient pas fait cinquante pas qu'une idée soudaine, un ressouvenir, agita brusquement à sa pensée:

— Ah ça, où est donc le Docteur Noir? dit-il. Pourquoi n'est-il pas avec nous?

Mais ce ne fut pour ainsi dire qu'un éclair. C'était maintenant Fanny qui le préoccupait.

— Allons vite retrouver ma jolie cousine, disait-il.

VI

Gustave des Courtilz s'était écrié:

— Où est le Docteur Noir?

Stello n'avait mis aucun empressement à sortir du bois.

Du moment qu'il s'était vu admettre comme acteur des scènes qui venaient de se jouer sur les bords de la pièce d'eau, il tenait à remplir son rôle jusqu'au bout. Ne perdant donc de vue aucune des particularités de cette rencontre, il se mit à observer l'adversaire de Gustave, surtout lorsque, s'emparant de la lettre d'excuses, il la serra précieusement dans une des poches de son portefeuille.

— Que fera-t-il de cet écrit ? se demandait-il avec une sorte d'anxiété. Si c'est seulement une sauvegarde pour le cas où l'on poursuivrait sa bravoure d'épigrammes ou de soupçons, il n'y a rien à dire. La gamme changerait du tout au tout dans le cas où il en ferait un instrument de torture pour des Courtilz.

Une longue pratique de la vie avait mis Stello à même de voir combien les plus purs et les plus sévères mettent parfois de vantardise dans leur conduite. En réfléchissant un instant, il comprit qu'il y avait désormais entre ces deux jeunes hommes un élément d'irréconciliables querelles. C'était justement ce terrible papier chargé de quelques coups de crayon. Gustave, se trouvant sous le coup des anathèmes de Mme d'Olbreuse, avait pu consentir au plus héroïque des sacrifices en signant cette déclaration ; mais qui pourrait penser que les dispositions de son esprit ne changeraient pas un jour, même un jour prochain ? Qui certifiait que, de son côté, Raymond Duthé aurait dans le cœur assez de délicatesse pour ne pas mésuser de l'arme qu'un adversaire lui aurait donnée ? En tout cas, le Docteur Noir voyait dans cette situation d'incessantes menaces pour l'un et pour l'autre.

— Il faut que cette lettre soit anéantie le plus tôt possible.

Voilà ce que Stello se disait. Par malheur, dire et faire ne sont pas une seule et même chose. Comment s'y prendre pour amener la destruction de la lettre ?

— Il n'y a qu'à me lier avec le porteur, pensait le médecin. Les Italiens ont un proverbe d'un grand sens : « Le temps est galant homme. » Tôt ou tard, en effet, le temps vien en aide à celui qui sait attendre. Il finira bien par se présenter une heure où Raymond Duthé

sera le premier à me dire, sur le ton de l'intimité :
— « Cette lettre ? Ah ! mon Dieu, je n'y tiens
pas. Tenez, faites-en ce qu'il vous plaira. »

Stello ava t raison de s'en rapporter au hasard. L'incident qu'il souhaitait parut vouloir se
présenter, séance tenante.

Voici, en effet, ce qui venait d'arriver.

Avant de remonter en voiture en compagnie
de Régis et de son autre témoin, Raymond Duthé voulut se donner le frivole plaisir de voir où
M. Jean-Joseph Réchamieu et ses pareils en
étaient de leurs recherches. C'est pourquoi
il s'engagea d'une centaine de pas dans le bois,
suivant en riant les méandres que dessine la
pièce d'eau des Minimes avant d'être un large
bassin. Tout en se livrant à cet exercice de syl-
vain, il aperçut sur la rive qu'il côtoyait une petite fleur à clochettes dorées et il éprouva l'envie
de la cueillir afin d'en parer la boutonnière de
son habit. — Il n'avait pas donné suite à ce projet qu'il ressentit une assez vive douleur à la
joue gauche, près d'une des ailes du nez.

Ce mal, tout nouveau pour un jeune homme
du monde, se présentait par des élancements qui
semblaient redoubler de seconde en seconde.

— Qu'est-ce que c'est que ça ? se demanda-t-il
au premier moment.

Puis, en faisant de lui-même une réponse à
sa question, il se dit :

— Bast ! ce n'est rien. Probablement la piqûre
d'un de ces cousins voltigeant au-dessus de
l'eau. Il n'y a pas à prendre l'alarme pour si peu.

Il humecta un peu sa main droite et la porta à l'endroit où était le siège de la douleur.

— Mais ce n'est pas une simple piqûre de moustique, reprit-il ; c'est déjà un bouton.

Et pour la seconde fois, mais avec un peu d'effroi, il se mit à dire :

— Qu'est-ce que c'est que ça ? Pourquoi les élancements persistent-ils ? Pourquoi la piqûre est-elle devenue un bouton et pourquoi ce bouton grossit-il ?

Octave, qui l'avait suivi à distance, entendit une partie de ses plaintes.

-- Voyons un peu ce que tu as là, Raymond ?

Il regarda, et tout aussitôt sa figure renversée par la surprise, fit voir à Duthé qu'il s'agissait d'un accident qui ne manquait pas de gravité.

Ce dernier s'écria alors :

— Heureusement que nous avons un médecin avec nous.

Puis, il appela Stello à haute voix.

— Monsieur le docteur ! monsieur le docteur ! venez donc voir, s'il vous plaît ?

Stello accourut de toute la vitesse de ses jambes.

— Eh ! eh ! dit-il après avoir vu, il n'y a pas une minute à perdre.

Raymond Duthé était devenu livide d'épouvante.

Non seulement la souffrance qu'il éprouvait depuis quelques instants redoublait d'intensité,

mais la parole d'un homme de l'art, d'un personnage grave, lui donnait à entendre qu'il s'a-
gissait de quelque chose de redoutable.

Il adressait donc de vives questions au pra-
ticien.

— Dites-moi ce que c'est. Ne me cachez rien,
docteur !

Stello, sans vouloir perdre le temps en vaines
causeries, avait tiré de sa poche une de ces
trousses ou de ces pharmacies ambulantes que
les vrais médecins portent volontiers sur eux. Il
y avait pris un crayon de nitrate d'argent, afin de
brûler la plaie sans aucun retard.

Tout cela avait été fait plus rapidement qu'on
ne pourrait le dire.

Quand il eut fini, quand il fut bien sûr que
tout danger sérieux était écarté, il dit aux trois
jeunes gens qui formaient le rond autour de sa
personne :

— Bénissez les dieux de ce qu'un guérisseur
se soit trouvé là. C'était une mouche charbon-
neuse. Dix minutes de retard, et vous étiez empoisonné.

Raymond Duthé et ses deux amis se confon-
dirent alors en remercîments.

— Ne vous hâ ez pas trop de me faire vos
compliments, reprit Stello. Tout n'est point
fini.

— Que voulez-vous dire, docteur ?

— Tout simplement ceci. Il est évident pour
moi que vous n'avez plus à craindre pour votre
vie. La source du venin a été très rapidement tarie

par les brûlures du nitrate d'argent. Mais
cependant il reste des traces, une grosse pustule, et cette pustule est de nature à vous
défigurer.

En parlant ainsi, le savant homme montra
aux amis du patient une tumeur ayant à peu
près le volume d'un noyau de cerise et qui paraissait devoir grossir encore.

— Mon sentiment est qu'elle peut atteindre
jusqu'à la grosseur d'une noix, ajouta Stello.

Disait-il vrai ou exagérait-il à dessein ? C'é-
tait ce à quoi aucun des trois auditeurs ne songeait. Ils ne voyaient tous dans le fait de cet
accident que l'apparition d'une tare évidemment monstrueuse.

De nos jours, qui ne le sait ? la jeunesse française a plus d'une analogie avec cette jeunesse
du temps de Pompée que Jules César faisait
frapper au visage, sachant bien qu'elle n'aimait
point à rien perdre de sa beauté. Raymond, déjà
saisi par mille appréhensions terribles, décla-
rait positivement qu'il aimerait mieux essuyer
mille morts que d'être défiguré au point que l'on
venait de dire.

— Vous venez de me sauver la vie! docteur,
disait-il ; achevez ce que vous avez si bien fait,
enlevez cette tumeur.

— Je le voudrais, monsieur ; je le pourrais
en tout autre lieu, mais ici, au milieu d'un bois,
la chose est impossible.

— Pourquoi ?

— Parce que je n'ai pas sur moi d'alcali vola-

til et qu'il m'en faudrait absolument trois gouttes pour le moins.

— Mais n'y a-il pas moyen de s'en procurer ?

Stello eut l'air de réfléchir un instant.

— L'un de ces messieurs, reprit-il, connaît-
il assez les sentiers de ce bois pour aller à Vincennes et pour en revenir en vingt minutes ?

Tous les trois répondirent négativement.

— Eh bien, appelons quelque passant qui
nous serve de commissionnaire.

Au premier cri de ralliement qu'il fit entendre,
une voix répondit : c'était une femme qui, en her-
borisant dans la forêt, cueillait des plantes
pharmaceutiques pour les vendre à la ville.

—Ah ! c'est vous, monsieur le docteur ! s'écria-
t-elle. Qu'y a-t-il pour votre service ?

Raymond Duthé, Octave et Stello reconnu-
rent alors la pauvre femme qui, le lundi d'avant,
avait perdu son enfant au bois de Boulogne.

— Docteur, vous savez que je suis à vos
ordres pour toute la vie, poursuivit-elle en
accourant.

On voit que l'aventure tombait à pic, comme
on dit.

Stello écrivit à la hâte deux lignes sur un
carnet ; il détacha ensuite le feuillet, le remit à
la bonne femme et lui dit :

— Vous allez courir jusqu'à la pharmacie du
fort. Sur le vu de ce papier, on vous remettra
une fiole que vous m'apporterez en toute dili-
gence, sans vous arrêter.

Une demi-heure après, la messagère étant

de retour, Raymond Duthé était pansé de façon qu'il ne restât de la piqûre qu'une trace presque imperceptible.

— Ah ! docteur, s'écria le viveur, que ne vous dois-je pas ? Comment reconnaître ce que vous venez de faire pour moi ?

— Par quelque chose de fort simple, cher monsieur.

— Eh bien, comment donc ?

— En me remettant, pour que je la déchire sous vos yeux, la déclaration d'excuses que M. Gustave des Courtilz vous a signée, il y a une heure, ici même.

Dans le premier moment, Raymond Duthé hésitait ; mais, au bout d'une minute, il fit en souriant ce que le médecin lui demandait.

On a déjà deviné le dénoûment de cette histoire.

Gustave des Courtilz a obtenu la main de Fanny, puisqu'il ne s'est pas battu, puisqu'il n'a pas désobéi à Mme d'Olbreuse.

D'un autre côté, il a recouvré toute sa tranquillité d'esprit en voyant le Docteur Noir lui remettre, aussi en souriant, comme un cadeau, les morceaux de la lettre du bois de Vincennes.

Tout ému, le jeune homme disait à celui qui s'intitulait l'*Ami de tout le monde* :

— Docteur, vous êtes aussi grand qu'un des hommes de Plutarque.

XIX

UN PARASITE

PERSONNAGES.

LÉON GOZLAN, *romancier.*
GUICHARDET, *parasite.*

SCÈNE I

(La scène se passe vers les dernières années de l'Empire, rue de Provence.)

LÉON GOZLAN. — Bonjour, grand Coësre de la Bohème.

GUICHARDET. — Bonjour, petit morceau de diamant enchâssé dans du fer.

— Où allez-vous de ce pas?

— Je n'en sais rien.

— Mon cher, le mot est trop vieux, fané, usé: le dernier des vaudevillistes n'en voudrait plus; c'est renouvelé d'Ésope, quand il fut arrêté par la police de Samos.

— Soit; mais ça a le mérite d'être vrai.

— Vous ne savez pas où vous allez à dix heures du matin?

— Non, parole d'honneur, je n'en sais rien. (Se reprenant.) Si! si! voilà que je me le rappelle maintenant: je vais déjeuner. Par exemple, je ne pourrais pas dire où, ni chez qui.

— En ce cas, venez avec moi; venez chez moi?

— Un déjeuner d'homme de lettres et d'homme de lettres décoré, marié, rangé! Ah! cher ami, pour qui me prenez-vous? Il y a trente ans que je ne fais plus de ces sottises-là.

— Puisqu'il en est ainsi, mon cher Guichardet, allez au diable! et que le dieu des pique-assiettes vous mène par la main!

— Cher ami, c'est bien sur ce dieu-là que je compte. Il n'a pas oublié, je pense, que je suis l'un de ses plus fidèles. (Ayant l'air de chercher des yeux le numéro d'une maison.) M. Z..., va-nu-pieds d'hier, millionnaire d'aujourd'hui. Au troisième. Tiens! c'est là que je vais m'arrêter? Il est dix heures trois quarts. Le temps de vous serrer la main, de monter l'escalier, d'accrocher mon vieux chapeau à la patère, où il fera mieux que sur ma tête, ce sera onze heures; c'est le moment propice. Avant trois minutes, Baptiste servira une omelette aux rognons de veau, mets inventé par le prince Rostopchine, et dont je raffole. Il faut que je sois prêt à me mettre à table en même temps que le maître de la maison. J'entre donc sans plus de préambule, mon cher.

— Bon appétit donc, nouvel Aristippe, grand philosophe de la fourchette.

— Bonne rêverie, poète de la prose, qui, en

imagination, vous nourrissez d'ortolans, et, en réalité, d'une vulgaire côtelette de mouton.

(Ils se saluent et disparaissent chacun de son côté.)

SCÈNE II

(Six mois après. — Boulevard de la Madeleine.)

LÉON GOZLAN. — Un chapeau neuf! — Est-ce que vous êtes amoureux?

GUICHARDET. — Bon pour les faiseurs de romans, cette faiblesse-là. Ce chapeau s'explique uniquement parce que je vais déjeuner en ville.

— Comment! toujours?

— Sans doute, toujours. Ce n'est plus seulement une bonne habitude : c'est un système, ma règle de conduite.

— Au fait, je me rappelle maintenant notre dernière rencontre, rue de Provence, au moment où vous alliez chez un homme de Bourse.

— Z...., qui était devenu millionnaire en vingt-quatre heures? Ah! le pauvre bougre!

— Pourquoi pauvre bougre?

— Tiens, parce qu'il a dévissé son billard plus tôt qu'il ne l'aurait voulu.

— En vérité, votre La Popelinière est mort?

— Oui, il a claqué, comme on dit dans le beau monde d'aujourd'hui, et cela, grâce à un peu d'acide prussique jeté par lui-même dans sa demi-tasse.

— Un suicide!

— Ne vous emballez pas pour si peu, cher ami. Entre nous, sans phrases, vous savez bien que, depuis le coup d'État, c'est-à-dire du jour où l'or et le succès ont été proclamés dieux, le suicide est un petit coup de théâtre journalier chez les matadors de la finance. Pour ne pas sortir de notre épisode, je vous disais donc que ce pauvre diable d'homme d'argent s'est empoisonné absolument comme l'ont fait Annibal et Mithridate. Mais attendez! Le matin où j'étais allé me rincer la bouche chez lui, il y avait une attablée assez variée. On avait servi une barbue aux câpres qui était un chef-d'œuvre de gastronomie. Ils étaient quatre. Tandis que nous dégustions ce poisson divin, je les considérais, par moments, à la dérobée. Des gaillards! Tous bien bâtis, la figure arrogante comme il convient à ceux qui ont changé les épines de la vie en roses; la face haute en couleur; le sourire dédaigneux et hilare en même temps; la parole peu spirituelle, à quoi bon? mais bruyante, le mot de l'un chevauchant sans cesse, sans nulle bienséance, sur le mot de l'autre; mais tout ce groupe, représentant au naturel la plus complète expression du bonheur social sous Napoléon III. Je me disais: « Comme ils sont heureux! » Et, en ajoutant qu'ils sont jeunes, j'ajoutais: « Il ne leur manque rien pour aller jusqu'à cent ans. »

— En effet, pourquoi n'iraient-ils pas jusque-là?

— Parce que, mon cher Gozlan, ils ont imité Z..., ils ont tous les trois cassé leurs pipes.

— Que dites-vous là?

— La pure vérité. Vous, bourgeois et artiste à la fois, vous passez votre vie à écrire. Quand vous avez fait trois cents pages, vous les portez à un journal qui vous les paie un petit prix. Moyennant quoi, vous pourvoyez à votre broche et vous achetez des cigares. Pour ces messieurs, les choses ne vont pas ainsi. Depuis que la Bourse a été transformée en champ de bataille, où l'on se canonne avec des chiffres, notre monde n'est plus le même. On gagne un million en cinq minutes, mais on en perd un en moins de trois. Jugez de la perturbation qu'une telle balance peut produire dans des situations qui ne sont que des châteaux de cartes. Il y a donc une portion de Paris qui a toujours la joie de l'opulence et la terreur de la besace. Conclusion logique et forcée: le suicide est au bout. Pour aller au plus court, je vais vous dire comment ont fini les trois convives, Z... non compris, puisque vous savez déjà qu'il s'est empoisonné. Un petit noiraud, qui était placé à ma gauche et qui se moquait fort agréablement des sots qui travaillent, fuyant un mandat d'arrêt, s'est noyé dans la Manche, en grimpant à l'échelle du paquebot, tant il avait peur. A côté de lui se trouvait un bellâtre très friand d'une petite danseuse du Châtelet, qui remplit le rôle d'une grenouille verte dans les *Sept châteaux du Diable*. Or, par suite d'une fausse manœuvre sur les Autrichiens, ce Nicodème a perdu du même coup sa fortune et la petite grenouille, laquelle lui a été

soufflée par un autre. Il a été pris d'une fièvre
miliaire, accompagnée de délire, et il en est mort.
Pour le troisième, victime d'une hausse impro-
bable, il a eu recours à un moyen vulgaire
comme son infortune : il s'est fait sauter le caisson avec un revolver. Et de trois, je veux dire
de quatre, en y ajoutant le pauvre Z..., l'amphitryon. Qu'est-ce que vous dites de cette nomen-
clature ?

— Je dis qu'il vaut cent fois mieux rester
pauvre. Ah ! nous sommes trop vengés!

— Mon cher Gozlan, c'est ce qu'on met dans
la *Morale en action,* pour la faire lire aux petits
enfants de l'Ecole mutuelle, mais, vous et moi,
nous savons bien que ça n'empêchera rien.

-- Vous croyez?

— A l'heure qu'il est, Paris va la tête en bas
et les pieds en l'air. Le fou est celui qui cherche
à démontrer que cette posture est anormale.
Ou bien on le met en prison avec 500 francs
d'amende, ou bien les journaux satiriques le poursuivent de leurs brocards, en criant : « A Chaillot ! » ; ou bien les sybarites, qui ne veulent pas
être dérangés dans l'exercice de leurs plaisirs,
lui disent, en pillant Beaumarchais : « Va-t-en,
Basile, va-t-en, tu as la fièvre ! » Et quant à
moi, ô cher auteur d'*Aristide Froissard,* je pense
que ces drames que je vous conte ne doivent
pas m'empêcher d'aller manger de la barbue
aux câpres chez les honnêtes gens qui s'enri-
chissent à la Bourse, en y prenant l'épargne des
imbéciles. C'est pourquoi j'ai chaussé, ce matin.

un chapeau neuf qui fait votre admiration. C'est pourquoi je cours, rue Richepanse, chez un coquesigrue qui a trouvé moyen de se faire 1,500,000 francs en vendant pour dix millions d'allumettes chimiques à prendre dans une forêt de la Norwège, forêt conjecturale, qui n'a jamais verdi que sur le papier. Un homme fort comme vous voyez, disciple du feu duc de Morny, Vivra-t-il? Se tuera-t-il? Ce sont ses affaires! J'ignore s'il fait servir son poisson frais, mais le billet d'invitation m'annonce un coq de bruyère. Ce n'est pas à dédaigner non plus. (Lui tendant la main.) Adieu donc, mon cher romancier.

LÉON GOZLÁN. — Adieu, Aristippe.

(Ils se séparent en riant.)

XX

LA GUITARE DES SOUVENIRS

BERENICE ET ATALA

Deux vieux amis se rencontrent au commencement de l'automne.

La scène se passe au Jardin des Plantes, au pied du cèdre du Liban.

Celui qui marche en s'appuyant sur une canne de jonc :

— Ah ! te voilà, Clovis !

Celui qui a des lunettes vertes avec abat-jour de satin :

— Ah ! c'est toi, bouillant Achille !

— Mon cher, soixante ans et quinze mille livres de rente !

— Mon ami, cinquante-neuf ans et un demi-million en bâtisse !

. — La santé ?

— Tu le vois : la goutte m'est venue avec la fortune.

— Moi, je n'y vois plus. Tous les jours sont la nuit pour moi.

— Mais le cœur ?

— C'est la seule chose qui n'ait pas voulu vieillir, Clovis !

— Je t'en dirai autant. Je suis un sexagénaire âgé de vingt ans, moi.

L'homme qui a un télescope pour faire voir la lune leur demande s'ils veulent contempler le ciel.

— Ah ! nous avons le temps !

— Oui, ce sera assez tôt quand nous irons dans l'autre monde.

— En ce cas, je puis toujours, à l'aide de mon instrument, vous faire voir un des coins de la terre. Ça ne coûte que deux sous.

— La terre ! la terre ! ça n'est plus une planète charmante, à notre âge !

— Parce que vous la regardez avec des idées trop noires, messieurs.

(Il fait mouvoir un des ressorts de son observatoire.)

— Messieurs, voulez-vous voir la zone de Paris dans laquelle vous avez vécu à l'époque de votre jeunesse ?

— En 1837, sous le troisième ministère du comte Molé !

— En 1837 et années suivantes, quand il était si bien de mode d'aller manger des cerises douces à Montmorency !

— Montmorency avait des charmes, mais l'arbre de Robinson, aux portes de Sceaux !

— Clovis, te souviens-tu de nos parties d'âne ?

— Achille, tu n'as pas oublié nos balançoires ?

L'HOMME QUI FAIT VOIR LA LUNE. — Messieurs, la lunette est tournée du côté du Pays latin.

— Peut-on voir d'ici la rue du Battoir-Saint-André-des-Arts ?

— Messieurs, ladite rue n'existe plus, du moins de nom. Au jour d'aujourd'hui, elle s'appelle la rue Serpente, mais la topographie n'a pas changé.

CLOVIS. — Rue Serpente, soit. Verrait-on d'ici le numéro 21 ?

ACHILLE. — Le numéro 21, petit hôtel borgne où étaient situées les deux mansardes où nous étions censés étudier les cinq codes ?

L'HOMME QUI FAIT VOIR LA LUNE. — Le numéro 21, tenez, le voilà ! Le voyez-vous ?

CLOVIS. — C'est toujours le même !

ACHILLE. — Il n'a pas changé d'un iota !

— Te souviens-tu ?

— Si je me souviens ? toujours !

— Sous le troisième ministère du comte Molé, nous étions des lurons !

— La fleur des gaillards, Clovis !

—Nous amusions-nous dans ce temps-là avec Bérénice !

— La tienne se nommait Bérénice ; la mienne Atala, souvenir d'un chef-d'œuvre !

— Au fait, Bérénice était-elle la mienne et Atala la tienne ? Il y a des moments où je crois bien que c'était le contraire. Un jour que tu étais parti pour aller en vacances, Bérénice est venue cogner à ma vitre comme un pauvre oiseau mouillé par l'orage.....

— Bon ! Une fois qu'un vieil oncle t'avait emmené à Pontoise pour débrouiller une affaire d'héritage, Atala est venue sans façon me demander à souper.....

(Ils se regardent et rient.)

— Ah ! oui, nous étions des lurons !
— Ah ! certes, nous étions des gaillards !
— Et la Chaumière du père La Hire !
— Et la musique d'Hippolyte Monpou !
— Et les romans d'Alphonse Karr !

L'HOMME QUI FAIT VOIR LA LUNE. — Messieurs, avez-vous assez vu le numéro 21 ?

CLOVIS. — Un moment, donc ! Ah ! la petite porte 7 ! ma mansarde !

ACHILLE. — La porte 11, ma chambrette !

L'HOMME QUI FAIT VOIR LA LUNE. — Quand je vous dis que c'est le meilleur télescope de tout Paris ! Il a été *éprouvé* par le grand Arago, d'abord.

CLOVIS. — Voilà quarante ans de ça, et l'ameublement de la cellule est toujours le même. Tiens, le petit secrétaire en merisier sur lequel je m'appuyais pour ne pas étudier. Sur la console, l'éternelle Niobé en plâtre à laquelle Atala avait fait des moustaches avec un bouchon brûlé. C'était sur la tête académique de cette infortunée déesse que je posais mon chapeau en revenant du cours du père Berriat-Saint-Prix. Le petit lit en fer creux, présent. Le fauteuil en vieux velours d'Utrecht, contemporain des états généraux, présent. C'était entre ses bras que s'endormait Bérénice.

12.

ACHILLE. — Tu veux dire Atala?

CLOVIS. — Tantôt Bérénice, tantôt Atala, mon cher.

ACHILLE. — C'est comme à la chambrette numéro 11, la petite table en sapin blanc sur laquelle je faisais mes orgies : un cruchon de bière et une corbeille d'échaudés. Atala en était friande !

CLOVIS. — Tu veux dire Bérénice?

ACHILLE — L'une ou l'autre, qu'est-ce que ça peut nous faire à présent ? Ah ! mon ami, les beaux jours que tu me rappelles là !

CLOVIS. — Ah ! c'était le beau temps !

L'HOMME QUI FAIT VOIR LA LUNE. — Je crois que ces messieurs ont assez vu.

ACHILLE. — Mon Dieu, oui. (*Il lui tend un peu de monnaie.*) Tenez, voilà la pièce ronde, brave homme.

L'HOMME QUI FAIT VOIR LA LUNE. — Merci, messieurs, au nom de la science.

(*Exeunt.*)

— Clovis !

— Achille !

— Puisqu'un heureux hasard nous a fait nous rencontrer, passons la fin de la soirée l'un avec l'autre.

— Ça va.

— Dînons ensemble au *Plat d'étain.*

— C'est dit.

(*Ils s'acheminent clopin-clopant vers ce cabaret. — Au moment où ils entrent, on entend une voix s'écrier:*)

— Bérénice, va donc servir ces messieurs.

Et Bérénice de répondre :

— Bon !

(*Puis, en se penchant :*)

— Atala, viens donc m'aider à mettre un couvert pour deux !

Tête des deux vieillards.

— Ah! comme c'est étrange, la vie!

XXI

CHANSON D'AVRIL

Dès le mois d'avril, on chante partout à Paris la *Chanson de la villégiature*.
Cette chanson, la voilà.

⋆
⋆ ⋆

— Ah! s'écrie le Parisien, me voilà enfermé dans un corset de pierres de taille, les pieds sur l'asphalte, les narines ouvertes sur la petite poussière blanche du macadam, la tête sous un ciel de plomb. Quand donc pourrai-je me sauver à travers champs avec une amie de cœur et trois pantalons d'été!

⋆
⋆ ⋆

— Ah! s'écrie la jolie Framboisine du corps de ballet, quelle vie que la mienne! Toujours entourée de cinq ou six de ces brillants imbéciles qu'on nomme des gandins ou des gens du bel air. Qui me rendra les beaux mois d'août, de septembre et d'octobre, où à la corne d'un bois, dans mon charmant petit village de la Nièvre, je gardais si joyeusement les oies !

*
* *

— Ah ! s'écrie le rêveur, Byron nuancé de La Peyrouse, que n'ai-je des ailes d'hirondelle pour m'envoler par delà l'Atlantique et la mer des Indes dans une de ces îles de saphir, de topaze ou d'émeraude, pleines d'arbres en fleurs, d'oiseaux qui parlent, de singes qui dansent, et de grands serpents à moitié endormis à l'entrée des cavernes, comme s'ils gardaient des trésors? Si j'étais à Malacca, où l'air est si tiède! Si j'étais dans cette autre ile voisine, où Méry a placé les scènes de son roman intitulé le *Paradis terrestre*, je pourrais m'endormir à l'ombre d'un végétal haut et large comme le dôme du Panthéon. Je voyagerais le long de la mer, sur le sable d'or, à dos d'éléphant. Et les filles du pays aux yeux verts qui m'apporteraient la mangue ! et la brise des nuits qui charme l'oreille comme une symphonie de Félicien David ! Mais non, il faut que je m'étende sur un vulgaire canapé de lampas bleu, fabriqué rue Cadet. Il faut que je me réveille en sursaut quand de la rue partent ces hurlements de maraîcher :

— *Ma botte d'asperges!* ou bien : — *Beau melon! beau melon!* ou bien : —*Battez vos femmes, vos habits!*

*
* *

— Ah ! s'écrie l'envieux intraitable qui consume sa vie dans une activité d'écureuil tournant sans cesse autour de sa cage, ah! ils deviennent tous millionnaires aujourd'hui, ils ont tous un château, l'agent de change, le médecin, l'avocat, l'industriel, le gagne-petit lui-même! Un château! il m'en faut un! Je changerai le jour en nuit et la nuit en jour pour l'avoir, quitte à mourir d'apoplexie sur le seuil au moment où j'en prendrai possession.

*
* *

— Ah! dit le philosophe revenu des bruits, des gloriol s, des dîners, des romans d'amour, des trahisons, des bons mots et des chutes de la vie parisienne, ah! pourquoi mon vénérable grand-oncle, au lieu de me laisser un étang de carpes et de tanches dans le Berri, ne m'a-t-il pas plutôt légué un coupon de rentes de deux mille écus en tiers consolidé ou même en quatre et demi! Moyennant vingt-cinq mille francs, j'aurais à Aulnay ou à Petit-Bry une merveilleuse maison à toits rouges et à contrevents verts, selon le précepte de J.-J. Rousseau. En plus, un jardin d'un hectare clos de murs. Çà et là, des arbres, du gramen, des fleurs. Il y aurait une basse-cour. Dans un coin, un poulailler! dans un autre, une vache laitière. Un bidet à l'écurie, petite bête de race que je nourrirais de ma main. Avec le revenu du restant de la ferme, je tiendrais ma maison dans un état de propreté flamande. J'aurais la table d'un sage: la soupe, le bœuf, un plat de légumes, un fromage, un fruit de la saison. Le

vin rare, mais bon. L'eau, claire comme du cristal de roche. Devant moi, à table, un ami conteur,
jaseur, osé, téméraire, parlant de M. Ernest Re-
nan sans vouloir le brûler et de M. Louis Veuil-
lot sans vouloir *le coller au mur* pour le fusiller,
adorant la liberté, comme moi ; comme moi, ne
réclamant plus que le repos, donnant les reliefs
de son modeste festin au mendiant qui passe, et
disant sans cesse :

— Pourvu que l'orage qui s'amasse ne fasse
pas tomber toutes mes poires !

*
* *

— Ah ! s'écrie le petit commerçant de la rue
Saint-Denis, la main courante, le grand-livre,
les lettres à répondre, voilà ma servitude ! J'ai
acheté un vide-bouteille qu'on a taillé dans les ter-
rains de l'ancien parc du Raincy ; c'était là que
J. Ouvrard amenait les belles dames du Direc-
toir. Mais je ne veux que peu de chose. Maison,
jardin, niche à chien, le tout est grand dix fois
comme mon mouchoir de poche quand je me
mouche. Peu m'importe : j'y loge mes rêves. Ce
sera mon Fontainebleau et mon Compiègre à
moi. Le tout a coûté dix mille cinq cents francs,
quatre-vingt-quinze centimes, mais comme je
viens d'y récolter deux bottes de radis-roses,
valant trois sous pièce, je ne désespère pas de
tout rattraper.

*
* *

L'échelle de la villégiature parisienne est plus
longue que l'échelle de Jacob.

XXII

LE TESTAMENT D'UNE DANSEUSE

De temps immémorial, on a dit que les danseuses d'Opéra n'entendaient rien à l'art d'aimer.
L'abbé de Latteignant a fait à ce sujet de fort
jolis couplets où il les dépeint comme étant les
plus légères des femmes puisqu'elles ont au dos
des ailes de gaze. Plus tard, sous le règne de
Louis-Philippe, à l'époque où elle jouait *Frétillon*,
Mlle Déjazet faisait rire, tous les soirs, le par-
terre du théâtre du Palais-Royal. — « Les danseuses ! Ce sont des filles qui ont le cœur
dans le talon. » Point du tout, ce n'est là qu'un
mot en l'air. De notre temps, en effet, la cons-
tance en amour s'est fait voir avec éclat chez une
danseuse d'Opéra.

Voilà, du moins, ce que prouve le roman qui
suit, roman d'amour, agrémenté d'un procès.

Les habitués de l'orchestre n'ont pas oublié
Mlle Emma Schlosser ; c'était une charmante personne, avec de grands yeux bleus, d'admirables
cheveux châtains et une figure qui rappelait les
jeunes filles de Greuze. Elle faisait partie du corps
de ballet au commencement du second empire.

Il en était de même pour un danseur, M. Chapuis, un de ses camarades. De ce camarade elle avait fait son amant de cœur.

Ce qu'il y avait de particulier dans ce pur attachement d'Emma Schlosser, c'est qu'il s'adressait à un homme qui n'était plus jeune et qui avait une fille de l'âge de sa maîtresse.

Mlle Schlosser est morte d'une maladie de poitrine. Avant de mourir, elle a légué à son amant sa petite maison de Nogent-sur-Marne qui leur rappelait de tendres souvenirs.

Ce legs a été attaqué par le père de Mlle Schlosser, qui, pour le faire annuler, a soutenu qu'il y avait eu captation, et que M. Chapuis avait abusé des sentiments de sa fille et aussi de son état maladif pour l'amener à lui faire une donation.

La question était délicate à examiner, et, à vrai dire, on ne pouvait guère le faire sans manquer un peu à ce sentiment de chaste discrétion qui doit protéger la mémoire d'une jeune femme morte au printemps de la vie. Le père Schlosser n'y a pas regardé de si près ; il n'a pas eu peur du bruit qu'il provoquait autour du nom de sa fille. — Comment aurait-il peur du bruit? entendions-nous dire pendant que l'affaire se plaidait, il ne vit qui de bruit : il est tambour dans la garde nationale.

Hâtons-nous de dire que Me Jaybert, chargé d'attaquer le testament de Mlle Schlosser, a, dans sa plaidoirie, apporté une réserve pleine de tact.

13

Mlle Schlosser était douée d'une extrême sen-
sibilité qu'un état maladif avait peut-être su-
rexcitée ; dans cette situation, il convenait à qui
l'eût sincèrement aimée de ménager la sensi-
bilité de Mlle Schlosser : son retour à la santé
s'il était possible, ne pouvait être qu'à ce prix.
M. Chapuis, au contraire, — et sa correspondance en fournit la preuve, — surexcitait à
plaisir cette organisation frêle et souffrante ; il
activait par des lettres brûlantes ce feu qui dévorait son amante... Ces lettres ont été lues, la
reproduction en est difficile.

En tous cas, peut-on voir sous cette corres-
dondance amoureuse une intention de captation ?

— C'est impossible, répondait Me Lachaud ;
c'est la correspondance de deux amants ; si
M. Chapuis s'est montré passionné, il n'a fait
que répondre à cette tendresse si vive de
Mlle Schlosser, qui est attestée par des centaines de lettres. On peut sans crainte jeter les yeux
sur les lettres de Mlle Schlosser ; elles attestent
une tendresse naïve et pure. Nous prenons
surtout les dernières lettres écrites des Pyrénées, où la pauvre poitrinaire était allée chercher un soulagement qu'elle n'a pas trouvé.

« Eaux-Bonnes.

» Si je me soigne, c'est pour toi, car je te promets que si je n'avais pas peur d'être grondée
par toi, je partirais de suite pour Paris. Je suis
si triste ! je m'ennuie tant ; penses un peu, cher

aimé, je ne puis rien faire, ni travailler, ni lire, ni marcher... Je ne puis que penser !...

» Mille baisers de ta Nounou. »

Pas un jour ne se passe sans lettre ; souvent après ces mots : « Mon bien-aimé, » la pauvre amante a fixé une fleur, une pensée, ou un myosotis, ou une de ces fleurs d'Allemagne qu'elle détache de sa coiffure.

« Mon bien-aimé, je t'écris tout ce que je pense; je vais un jour bien et l'autre mal ; je t'aime toujours beaucoup ; la nuit je tousse et je crache. Le docteur dit que c'est bien ; pourtant je ne dors pas et je souffre. Aujourd'hui, je vais très bien, bonne mine, gentille et bien sage... et toi, cher trésor ?...

» Je te couvre de caresses et de baisers des plus amoureux, car je t'idolâtre.

» Ta Nounou. »

Parfois ce sont des tristesses, des désespoirs navrants. On pense au poitrinaire de Millevoye.

« Quel temps affreux ! il pleut, il fait froid. Quelle tristesse d'être seule ! J'ai eu bien peur cette nuit. Je croyais que la maison allait tomber par le vent ; c'était effrayant à entendre au milieu de la nuit, surtout quand on est seule. Mon amour chéri ne viendra-t-il pas ? Viens, je t'en prie. »

Ou encore :

« ... J'ai bien prié mon beau Christ de me faire dormir, et il m'a entendue ; j'ai passé une très bonne nuit, pas toussé du tout et bien dormi ; je ne t'écris pas beaucoup à la fois, le docteur me le défend ; à demain, chère âme. M'aimes-tu ? moi, je te chéris. Je vais déjeuner, et puis, après, j'irai prier le bon Dieu qu'il me rende la santé pour revenir bien vite près de toi, bien fraîche et ne toussant plus. »

Le lendemain ce sont des cris de joie :

« ... Quel bonheur, je vais bien, le mieux continue, j'ai bonne mine. Le soleil est si bon ! J'ai travaillé à ton couvre-pied. Quel bonheur, mon cher trésor, tu auras chaud cet hiver. »

Ne retrouve-t-on pas là toute la candeur de l'amour allemand ? Parfois elle oublie son mal et c'est la passion qui reprend le dessus.

« ... C'est vrai, je suis d'une jalousie impossible. Quand je pense que je suis jalouse de ta fille !... tu l'aimes plus que moi ! Il m'est impossible de me faire une raison quand je pense que tu l'embrasses... Enfin je souffre bien de tout cela ; j'ai *temps* besoin de ton amour !

» Ta Nounou. »

Enfin le mal fait chaque jour des progrès ; la pauvre poitrinaire quitte les Eaux-Bonnes et revient dans sa petite maison de Nogent-sur-Marne ; c'est là qu'elle a rendu le dernier soupir. Il faut l'entendre exhaler sa douleur et son amour dans une plainte attendrissante.

« .... Mon Dieu, que je souffre ! Je t'en prie, toi que j'aime plus que tout au monde, viens me voir, viens de suite ! Quand tu es là, je souffre moins. Viens, je t'en prie de toute mon âme ! Mille baisers. »

Voilà comment on aimait il y a vingt-cinq ans et cela à l'Opéra ! Après la lecture de pareilles lettres, le testament était justifié ; aussi le tribunal a-t-il validé le legs de Mlle Schlosser.

XXIII

LE CHARMEUR DE LÉZARDS

Jules Janin, qui a pris plaisir à analyser un à un les petits métiers, n'a rien dit de celui-là. L'omission est concevable. Il y aura bientôt cinquante ans que l'auteur de l'*Ane mort* a écrit sa monographie pour le *Livre des Cent-et-un* de Ladvocat, et il ne s'y occupe d'ailleurs que des petits métiers qui s'exercent dans l'intérieur de Paris. Or, le type dont j'ai à vous dire un mot, a pris racine dans la banlieue, à cinq ou six kilomètres du boulevard des Italiens, cette capitale de la capitale ; c'est une originalité suburbaine, une individualité agreste, un produit de la civilisation qui a poussé tout à coup à côté de la fleur des champs.

Entre le village de Fontenay-aux-Roses, que les poètes poudrés du dernier siècle ont beaucoup chanté, et la Vallée-aux-Loups, que quelques grands écrivains de notre temps ont magnifiquement célébrée en prose et en vers, il y a un pays grand comme la main, entouré d'une vaste ceinture de châtaigniers et de trembles, entrecoupé de prés dont le gazon brodé de fleurettes rouges et bleues ressemble à un tapis

d'Aubusson, dessiné par Chenard. Quatre ou
cinq cabanes éparpillées — non, c'est trop
dire — quatre ou cinq huttes de Mohicans à
demi policés peuplent ce canton perdu dans les
terres. C'est par là, un matin, qu'en allant à
Malabry j'ai rencontré Paul Larisse.

Ce Paul Larisse est un grand gaillard, de
trente à trente-cinq ans, bien découplé, mis
comme un voleur, calme comme un faquir, et
sobre comme un apprenti ténor. Au moment où
je traversais un sentier, auprès d'un vieux mur
tout zébré de crevasses, il était couché à terre,
en plein soleil, mais toujours en mouvement.
Près de lui se trouvait une petite boîte de carton
rose qu'il ouvrait et refermait toutes les cinq
minutes.

— Sans indiscrétion, que faites-vous donc
là, mon brave homme ? lui demandai-je.

Il me regarda avec de grands yeux tout éton-
nés.

— Comment ! ce que je fais, vous ne le voyez
donc pas ?

— Je le vois peut-être, mais je ne le comprends
pas.

La réponse le fit sourire.

— Eh bien, répliqua-t-il, je *charme* des lézards
et j'en remplis cette boîte : c'est mon métier.
Tout le monde le sait dans le pays.

Sur cette explication assez peu claire, j'éprou-
vai le désir de me renseigner plus complètement
par moi-même en regardant et en ouvrant les
oreilles.

— Cela ne vous gêne pas, repris-je, que je reste ici ?

— Ah ! mon Dieu, non, reprit-il avec indifférence.

En même temps, il se mit à siffler sur un rythme adouci, je ne sais quelle phrase douce et caressante ; il avait à peine fini, qu'un lézard gris, grand au plus comme l'auriculaire d'un enfant, sortit des crevasses du mur, vint se placer sur sa main ouverte et y resta.

— Comment ! repris-je, il ne bouge plus ?

— Non, monsieur, il ne remuera plus de dix minutes : il est *charmé*. C'est le quinzième depuis ce matin ; mais, comme il m'en faut vingt-cinq, je ne lâcherai pas prise d'aujourd'hui. Il faut bien contenter mes pratiques.

Je confesse que je n'entendais absolument rien à ce langage.

— Vos pratiques ! Il y a donc des gens qui vous achètent ces lézards ?

Il partit d'un violent éclat de rire. Cela signifiait : « Mais d'où sort-il donc, celui-là, avec de pareilles questions ? » Cependant, comme s'il eût compris que son rire était une manifestation d'impolitesse, il rouvrit le premier le dialogue :

— Vous ne devez pas comprendre, me dit-il ; mais tenez, voilà une lettre qui vous fera voir que je ne pouvais répondre guère autrement que je l'ai fait.

Il me tendit là-dessus un papier portant le timbre de la poste, dans lequel je lus ce qui suit·

« *A Monsieur Paul Larisse, charmeur de
lézards, dans le bois d'Aulnay.*

« Monsieur, veuillez tenir à ma disposition, à
la date de mercredi, 8 du courant, vingt-cinq
lézards bien portants, dont dix pour le lycée
Bonaparte, dix pour Charlemagne, et cinq pour
divers. Je payerai comptant au moment de la
livraison, suivant nos usages.

« Tout à vous, JACQUES LEVRAT, *fournisseur.* »

La chose me devenait un peu plus claire :
M. Paul Larisse que j'avais sous les yeux était
l'homme de la matière première, et son correspondant, M. Jacques Levrat, un entremetteur
commercial.

De là, il ne me fut plus si malaisé de comprendre comment la vente des lézards pouvait
constituer une industrie régulière, ayant peut-
être son numéro d'ordre au grand registre des
patentes. En remontant à mes souvenirs d'éco-
liers, je me rappelai qu'au petit collège du Berri,
où j'ai commencé mes études vers 1828, chacun
de nos pupitres servait d'hôtel garni à un sau-
rien. J'ai retrouvé le lézard à mesure que je
me suis avancé de *rosa*, la rose, jusqu'au *Manuel
de philosophie* de M. Victor Cousin. Dans les
trois classes littéraires qui précèdent les dernières années des études, c'est-à-dire en troisième, où l'on explique les petits poètes amoureux de Rome et de la Grèce ; en seconde, où
l'on traduit Plutarque, ce Walter Scott des

13.

anciens ; et, en réthorique, où l'on fait des vers à la cousine qu'on a entrevue pendant les vacances, le lézard est un hôte de tous les instants ; le collégien en fait son confident, le Théramène qu'il prend à témoin de toutes ses joies et de toutes ses tristesses.

Il est très concevable dès lors que, durant tout l'été, Paul Larisse ait beaucoup à faire pour approvisionner les lycées et les pensionnats de Paris.

Dans le *parloir* d'un collège, tout lézard se vend dix sous ; mais il est juste de dire que, vu les démarches du commissionnaire, M. Jacques Levrat, la somme est réduite de moitié pour le *charmeur*. Aussi quand il va à sa chasse, dit-il qu'il cherche des pièces de cinq sous (vieille monnaie).

A partir du jour dont je viens de parler, j'ai rencontré plusieurs fois le charmeur de lézards. Non seulement nous avons fait connaissance, mais encore nous nous sommes liés. En deux mots, il m'a mis au courant de sa vie, tout à la fois fort simple et très incidentée. Paul Larisse est ce que George Sand appellerait un *champi,* un pauvre être, né par hasard dans les champs, et ce que les gens des environs de Paris nomment un *enfant de l'amour.* Ne lui demandez point de détails sur sa première enfance, il n'en connaît aucun. Tout ce qu'il sait, c'est qu'il a été recueilli par la charité d'un petit curé de campagne, disciple de saint Vincent de Paul ; c'est dans un modeste presbytère qu'il a grandi et qu'il a pu prendre les premières teintures de la grande science de la vie. Il est lettré bien plus que beaucoup de nous, orgueilleux teneurs de plume. Il est grave ; il est surtout contemplateur, je veux dire paresseux. Si florissant que puisse être le commerce des lézards dans une ville comme Paris, où il se fait un million de thèmes et de versions, bon an mal an, il est pourtant impossible que cela suffise à l'existence d'un homme. D'octobre à mars, les sauriens, amis du soleil, se retirent pour hiverner dans leurs souterrains, et il n'y a pas de charme qui soit de force à opérer alors sur leur ouïe avide de musique. J'exposais ce fait à Paul Larisse. Je lui demandai donc, par conséquent, s'il avait quelque autre corde à son arc.

— J'en ai cent, me répondit-il. Et d'abord, les fleurs pharmaceutiques : je fournis vingt herboristes ; c'est une ressource.

— Fort bien ; mais l'hiver, en temps de neige ?

— Croyez-vous donc, monsieur, que les alouettes tombent toutes rôties dans la bouche de vos riches ? Il faut d'abord les leur tuer : c'est mon affaire. Je fais aussi la guerre au renard, au blaireau, à la fouine, à la belette, et je vends leurs peaux.

— Bon ! vous ressemblez au Marcasse de *Mauprat*?

— Avec cette différence que je n'ai pas de chien ni d'ami philosophe. Mais tout cela, c'est un morceau de pain bis, et pas toujours.

Il m'est venu à l'esprit de poursuivre mon enquête sur cet homme singulier, et voici ce que 'ai appris.

Un jour, sous la monarchie, dans le temps où M. Guizot disait aux masses : « Enrichissez-vous ! » l'enfant de la Vallée-aux-Loups se laissa gagner par l'esprit du siècle. Il dit donc adieu à son existence vagabonde et chercha à s'enrôler parmi les manœuvres d'une usine des environs. On lui donnait vingt-cinq sous par iour pour tourner une meule comme le vieux Plaute. Vingt-cinq sous ! c'était pour lui les trésors du roi Attale. Par malheur, cet état de choses ne put durer. Les habitudes de la vie nomade réagissaient toujours un peu sur le nouvel ouvrier. J'ai vu son ancien maître, personnage grave, gros millionnaire, qui m'a renseigné là-dessus.

*
* *

— Ne me parlez pas de ce bohémien-là, monsieur, m'a-t-il dit. Ce drôle est le czar des paresseux, l'empereur des fainéants, le mogol des musards. Pour lui, tous les jours de la semaine étaient la Saint-Lâche. Pendant un an qu'il a été à mes crochets, à raison de vingt-cinq sous par jour, il n'a pas fait pour dix écus de bonne besogne. Toujours le dernier venu au son de la cloche du travail et le premier sorti de l'atelier à l'heure du repas. Le plus souvent, on cherchait mon flandrin pour tourner sa roue ; il était couché sur l'herbe ou grimpé au sommet d'un marronnier pour y rêver tout éveillé. Il faut avoir le moyen de dormir, monsieur, et vous n'ignorez pas que la rêverie est un luxe. On parle de l'insouciance des gueux de Naples ; ce n'est rien à côté de l'immobilité étrange de ce chenapan. Vous comprenez qu'à la longue j'ai dû lui donner son compte.

— Mais, demandai-je, ne vous a-t-il jamais été bon à rien ?

— Je ne dis pas précisément cela, a répliqué le richard, mais cependant c'est tout comme. Par exemple, lorsque ma fille a été malade, — une enfant de sept ans à cette époque, — Paul Larisse ne souffrait pas qu'elle eût cinq minutes d'ennui. Il remuait toute la vallée afin de lui apporter à profusion des scarabées à tête bizarre, des papillons aux ailes d'or et de ces beaux hannetons verts qu'il attelait par quatre à un carrosse taillé dans un jeu de cartes. Une autre fois, si j'avais du monde à dîner, il entrait comme une bombe, embrassait mon cordon bleu, et en se sauvant jetait sur la table de cuisine un cent d'écrevisses qu'il était allé quérir par delà Versailles dans je ne sais quel pli sinueux de la Bièvre. J'occupais cent cinquante ouvriers à cette époque-là, et ils étaient tous très justement scandalisés d'être mêlés à un pareil drôle. En été, un jour, on signala de notre côté la présence d'un chien enragé. Paul Larisse fut le premier à sortir, un fusil à la main, — c'était pardieu le mien qu'il avait pris sans ma permission,

— èt, au bout de dix minutes, il avait tué la mauvaise bête. Il fournissait, du reste, l'atelier de
mauves, de chiendent, de centaurée et de toutes
les autres plantes qui se vendent en pharmacie.
Mais les notes du travail n'en étaient pas meilleures. Tous les samedis, au moment de la paye.
le contre-maître me tirait à part pour me dire:
« Monsieur, il faut vous défaire de ce garne-
ment; c'est la paresse faite homme, il ne gagne
pas chaque jour cinq sous de bon argent.
Voyez les chiffres. » Les chiffres ne mentent
pas, monsieur; j'ai dû suivre le conseil du contre-maître.

— Votre contre-maître était un âne bâté,
monsieur, dis-je au richard; il ne méritait certainement pas d'avoir sous ses ordres un homme
d'élite tel que le charmeur de lézards. On ne les
trouve pas à remuer à la pelle, ceux qui amusent
les enfants malades avec des papillons ni ceux
qui pêchent cent écrevisses dans un ruisseau
aussi infécond que la Bièvre et tuent les chiens
enragés en se jouant. Paul Larisse aurait dû
recevoir de vous cinquante sous par jour au lieu
de vingt-cinq.

Cet excellent capitaliste ne comprenait rien à
mon engouement. « Voilà une tête toquée, »
avait-il l'air de dire. Pour un peu il se serait
imaginé que l'homme m'avait jeté un sort.

Il me tardait de savoir si le charmeur de lézards a été amoureux. C'est de lui-même qu'il
fallait recueillir la réponse sur un sujet si délicat. Paul Larisse commença presque son récit à

la manière d'Énée, racontant à la reine de Carthage les désastres de la prise de Troie.

— Mes amours! ma première et unique passion! Ah! vous rouvrez là une vieille blessure à peine fermée, malgré le temps. J'ai adoré Jeanne Bernin, une jolie glaneuse du côté de Châtenay. Le Diable se cache, dit-on, derrière le miroir de toutes les filles de vingt ans. En été, un dimanche, il insinua à Jeanne d'aller danser au parc de Sceaux. J'eus beau interposer ma volonté, Jeane me dit qu'elle avait envie d'aller au bal et qu'elle irait. Je commençai à voir que j'avais pris l'amour trop au sérieux en laissant accrocher mon cœur à la jarretière d'une petite folle. Jeanne alla à la danse et elle en revint: ce n'était déjà plus la même figure, les mêmes yeux, la même Jeanne. Un bellâtre de Paris l'avait vue, et l'ayant trouvée à son gré, lui avait glissé deux ou trois paroles terribles dans le tuyau de l'oreille. Dire à une femme, même à une vachère, qu'on est riche, fait toujours plus d'effet sur elle que si l'on étalait à ses yeux tous les trésors de sentiment qu'il y a dans les poésies de Ronsard. Le dimanche d'après, Jeanne se coiffait avec des rubans couleur de feu afin d'attirer encore plus les regards sur ses cheveux, qui étaient fort beaux. Je jugeai qu'elle était perdue; je lui dis:

— Jeanne, ma mie, brisons là; je vois où tu veux en venir, et, comme je ne consentirai pas à passer pour un amant ridicule, j'aime mieux couper moi-même la corde qui te retient au piquet que de te la voir rompre. Va-t-en

avec ton beau monsieur : je ne courrai pas après
toi.

Ce que j'en disais, c'était de la vantardise.
Jeanne m'ayant pris au mot, j'ai eu froid au cœur,
j'ai même perdu la tête un instant. Un soir que
je l'avais rencontrée à la corne des bois de Ver-
rières :

— Quand pars-tu pour Paris ? lui ai-je demandé.

— Dans trois jours.

Je suffoquais, j'avais envie de pleurer ou de lui
casser la tête sur le tronc d'un vieux chêne qui
se trouvait là.

— Jeanne, repris-je, tiens, je te tuerais bien
de bon cœur ; mais, comme ça ne te guérirait pas
de ta coquetterie, ce n'est guère la peine.

Je me contentai de lui jeter une branche d'or-
tie à la tête en signe de mépris, et je m'enfonçai
sous les arbres, sanglotant comme un enfant.
Voilà dix ans de cela, monsieur, et la source
de mes larmes n'est pas tarie. C'est que nous
sommes souvent de grands lâches, quand l'amour
d'une femme nous tient au cœur.

— Est-ce que votre aventure a fini comme
vous venez de le dire, Paul ?

— A peu près, monsieur. Jeanne est partie
pour Paris. Est-ce qu'elles n'y vont pas toutes
dès qu'elles ont à vendre, hélas ! un peu de
beauté et de jeunesse ? Du bellâtre qui l'a emportée, elle est allée à un fils de famille. On l'a
décrassée, on l'a polie, on l'a ornée au moral et
au physique ; on en a fait une de ces tristes pou-

pées à ressort, couvertes de soie et de velours, dont les riches d'aujourd'hui font leurs hochets. Jeanne a un carrosse traîné par deux chevaux blancs, comme une duchesse ; Jeanne a un chasseur vert, une maison montée, une vie pleine d'enchantements factices ; mais je l'ai entrevue l'autre soir dans la forêt de Saint-Germain. Il y a un cercle noir autour de ses yeux ; c'est le petit serpent de bistre qui désespérait Laïs. Un fil d'argent commence à scander le jais de ses cheveux. Elle vieillira vite, et, j'en suis sûr, elle n'aura pas le plaisir que j'éprouve à entendre chanter nos merles.

Mais comme si cet épisode eût altéré trop longtemps la sérénité de ses traits et de son langage, il ajouta :

— Je vous parle de la chanson de nos merles : vous ne devez pas savoir ce que je veux dire. Attendez, vous allez comprendre.

*
* *

Il se mit à siffler je ne sais quel air bouffe, assurément digne d'être noté par Rossini en personne, et, à une lieue à la ronde, vingt arbres devinrent tout à coup harmonieux. L'oiseau au bec doré et aux ailes noires arrivait à lui de tous côtés, en lançant sous les feuilles des trilles et des allegros à rendre fou de gaieté.

— Voilà, mes amis, ajouta-t-il, vingt merles de très bonne maison, ou, si vous l'aimez mieux, de très bon nid. Il y a longues années que nous nous connaissons, et pour rien au monde je ne consentirais à leur faire le moindre mal ou à leur en laisser faire en ma présence.

Il ne disait rien de trop. Dans un massif, autour de nous, beaucoup de branches étaient noires et retentissantes comme un orchestre. Ce spectacle bizarre me frappa d'abord d'un vif étonnement; mais je me rappelai bien vite que c'est le privilège de certains hommes d'élite d'attirer à eux les oiseaux. L'histoire rapporte que saint François d'Assise possédait au plus haut degré cette faculté. Quand l'apôtre de la pauvreté faisait de longues courses à travers les champs de la Marche d'Ancône, les petits oiseaux descendaient de la feuillée et venaient se poser sur son épaule; lorsque le religieux traversait une ville ou entrait dans une église, ils sortaient en chantant du trou des murs et venaient se percher sur son bras.

— N'êtes-vous donc l'ami que des merles? demandai-je au charmeur.

— Je suis aussi dans de très bons termes avec les pinsons; messieurs les chardonnerets me font de temps en temps l'honneur de converser avec moi. Je salue les bouvreuils et ils me rendent politesse pour politesse; mais, je l'avoue, tous ces gens-là ne sont pour moi que de simples connaissances.

Comment finira ce Diogène des champs? Si cette question funèbre peut inquiéter un esprit ici-bas, croyez bien que ce n'est pas le sien propre. La vie ne lui a jamais été à charge, la mort ne saurait lui faire peur. Dieu reprendra, quand il voudra, la casaque de chair et d'os qu'il a jetée sur cette âme placide : le charmeur de lézards ne fera pas appeler le médecin pour qu'il amuse la camarde quelques heures de plus à son chevet. Cela ne signifie point qu'il lui soit indifférent de sortir du monde de telle ou telle sorte. On le questionnait un jour sur ce point délicat :

— Si j'en avais le choix, répondit Paul Larrisse, je voudrais mourir par un doux soir de septembre, sous des pampres verts, parsemés de raisins noirs, et ayant à la main un verre de vin vieux.

C'est presque la fin des rois de Thulé, dont ce pauvre Gérard de Nerval a dit : « Ils chantaient, buvaient, riaient et mouraient. »

XXIV

LE PLUS ORIGINAL DES DUELS

Règle générale: les Hongrois sont fort beaux.

Exception, il y a des Hongrois fort laids. Je n'en veux pour témoin que le baron Z... qui vient d'arriver à Paris. Il est petit, contrefait, grêlé, couperosé, affreux à voir. Vulcain a épousé Vénus; le baron nous amène sa jeune femme, qui est délicate, blonde, vaporeuse, belle à miracle.

Un soir, ces nobles étrangers se trouvaient à la *Timbale* qui se joue aux Bouffes. Derrière eux se placèrent deux jeunes gens très bien mis et très impertinents. L'un d'eux ne tarda pas à remarquer la laideur du mari et la beauté de la femme.

— J'assiste, disait-il en ricanant, à un étrange spectacle. Je vois à la fois le ciel et l'enfer, un ange à côté d'un démon.

Il continua longtemps ses petites railleries; personne ne parut les entendre. Mais pendant un entr'acte, le Hongrois, se retournant avec dignité, dit à voix basse:

— Monsieur, vous venez de m'insulter grossièrement. Je compte avoir l'honneur de vous revoir.

Il tira sa carte et la présenta à M. C..., qui lui remit la sienne, et tout rentra dans le silence. C'est à peine si les voisins s'aperçurent de ce qui venait de se passer.

En sortant du théâtre, C... rencontra un de ses amis :

— Veux-tu me servir de témoin ?

— Tu te bats ?

— Oui, demain.

— Avec qui ?

— Avec le diable ou quelqu'un des siens.

Enchanté de sa plaisanterie, M. C... alla se coucher. Le lendemain, il envoya ses témoins chez le Hongrois. Ils furent reçus avec la plus grande politesse.

— Messieurs, leur dit l'étranger, je suis l'insulté j'ai le choix des armes ; je vais en profiter. Veuillez me suivre dans ce cabinet.

Les témoins s'inclinèrent et marchèrent derrière lui.

Ouvrant une armoire, le baron y prit une charmante petite caisse d'ébène d'où il tira deux... (ombre de Jacques Delille ! inspire-moi une périphrase élégante !) deux de ces instruments utiles dont l'infirmité humaine ne saurait se passer, deux de ces tubes inoffensifs dont Molière arme ses apothicaires dans *Monsieur de Pourceaugnac*.

Ces deux armes étaient en argent.

Le baron les posa sur une table et parla ainsi :

— Vous autres Français, vous avez du cou-

rage, mais surtout de la vanité, et vous ne craignez rien tant que le ridicule. Mon adversaire se
battrait fort gaiement à l'épée ou au pistolet;
quant à moi, je prétends me battre à la seringue,
et voici comment je règle les conditions de ce duel.

— Permettez, monsieur le baron...

— L'une de ces seringues sera remplie de vitriol. Nous les tirerons au sort. Nous nous met-
trons en présence et, au signal donné, on fera...
feu.

— Feu, monsieur le baron!

— Moi, pourvu que je ferme les yeux, je ne
crains rien; je ne puis guère devenir plus laid que
je ne le suis. Mais votre jeune ami a plus à perdre que moi dans cette affaire.

Sur ce, les deux témoins se retirèrent et ren-
dirent compte de leur visite à M. C...

On se rappelle Jules César, à la veille de la
bataille de Pharsale, indiquant à ses soldats, si
mâles, les partisans de Pompée, presque tous
très jolis fils de famille: « *Frappez-les au visage!* »
disait-il. Evidemment le Hongrois s'était rappelé
ce fait historique. Suivant le conseil du vainqueur des Gaules, il avait songé au visage de
son adversaire: « Il faut que je le défigure, » s'é-
tait-il dit. — Mot d'un barbare, né dans le pays
des Huns; mais, au fond, du moment qu'il s'agit
de blesser ou de défigurer un ennemi mortel, en
quoi donc, au fond des choses, le vitriol est-il
moins acceptable que l'épée ou le revolver?

— Ah! nous le savons bien, il se trouvera des
bacheliers ès-salle d'armes pour soutenir cette

thèse : « Un liquide, ce n'est pas chevaleresque : l'épée est noble, le vitriol est odieux. » Mais voilà que cela devient déjà une question.

Pour finir là-dessus, ajoutons que M. C*** se refusa net à l'expédient du Hongrois.

— Je ne me bats pas, répondit-il, avec les armes de la chimie.

— Je ne me bats pas, réplique le baron de Z***, avec les armes de l'arquebusier.

Le combat n'eut donc pas lieu, faute de combattants.

En 1882, la galerie est pour le gentilhomme français, et c'est tout simple.

En 1900, qui sait si elle ne sera pas pour le compatriote d'Attila ?

Tout passe, tout change, tout arrive.

Devant le perron de Tortoni, on rit de cette aventure, mais pas trop haut, parce que M. C***, membre du Jockey-Club est de première force à à l'épée.

XXV

LE BILLET A ORDRE DU CAPITAINE ÉRIC BERNARD

I

Ils étaient quatre à table, un général à moustaches blanches et trois jeunes officiers.

Midi sonnait. Le déjeuner tirait à sa fin. On venait de servir le café.

Au moment où l'on commençait à allumer les cigares, le général Robert d'Hervieu fit un geste de la main à l'adresse d'Éric Bernard.

— Approchez un peu, capitaine ; j'ai à vous parler.

Comprenant qu'il s'agissait sans doute de quelque chose d'intime ou d'un ordre qui ne devait pas être donné en leur présence, les deux autres officiers, Mercier et Lallemand, se levèrent de table, et, après avoir fait le salut militaire, ils se retirèrent vivement.

— Tenez, asseyez-vous près de moi, ajouta le vieux général en baissant un peu le ton. Ce que j'ai à vous dire ne demande qu'un petit nombre

de paroles qui ne devront être entendues que
de vous, mon ami.

— De quoi s'agit-il donc, mon général ?

— Éric, depuis hier, la confiance du ministre de la guerre m'a remis un des services les
plus importants de l'armée de Paris. Il faut qu'il
y ait auprès de moi un homme sûr, un autre
moi-même. J'ai naturellement songé à vous.
Jusqu'à ce jour vous avez été l'un de mes officiers d'ordonnance ; aujourd'hui, en ce moment
même, je fais de vous mon aide de camp.

— Mon général, vous me comblez.

— Non, mon enfant, je ne suis que juste, puisque vous êtes l'un de nos meilleurs soldats. Au
surplus, nous sommes attachés l'un à l'autre
par une sorte de pacte de famille. Votre père a
été mon compagnon d'armes. Au siège de Sé-
bastopol, blessé mortellement d'une balle dans
l'aîne, il ramassa ses forces pour me tendre une
dernière fois la main : « Robert, me dit-il, tu sais
que je laisse un enfant orphelin. Si, plus heureux que moi, tu as la chance de retourner en
France, la campagne finie, sers autant que possible de père à mon fils. Qu'il te prenne pour
modèle, et il sera un bon serviteur du pays et
un honnête homme. — Je te promets de faire ce
que tu me demandes, » répondis-je. Sa main
était déjà froide comme le marbre ; néanmoins
elle remua.

— Pauvre père !

— Un éclair de contentement illumina ses
yeux ; puis, il mourut. Éric, autant qu'il a été

14

en moi, j'ai tenu parole. A mon retour, vous
étiez à Sainte-Barbe, en train de faire vos classes. Le temps marcha. Vint l'heure de se faire
un métier. Vous avez noblement choisi celui de
votre père. Vous êtes entré à Saint-Cyr. Aujour-
d'hui, vous êtes un brillant capitaine de cavalerie, en passe d'avoir un bel avenir.

— Tout cela, grâce à vous, mon général, re-
pondit le jeune homme en cherchant à dissimuler une larme d'attendrissement.

— Encore une fois, Éric, en prenant soin de
vous, je n'ai fait que mon devoir. Mais ne perdons pas le temps à nous amuser aux bagatel-
les du sentiment. Je vous disais donc qu'à
dater d'aujourd'hui vous remplissez auprès de
moi les fonctions d'aide de camp ; en réalité,
pourtant, votre service ne commencera que
demain. J'ai dit. Vous pouvez maintenant aller
rejoindre Mercier et Lallemand, vos deux camarades. Ça va être un bon moment pour faire à
cheval le tour du lac.

Celui qui venait de parler était connu dans
l'armée de Paris pour un dur-à-cuire peu amoureux des longs discours. Le général Robert
d'Hervieu avait à cette époque cinquante-huit
ans. Ayant de son propre une assez jolie fortune, il n'attendait pour quitter le harnais que
le moment où il aurait, comme on dit, *l'oreille fen-
due,* c'est-à-dire où la loi le mettrait à la retraite.
Il aimait son métier comme l'aiment tous les
sabreurs, et même il avait tout sacrifié à ses
exigences. Par exemple, il avait toujours refusé

de se marier pour ne pas être détourné de la règle militaire par les petites tyrannies de la famille. Peu enclin à l'idylle, il ne paraissait éprouver de tendresse que pour son épée et pour son cheval de bataille. On lui connaissait bien une sorte de passion : le jeu, mais c'était le péché dominant des hommes du second empire. Il avait été joueur, d'abord par désœuvrement, entre deux campagnes ; il l'était devenu ensuite par entraînement, gagné par la contagion de l'exemple.

En dehors de ce défaut, de ce vice, si vous voulez, le général était un homme irréprochable.

Trois mois après la scène dont il vient d'être question, un bruit étrange courut tout à coup dans les cercles militaires. La rumeur publique disait que ce Bayard, tout couvert de balafres, était sur le point de se marier avec une jeune femme. Rien de plus vrai. Mais, pour tout dire, le général n'y était pas allé d'abord bon jeu, bon argent. On lui avait forcé la main.

Du reste, la manière dont s'étaient passées les choses ne manquait pas de piquant.

Racontons le fait en deux mots.

Un soir d'hiver, en 1869, dans une fête donnée au ministère de la marine, l'amiral Z*** avait gagné successivement au général dix parties d'écarté. Il en résultait pour le vieux soldat une perte sèche de cinquante louis, une bagatelle, après tout. Peu importait la somme ; mais le loup de mer, fort grand railleur, abusait de la circonstance pour se moquer du per-

dant. Il ne cessait pas de lui rappeler sa défaite.

— Ne proposez pas vos deux oreilles comme
enjeu, disait-il ; vous seriez sûr de ne pas les
remporter chez vous, mon cher général.

Piqué par ce mot et par cinq ou six autres de
même allure, Robert d'Hervieu s'était alors en-
têté à reprendre la lutte. Il demandait une revanche comme le font tous les vrais joueurs.

— Eh bien, soit, riposta l'amiral, je consens à
engager une onzième partie, en cinq points secs,
mais ce sera une discrétion.

— En quoi consistera-t-elle ?

— En une chose très considérable, général, en
une très grande chose.

L'amiral ne voulait pas sortir de là.

— Une discrétion d'un caractère absolu, ajou-
tait-il. C'est à prendre ou à laisser.

— Une question de vie ou de mort ?

— Mon Dieu, général, c'est à peu près ça.

Robert d'Hervieu se gratta un moment l'oreille
comme un homme qui craint de se laisser aller à
un coup de tête ; puis, emporté par une passion
dont il ne savait pas se rendre maître, il reprit
sa place devant le tapis vert, en s'écriant :

— Eh bien, amiral, va pour la discrétion ! Va
pour l'impossible !

On joua. C'était une sorte de duel. Cette fois,
comme précédemment, le général n'eut pas la
chance pour lui.

— Qu'ai-je perdu ? demanda-t-il en laissant
tomber ses cartes d'un air consterné.

— Mon cher général, vous n'avez rien perdu ; vous venez de gagner, au contraire, et de gagner la chose la plus désirable du monde : une jeune et jolie femme, très riche par-dessus le marché.

— Monsieur l'amiral, ce que vous me dites là a l'air d'un rébus ou d'une mauvaise plaisanterie, je vous en préviens.

— Ce n'est pourtant ni l'un, ni l'autre. Tenez, il y a par là, dans les salons où l'on danse, une jeune personne qui ne craint pas d'associer son sort à celui d'un vieux mari, pourvu que ce soit un dignitaire de l'armée ou de la marine. Vous savez, du reste, que c'est la mode du jour. Deux de nos maréchaux ont fait de ces mariages-là. Or, au commencement de la soirée, Mme des Courtilles, ma parente, m'a présenté la belle enfant, laquelle est une perfection. Je vous avoue, qu'étant veuf, j'étais disposé à l'épouser ; mais comme c'est vous qui venez de perdre la discrétion, c'est vous que cela regarde ; c'est vous qui l'aurez pour femme.

On pense bien que le général commença par se rebiffer.

— Tonnerre de D*** ! s'écria-t-il, si j'avais été du nombre des imbéciles qui se marient, il y a beau temps que cette folie serait faite. Mais est-ce à cinquante-neuf ans et quand on a, comme moi, la figure tailladée de coups de sabre, qu'on se hasarde à s'approcher d'une jeune femme ? Dieu merci, je comprends le ridicule d'une pareille situation. Pour sûr, je ne m'y prêterai pas. Finissons donc là-dessus.

11.

— Général, les dettes de jeu sont des dettes d'honneur.

— Je ne me suis engagé à rien, puisque je ne savais rien.

— Vous avez perdu une *discrétion absolue*. Vous épouserez la jeune fille, je vous le jure, général.

II

En voyant la persistance que l'amiral mettait dans sa proposition, Robert d'Hervieu ne put s'empêcher d'éprouver un frémissement d'impatience et de colère. Ah ! si le loup de mer n'eût pas été un des personnages les plus considérables du temps et s'il eût eu lui-même vingt ans de moins, comme il aurait pris plaisir à délier ce nœud gordien, l'épée à la main ! Mais, par bonheur, une ressource lui restait : c'était que la jeune femme, en le voyant, répondît par un refus, accompagné d'un ironique éclat de rire. Le règne de Napoléon III, tout bigarré de sybaritisme, était l'âge d'or des marjolets. Il y aurait bien deux ou trois jeunes conducteurs du cotillon pour faire tourner la tête à la petite folle.

Voilà ce que se disait le général, voilà ce qu'il espérait.

Il en était là de ces réflexions mentales quand son vainqueur, lui faisant une injonction pleine de politesse, lui demanda de faire avec lui un petit tour dans les salons de la danse.

— Il faut bien, ajouta-t-il, que je vous mette

en regard de votre future. La chose est de règle, vous le savez.

Évidemment le vieux soldat y allait comme un chien qu'on fouette, mais le jeu a ses lois, plus inflexibles encore que celles du code. Moitié en rechignant, moitié en se redressant avec fierté, Robert d'Hervieu se résigna à faire la démarche à laquelle on l'assujétissait. Au bout du compte, il se disait qu'à l'aspect d'un vieillard, qui était marqué d'autant de rides que de cicatrices, la belle danseuse n'hésiterait pas une seconde.

— Qu'on lui rende au plus vite sa liberté ! s'écrierait-elle.

Mon Dieu ! c'était là un faux calcul. Cette soirée du ministère de la marine était une fête d'une mise en scène presque asiatique. Tous les dignitaires de l'État y figuraient en grand costume, ornés de leurs insignes. Pour obéir au programme, le général avait dû s'y présenter en grand uniforme, la poitrine constellée de croix, le grand cordon de la Légion d'honneur en sautoir. Ainsi habillé, encore fort droit, souriant malgré la mauvaise humeur qui lui venait de sa déveine, M. Robert d'Hervieu ne ressemblait déjà plus à un homme qui va être sexagénaire. L'éclat de sa personne produisait une sorte de rajeunissement.

— Ah ! mon cher général, quel charmant fiancé vous allez faire ! lui disait à demi-voix l'amiral avec un raffinement de cruauté mondaine.

Il n'avait pas fini, du reste, qu'on était entré

dans le deuxième salon. Là, au milieu d'un groupe d'adorables têtes brunes, blondes et châtaines, se trouvait la protégée de Mme des Courtilles. Qu'on imagine une personne de vingt-deux ans, un visage de vierge de l'Albane, des cheveux dorés, de grands yeux bleus, une taille de guêpe, beaucoup d'élégance. Par-dessus tout, cette fée laissait voir un de ces sourires auxquels on ne résiste pas.

Sur un geste de l'amiral, Mme des Courtilles s'approcha.

— Madame, dit l'amiral en prenant un air de cérémonie, j'ai l'honneur de vous présenter le général Robert d'Hervieu, l'honneur de notre armée. Après lui avoir parlé de vos projets pour Mlle Noëmi d'Anglars, votre petite cousine, il a témoigné le désir de se trouver auprès de la belle enfant.

— Affreux menteur ! murmura tout bas le vieux soldat.

— Regardez bien ce héros, poursuivit l'amiral. Ne vous fait-il pas l'effet d'un mari des plus présentables ?

— Assurément, mon cher amiral, répliqua vivement la duègne, M. le général d'Hervieu a tout ce qu'il faut pour flatter l'orgueil d'une jeune femme bien née.

Sur ce, sans plus attendre, en usant, en abusant même, si l'on veut, des libertés qui étaient de mise en ce temps-là dans le monde officiel, Mme des Courtilles, s'éloignant pour une minute de ses deux interlocuteurs, s'en alla au fond d'un groupe et en ramena bien vite la belle personne, un peu remise des suites d'un récent quadrille. Dès lors une seconde présentation eut lieu. On sait en quoi consistent ces salamalecks du monde parisien ; c'est une série interminable de saluts, de monosyllabes, de sourires et d'autres grimaces bien connues. Pendant la cérémonie, le général était sur les charbons.

— J'espère bien, pensait-il, que la petite pécore aura dans cette foule un amoureux, quelque petit frisé, et qu'elle va nous congédier, avec une belle révérence.

Hélas ! il se trompait encore une fois. L'uniforme doré, les croix, le grand cordon et aussi sans doute la figure martiale du martyr avaient fait merveille. Il n'avait fallu qu'une seconde pour que l'amiral et Mme des Courtilles s'aperçussent de l'effet que le nouveau venu produisait sur la jolie danseuse.

— Allons, dit la douairière, allons, Noëmi, je vous permets de prendre le bras du général pour faire le tour des salons.

A Paris, les pensionnaires sont charmées d'être admises à jouer de bonne heure le rôle des grandes dames ; Noëmi, ayant vingt-deux ans, cédait plus qu'aucune autre à cette envie. Jusqu'à cette heure nul ne l'avait prise au sérieux. Qu'on juge de sa joie en se voyant au bras d'un homme mûr, sérieux, doré sur toutes les coutures, décoré à l'impossible, une des illustrations militaires du pays !

— Mais c'est un homme charmant que le général ! disait-elle tout bas à sa vieille parente.

Quant à Robert d'Hervieu, il éprouvait une sensation tout opposée à celle du contentement. Lui, qui, suivant le langage des camps, n'avait jamais voulu *s'engoncer d'une femme*, il se trouvait tout à coup, à son corps défendant, par suite de la malignité du hasard, remarqué par une petite tête folle, dans un bal où mille yeux se portaient sur lui. Mille tonnerres ! comme il aurait préféré cent fois avoir à défoncer à coups de sabre une nuée d'Arabes ! Mais non, il n'y avait pas moyen de se défaire : il se sentait pris comme un rat blanc de Norwège dans une souricière.

Une fois dans le premier salon, il eut à frôler une dizaine de ces jeunes beaux du jour, gandins, cocodès ou gommeux, comme on voudra, lesquels dégarnissaient un buffet des volailles froides et du lait d'Aï qui s'y trouvaient. A ce spectacle son indignation fut à son comble. Il ne comprenait pas pourquoi ces jeunes drôles n'étaient pas plutôt occupés à faire la cour aux femmes. S'il n'eût pas craint d'offenser les oreilles de Noëmi et de faire hurler l'honnête Mme des Courtilles, il se fût emporté en imprécations de haut style.

— Tas de freluquets ! pensait-il ; homoncules en carton, à quoi êtes-vous donc propres, si vous laissez croquer les jolies filles de votre âge par des *birbes* tels que nous ?

Mais tout finit, même la colère, même la bouderie des vieillards. Après deux tours de salon, le vieux grognard s'était un peu familiarisé avec celle qu'on cherchait à lui imposer comme promise. Il y eut un petit temps d'arrêt pour prendre des glaces à la framboise. Pendant cette halte, Noëmi se montra ce qu'elle était, c'est-à-dire séduisante au plus haut point. Un moment M. Robert d'Hervieu porta la main à son cœur, qu'il sentait se fendre. Le lion s'était laissé charmer par la gazelle.

— Suis-je assez fou de ne pas me sauver de cette petite sorcière? — se disait le général en rentrant chez lui.

En le déshabillant, le valet de chambre qui le servait le trouva fantasque, grognon, quinteux, amer, plus que de coutume.

— Faut-il servir à monsieur son lait de poule de tous les soirs? demanda le domestique.

— Sers-moi plutôt de l'arsenic et va-t'en au diable! s'écria le général en se mettant au lit.

Le lendemain, dans l'après-midi, il reçut la visite de l'amiral qui s'était fait accompagner de Mme des Courtilles. On avait mené rondement l'affaire. Entre parenthèse, lecteur, avez-vous remarqué combien est grande l'activité de ceux qui se mêlent de marier les autres? On accourait apprendre au général que Noëmi d'Anglars l'avait si bien trouvé à son gré qu'elle ne parlait plus que de lui. Encore vingt-quatre heures et le mouvement de haute estime qu'elle éprouvait se changerait en amour réel et sérieux.

Ainsi donc il ne s'agissait plus d'une affaire de convenance; c'était une passion qui commençait.

— Eh! quoi! avec un museau comme le mien?
s'écriait le général.

Il aurait encore compris un refus de la part de
la belle personne, mais maintenant il en eût certes été blessé. Quoique peu porté aux capitulations du cœur, il se sentait remué jusqu'au fond
de sa conscience. Cette Noëmi était d'ailleurs
une fort jolie personne. Et, après tout, quel si
grand mal y aurait-il à vieillir près d'elle? Pardieu, il n'était pas un Turc, il ne la tiendrait pas
sous clé, gardée par deux eunuques armés de
cimeterres. Il savait son Paris; il lui laisserait
une liberté raisonnable et, comme c'était une
fille bien élevée, il se flattait d'avance qu'elle n'en
abuserait pas. Et puis, elle lui lirait les romans
nouveaux et lui-même lui raconterait ses campagnes. L'été, on irait aux eaux et à la mer;
l'hiver, il y aurait le théâtre et les réceptions, où
il était toujours assez vert pour faire figure.
Bref il était transfiguré.

— Eh bien, c'est ça, dit-il à l'amiral, j'obéis à
la discrétion: je me marie. Mon cher ami, vous
serez mon garçon d'honneur.

Et, en effet, M. Robert d'Hervieu et Noëmi se
sont mariés à Saint-Louis d'Antin, le 15 septembre 1869.

Tout le monde d'en haut assista à la bénédic-
tion nuptiale.

III

A peine marié, le général s'habitua vite à ce nouvel état. Comment n'y aurait-il pas trouvé un grand charme ? En regard d'une jeune femme, l'une des plus belles de Paris, on lui ménageait des joies d'intérieur qui lui étaient inconnues. Jusqu'à ce jour, il avait vécu solitaire, bourru, presque farouche, comme une sorte de moine à cheval, allant de la caserne au camp et de la revue à la bataille. A présent, au contraire, il était forcé de mener la vie molle et pleine d'insouciance du citadin riche. Une Parisienne de vingt-deux ans, jolie, coquette, éprise des modes du jour, visitée, courtisée, habituée à semer l'or sur ses pas, fait naître autour d'elle une animation qui tient pour ainsi dire de la féerie. On accourait donc à l'hôtel de M. Robert d'Hervieu, car il avait désormais maison montée. Les cartes y pleuvaient ; on s'y faisait inscrire à chaque instant. Il y avait des jours de réception, des dîners et des soirées d'intimes. Au milieu d'un si beau mouvement, notre sabreur se sentait rajeunir.

— Parole d'honneur, lui disait l'amiral, on croirait que cette enchanteresse vous a enlevé vos vingt dernières années. Il est des jours, général, où l'on vous prendrait pour un jeune premier du Gymnase.

En entendant ces jolies choses, le victorieux

15

ne savait pas se défendre d'un petit mouvement
de fatuité. Il frisait d'une main agile ses vieilles
moustaches aux fils d'argent. Ah! comme il
s'applaudissait alors d'avoir perdu, un soir, coup
sur coup, onze parties d'écarté au ministère de
la marine!

Tout cela était le beau côté du mariage. Rési-
gnez-vous à reconnaître qu'il y avait aussi un
revers à cette médaille. L'art, l'industrie et une
vigilance soutenue exercée sur soi-même font
qu'un homme parvient parfois à tromper le
temps, mais ce n'est toujours qu'une feinte de
peu de durée. Un matin, après une fête chez le
préfet de la Seine d'où l'on n'était sorti qu'à
minuit passé, le vieillard ressentit ces premiers
élancements du rhumatisme qui ont tant de
ressemblance avec l'apoplexie. Une douleur
lancinante courait dans ses veines comme du
plomb fondu. Il se remit aussitôt à comprendre
que l'exercice du plaisir pouvait lui devenir funeste. Une autre fois, au retour d'un grand
dîner chez un baron hébreu, où tout le monde
s'était empressé autour de Noëmi, il dut se faire
servir à la hâte tasses de thé sur tasses de thé,
parce qu'une aile de faisan aux truffes, qu'il
avait mangée vaillamment, mettait une lenteur
alarmante à passer.

— Est-ce que mon vieux coffre ne vaut plus
rien? se demandait-il avec une sorte de terreur.

— Modérez-vous, mon cher général, lui dit un
célèbre médecin qui lui donnait des soins. Il

vous faut du mouvement sans doute, puisqu'il en faut toujours, mais il ne sera pas mal de vous coucher de bonne heure et de ne plus vous permettre aucun genre d'excès.

Ces paroles étaient presque une menace. S'asservir à une vie bien réglée n'était pas ce qui lui coûtait. Depuis plus de trente ans, il s'était assujéti au régime le plus sévère. Mais comment faire cadrer ces prescriptions du docteur avec les goûts que Noëmi affichait si légitimement pour les plaisirs du monde? D'amères réflexions lui venaient là-dessus. En général, une jeune femme ne comprend guère ce qui contrecarre ses amusements; en particulier, une Parisienne fait plus, elle déclare ne vouloir pas comprendre et elle passe outre.

— Jamais ma femme ne consentirait à vivre dans la retraite, pensait-il en laissant tomber sa tête sur ses mains.

En effet, jolie comme elle l'était, la générale figurait dans la liste de celles dont les chroniqueurs d'alors vantaient la beauté et l'élégance. Le moyen de tenir une telle perle enfermée au fond d'un écrin? Paris comptait sur Mme d'Hervieu comme sur dix ou douze autres. Si l'on eût tout à coup cessé de la voir aux avant-scènes des théâtres ou à celles des courses, l'opinion publique n'aurait pas tardé à traiter le général de tyran jaloux ou de Bartholo ridicule.

— Eh bien, continuons à la mener partout, se dit le Balafré. Quand les rhumatismes reviendront, je les combattrai. Mais d'ailleurs si le mal est assez vif pour me clouer sur mon fauteuil, Éric sera là pour lui prêter main-forte.

Éric Bernard, l'aide de camp, était, on se le rappelle, quelque chose comme le fils adoptif du général. Beau cavalier, mais plein d'honneur, il réunissait tout ce qu'il fallait pour servir de protecteur à une jeune femme et cela sans donner d'ombrage au mari. Se trouvant tous les jours chez le général pour les besoins du métier militaire, il avait sa place marquée dans la nouvelle famille. Peu à peu Noëmi s'était habituée à l'attitude polie, mais un peu rigide de cet officier si bien rompu à la discipline. En France, la familiarité marche toujours d'un très bon pas. Bientôt Mme Robert d'Hervieu en arriva à regarder le jeune capitaine comme un frère.

Quant au général, lorsqu'il s'adressait à son protégé, il avait l'air de lui intimer des ordres relatifs à la place.

— Éric, vous accompagnerez, ce soir, la générale à l'ambassade d'Autriche.

— Éric, il y a une première représentation à l'Opéra; vous y conduirez ma femme.

A Paris toute nouveauté fait jaser. Dans le premier moment, les mauvaises langues chuchotaient. Un jeune officier de belle mine conduisant une jolie femme à travers tous les sentiers où le diable se tient en embuscade, un tel thème prêtait trop aux commentaires pour qu'on ne se mêlât pas d'en faire. Mais ce ne fut qu'un feu de paille vite fini. Au bout de huit jours, la nouveauté passait à l'état de vieillerie. Nul n'y pen sait plus. En ce temps-là, d'ailleurs, chacun était bien trop occupé à son propre plaisir pour qu'on perdît une heure à de longs racontars. Un roman de plus ou de moins, qu'est-ce que ça pouvait faire aux oisifs?

Ce roman commençait, en effet, et chose curieuse, il commençait à l'insu de ceux qui devaient y jouer un rôle. Si le général avait compté sur la loyauté de son aide de camp, Éric, de son côté, s'était promis de ne jamais songer au fruit défendu. En même temps, Noëmi, si heureuse d'occuper un rang dans la société parisienne, aurait repoussé avec indignation toute idée de tromperie. Mais que vous dire? Le diable, dont nous parlions tout à l'heure, est bien fin. Quand on est du même âge, du même monde, peut-on, sans péril, se trouver en tête-à-tête à toutes les heures du jour et de la nuit? Est-il possible de vivre au milieu des bouquets, de la musique, des vers, des tableaux, des propos d'amour, sans se laisser prendre par l'endémie? L'histoire de Françoise de Rimini a tous les ans trois cents éditions à Paris et trois cents éditions d'une manière vivante. Cet épisode des poëmes de Dante, le général le connaissait; Éric l'avait lu; Noëmi l'avait enserré dans un album sous forme de gravure. La belle avance! Une jeune femme transpercée d'un glaive, à cause d'une tendresse criminelle, ils avaient oublié ce fait tous les trois, et tous les trois ils devaient recommencer la tragédie en question, mais à la manière des modernes.

— J'aime Noëmi ; je l'aime à en devenir fou, s'écriait Éric. Que faire pour ne pas devenir le plus méprisable des ingrats et des traîtres ?

Et il ajoutait :

— Il n'y a qu'à quitter Paris ; je vais demander mon changement.

IV

Ce matin-là, étendu sur une chaise longue, M. Robert d'Hervieu s'amusait à jeter des gimblettes à un king-Charles, un chien favori qui ne le quittait jamais. Au même moment, Éric entra. Le jeune officier était d'une excessive pâleur. Jamais on ne lui avait vu un visage si altéré. En saluant il avait l'air de trembler.

— Qu'avez-vous donc, Éric ?

— Mon général, je viens vous demander de me rendre un grand service.

— De quoi s'agit-il, mon ami ?

— Il faut que je quitte Paris sans retard.

— Vous ?

— Oui, mon général. Faites-moi obtenir mon changement sans retard pour l'Algérie ou pour la Cochinchine.

— Hein ! quel diable de baragouin me chantez-vous là ? Si j'y comprends un mot je veux que le diable m'emporte. Expliquez-vous donc plus clairement.

— Mon général, vous avez été un second père pour moi. Je vous dois tout, mon état, mon avancement, la croix, mes relations sociales.

— C'est bon. Passons là-dessus, s'il vous plaît.

— Chez vous, j'étais comme chez moi, en famille.

— Et c'est pour cela que vous voulez, bon cœur que vous êtes, aller à 6,000 kilomètres d'ici, en Cochinchine ?

— Mon général, il ne m'est plus possible de résider à Paris.

— La raison ?

— Question de délicatesse. Une affaire de cœur. J'aime une femme qu'il ne m'est pas permis d'aimer.

— Une actrice ou une cocotte ?

— Une femme que je ne dois même pas désigner. Mon général, il est de toute nécessité que je m'éloigne, je vous le répète.

— Ta, ta, ta, ta, nous ne connaissons pas les coups de tête romanesques, nous autres soldats.

— Mon général, je vous jure qu'il faut que je parte.

— Laissez donc. C'est quelque fièvre passagère. Ces choses-là ne durent pas. Vous resterez, Éric.

— Mon général, mon devoir est de partir, et dès demain.

— Oui, mais le mien est de vous garder. Un homme éclairé, un cœur honnête, où trouverais-

je d'ailleurs un aide de camp qui vous vaille ?
Arrangez-vous avec la dame de vos pensées, ça
vous regarde ; mais je vous le répète, vous resterez. Je ne demanderai pas votre changement.
Croyez plutôt que je m'y opposerai.

En ce moment même, Noëmi entrait, une tasse
de chocolat à la main, pour son mari.

— Comprenez-vous cela, ma chère belle, reprit le général, voilà ce fou d'Éric qui me demande son changement ; il veut nous quitter.

— Nous quitter, dit la jeune femme, et pourquoi ?

— Pour des bêtises de jeune homme, pour se
défaire des entraves d'une amourette.

Ici la générale devint rêveuse ; puis elle dit en
souriant :

— S'il s'agissait d'un amour sérieux, cela se
comprendrait sans doute, mais une amourette !
Vous avez raison, mon ami, M. Bernard doit
rester.

— Madame, je vous proteste que...

Le général intervint de nouveau.

— Mon cher, nous voilà deux contre vous,
vous le voyez. Il n'y a donc qu'à céder. Ainsi
vous resterez. C'est sans rémission, cela.

Puis, en donnant plus de gravité à sa parole :

— D'ailleurs, Éric, le moment serait mal choisi
pour quitter la place. Ne savez-vous donc pas
qu'il y a de la poudre en l'air ? Avant six mois,
la guerre nous poussera sur les bords du Rhin ;
c'est clair comme le jour ; voudriez-vous qu'on

vous prit pour un fuyard ? Je le répète, vous resterez.

— Oui, vous resterez, reprit Noëmi.

Il resta donc ; il leur obéit ; il fut de plus en en plus chargé d'être le cavalier servant de la générale.

Noëmi avait-elle lu dans les yeux de l'aide de camp ? L'aimait-elle comme il l'aimait lui-même ? Ce qu'il y a de sûr, c'est que, quelques jours après la scène que nous venons de décrire, un soir, en sortant d'une fête donnée par un ministre étranger, Noëmi, se trouvant seule avec le jeune homme, lui dit d'une voix toute tremblante :

— Éric, quand vous demandiez à quitter Paris, vous agissiez en homme de cœur. Partez, ce soir ; partez vite !

— Non, madame, je ne partirai pas.

— Mais pourquoi ?

— Parce que j'ai retenu vos paroles. Vous avez dit : « S'il s'agissait d'un amour sérieux il faudrait partir. » Eh bien ! je pense le contraire de vous. Il s'agit d'un amour sérieux, et je reste. Et si je ne restais pas, je mourrais.

En même temps, il la pressa entre ses bras.

Ce n'était qu'un baiser, mais ce baiser était un crime.

— Oui, lui dit-elle, il faut que vous restiez. A présent, c'est moi qui vous l'ordonne.

A dater du lendemain il y eut un concert satanique. Ils rusèrent, ils mentirent. On les vit ouer l'horrible comédie de la trahison.

15.

— Au fond, diront peut-être les casuistes, à qui la faute ? Pourquoi le mari, ce Ruy Gomez ridicule, les accouplait-il si souvent ensemble ? Pourquoi n'avait-il pas consenti au départ de l'aide de camp ? Pourquoi se fiait-il à l'honneur de l'homme et à la fidélité de la femme ?

On était en juin 1870.

Sur la fin du mois de juin, dans l'après-midi, ses signatures étant données, le général, appuyé sur une canne de jonc, parcourait le petit jardin qui est annexé à l'hôtel.

Il y a par là, au delà d'un quinconce de tilleuls, un salon de verdure dans lequel il aimait à venir parfois fumer son cigare.

Adossé à l'un des arbres, M. Robert d'Hervieu n'avait d'abord rien vu de ce qui pouvait se passer dans le salon de verdure. Tout à coup, il lui sembla avoir entendu comme un bruit de voix qui partait de là. Curieux, il se mit aux aguets, écoutant et regardant. — Pourquoi non ?

Un jeune homme et une jeune femme se tenaient assis l'un près de l'autre ; elle faisait de la tapisserie ; lui, dessinait un point de vue. Trop affairés sans doute pour faire attention à ce qui pouvait venir du dehors, ils continuaient une conversation commencée. Jamais encore le général n'avait songé à être jaloux. Comment un âpre soupçon le prit-il tout à coup à la gorge ? Pourquoi se mit-il, lui si franc, dans la posture d'un espion ? Ah ! vous qui lirez ces pages, messieurs et mesdames, déchirez d'une main hardie le voile qui sert de rideau à vos consciences

et dites-moi si, un jour, si, une heure, si, une minute, vous ne vous êtes pas faits un peu les
espions de vous-mêmes !

Et justement un mot étrange, acéré et sifflant,
un tutoiement accusateur venait de sortir du
salon de verdure. C'était Noëmi qui venait de
parler.

M. Robert d'Hervieu pouvait se tromper.
En redoublant d'attention et en retenant son
souffle, il se dit :

— J'aurai sans doute mal entendu. Noëmi
dire « toi » à Éric, c'est impossible !

Il prêta donc de nouveau l'oreille.

— Éric, tu aurais dû partir, — reprenait la
voix de la jeune femme. Oui, partir sans retour :
nous trompons le meilleur des hommes !

C'en était assez ; c'en était trop. Le général
ne pouvait plus douter.

Qu'y avait-il à faire ? Fallait-il tirer de sa
poche un revolver, aller sur les deux coupables
et leur casser la tête à tour de rôle ? Un esclandre ! un scandale qui aurait remué Paris entier
et qui, en fin de compte, se serait dénoué en cour
d'assises ! Le général répugnait vivement à ces
moyens-là. Il y renonça vite.

Agissant donc en héros, superbe d'abnégation et de sang-froid, il rebroussa chemin et retourna à l'hôtel, tout chargé de tristesse et de
colère.

— Quand M. Bernard reviendra par ici, dit-il
aux valets, vous lui direz que j'ai à lui parler
pour affaire qui presse.

A une demi-heure de là, Éric, souriant, se
présentait chez lui.

— Éric, lui dit le général d'un ton sévère,
écoutez et ne répliquez rien. Je sais d'aujour-
d'hui qui vous êtes, c'est-à-dire un serpent que
j'ai réchauffé dans mon sein. Vous êtes un ingrat et vous êtes un traître. Vous m'avez fait le
plus sanglant outrage qu'un homme puisse faire
à un autre.

— Mon général!...

— Taisez-vous, vous dis-je, et écoutez jusqu'au
bout ce que j'ai à vous dire... Tout à l'heure, dans
le jardin, j'aurais dû vous casser la tête d'un
coup de revolver. Je ne l'ai pas fait, parce qu'il
n'est pas bon qu'un homme tel que moi se fasse
justice lui-même et devienne la cible des journaux
et la fable de la ville. Me battre avec vous? ce serait
une duperie; je ne dois pas vous faire cet honneur. Néanmoins, je ne veux pas que ce que vous
avez fait demeure impuni. Vous paierez votre
trahison, et chèrement.

— Général, ne frappez que moi, murmura l'aide
de camp.

— Vous n'avez pas à me dicter la conduite que
j'ai à tenir. Mais, en attendant, asseyez-vous à
cette table comme de coutume, et écrivez ce que
je vais vous dicter. Il ne s'agit que de quelques
lignes.

Éric obéit.

— Écrivez donc... Y êtes-vous, monsieur?

— J'y suis, général.

— Eh bien, allez!

*A l'ordre du général Robert d'Hervieu, mon protec-
teur, je soussigné, Éric Bernard, capitaine au 7ᵉ régi-
ment de lanciers, son aide de camp, afin d'acquitter une
dette d'honneur, je m'engage à mourir, d'ici à trois mois,
sous les drapeaux de la France.*

Paris, le 25 juin 1870.

— Y êtes-vous ?

— Oui, général, j'y suis et j'accepte... très
volontiers l'engagement dont il est question.

— Fort bien... Signez alors, et lisiblement.

Ici l'aide de camp signa : Éric Bernard, *capitaine
au 7ᵉ lanciers.* Il poudra ensuite l'écriture, plia le
billet en deux et le remit à son maître, froide-
ment, mais avec une déférence tout à fait filiale.

La figure du général paraissait être toujours
de marbre.

— A présent, vous pouvez vous retirer, monsieur.

— Adieu, général.

Il voulait revenir sur ses pas. Il cherchait à
balbutier quelque chose comme une prière.

— Non, reprit le vieux soldat, qui s'étudiait à
être inflexible ; non, pas d'excuse, pas de prière,
pas de pardon. Il est des fautes irréparables.

V

On le sait, la guerre funeste contre l'Allemagne éclata peu de temps après la scène que nous

venons de décrire, c'est-à-dire au commencement de juillet.

Hélas ! ce ne fut qu'une suite de désastres.

Éric Bernard, d'un côté, et le général Robert d'Hervieu, de l'autre, furent des premiers à courir a la frontière.

Ils demandaient l'un et l'autre à se battre en désespérés.

Éric, le jeune capitaine, était brave.

En dépit de l'acte de défaillance que nous connaissons, il avait au plus haut point le sentiment de l'honneur.

Ce qu'il souhaitait, avant tout, c'était l'occasion de se relever à ses propres yeux.

Et d'ailleurs, il se disait :

— J'ai signé un billet à ordre qui me condamne à mort. Payons ma dette.

C'est dire que, loin d'épargner sa vie, il chercha tous les moyens de la perdre, mais en la faisant payer chèrement.

A Reichshoffen, il chargea l'ennemi avec une vigueur héroïque. Par malheur, notre valeureuse armée ne pouvait rien contre le nombre.

Éric Bernard tomba sur le champ de bataille, la poitrine trouée de balles.

Le général Robert d'Hervieu, qui, pour les besoins d'une manœuvre, passait par là, le reconnut sans peine, et dit tout bas :

— Allons, il n'a pas oublié le billet à ordre. Au fond, c'était un homme. Il vient de faire honneur à sa signature.

Lui-même se battit en héros, mais il survécut

à ses compagnons d'armes, du moins ce jour-là.

On ne devait le trouver parmi les morts qu'à la bataille de Rézonville.

Le lendemain de cette journée glorieuse et funèbre, Noëmi, qui n'avait pas quitté Paris, reçut par la poste un paquet scellé de cire rouge.

— Les armes de mon mari ! s'écria-t-elle.

D'une main tremblante, la jeune femme fit sauter l'enveloppe. Elle trouva dessous deux choses : le billet à ordre, signé du nom d'Éric, avec cette mention : *Payé ;* puis un message du général, qui ne contenait que ces trois lignes :

« Madame,

» Quand vous recevrez cet envoi, vous saurez » que nous sommes morts tous les deux, à cause » de vous, Éric et moi.

» ROBERT D'HERVIEU. »

A la paix, Noëmi a convolé en secondes noces ; elle s'est remariée à un grand d'Espagne, et elle habite en ce moment un palais à Madrid.

XXVI

LE CRAMPON

(Magasin d'un marchand de tableaux, sur les boule-
vards. — Une heure de l'après-midi.)

L'AMATEUR. — Une aquarelle d'une allure jo-
viale? Oui, en effet. On dirait d'un Daumier de
1840, d'un Daumier de derrière les fagots. Le
sujet?

LE MARCHAND DE TABLEAUX. — *Sancho nommé*
roi de l'île de Barataria en terre ferme.

L'AMATEUR. — Rien que la vue d'un gros
homme fait rire. Voilà une trogne! Ce nez a un
teint de tomate des plus plaisants.

LE MARCHAND DE TABLEAUX. — Ça vaut presque la prose de Cervantès.

L'AMATEUR. — Qui a fait ce chef-d'œuvre de
bouffonnerie?

LE MARCHAND DE TABLEAUX. — Voyez la signature. C'est Tristan.

L'AMATEUR. — Que dites-vous là? Tristan, ce
peintre si religieux! Tristan, celui qui prend les
forêts pour des cathédrales! Tristan, qui est
bien trop grave pour rire, c'est lui qui a peint

cette scène de grotesques, une orgie de lignes et de couleurs!

LE MARCHAND DE TABLEAUX. — Mon Dieu, oui.

L'AMATEUR. — Comment cela a-t-il pu se faire?

LE MARCHAND DE TABLEAUX. — Dame, cela vient de son *Crampon.*

L'AMATEUR. — Son *crampon*? Qu'est-ce que ça veut dire, mon cher?

LE MARCHAND DE TABLEAUX. — Au fait, monsieur, c'est un mot de la Bohême que vous ne devez pas comprendre. Suivant le Dictionnaire de Littré, ce vocable a trait à un instrument en fer recourbé, à une attache dont on a toutes les peines du monde à se défaire. A Paris, chez les artistes et même chez les gens du monde, un *Crampon,* c'est une femme.

L'AMATEUR. — Vous croyez?

LE MARCHAND DE TABLEAUX. — J'en suis sûr, monsieur, allez.

L'AMATEUR. — Et comment ce malheureux Tristan est-il attaché à un *crampon*, et comment ce *crampon* est-il cause que, faisant d'ordinaire de grandes pages telles qu'un tableau d'histoire, il ait versé dans une aquarelle voisine de la caricature ?

LE MARCHAND DE TABLEAUX. — Dame, c'est tout une histoire. Faut-il que je vous la conte?

L'AMATEUR. — Sans doute, si ce n'est pas long.

LE MARCHAND DE TABLEAUX. — Ce sera l'affaire de cinq minutes.

L'AMATEUR. — Allez-y gaiement, alors.

LE MARCHAND DE TABLEAUX. — Voilà de cela cinq ans, notre peintre fut chargé d'aller restaurer les plafonds d'un château en Touraine. Vous savez : une de ces résidences historiques qui se baignent dans la Loire, comme Chenonceaux dans le Cher. En ce moment, les châtelains étaient absents, sauf une grande bringue de fille, assez jolie, mais très pauvre, leur cousine, qu'ils gardaient par charité. N'ayant pas de dot, elle ne trouvait pas d'épouseur ; c'est la règle. En refaisant des fresques du Primatice, Tristan l'aperçut, un matin, et il se remit à son œuvre. « — Je suis ici pour peindre des plafonds et non » pour filer le parfait amour, se dit-il, ne quit- » tons pas notre labeur. » — Très bien dit, mais nul être créé n'évite son sort, n'est-ce pas ?

L'AMATEUR. — C'est ce que prétendent les Orientaux.

LE MARCHAND DE TABLEAUX. — C'est ce qui se voit, tous les jours, en plein Occident. Ce qu'il y a de certain, c'est que, quoiqu'il fît, il y eut plus d'une rencontre fortuite dans le château. On est galant homme, quoique peintre d'histoire. Une première fois on salue une jeune femme. La seconde fois, on la salue et on sourit ; la troisième, on est amené, presque forcément, à lui parler. Comme Lucinde de*** avait bu, goutte à goutte, l'élixir de tous les romans modernes, elle avait un joli jargon, Émile Zola dirait un rude bagoût.

L'AMATEUR. — Compris.

LE MARCHAND DE TABLEAUX. — Tristan, quoique parisien des pieds à la tête, fut empaumé en

un rien de temps. — Puis en y pensant : « Ses
» cheveux rappellent ceux de Diane de Poitiers, »
puis : « Toute sa personne respire un grand air
de distinction. — Un soir, ils s'étaient rencontrés
dans le parc. — Lucinde prit sans façon le bras
de l'artiste, afin de lui montrer un *sous-bois* sans
pareil. — Le lendemain, ils allaient voir un *plein air*
comme il n'y en a qu'en Touraine. Le surlendemain, un coucher de soleil. Ah ! les couchers de
soleil ! on ne s'en défie pas assez !

L'AMATEUR. — Ça, c'est vrai.

LE MARCHAND DE TABLEAUX. — Il faut se résoudre à deviner puisqu'il n'y avait pas de témoins
pour entendre. Ils s'aimèrent, cela va sans dire.
Comme les plafonds étaient finis, Tristan s'ap-
prêta à plier bagage. L'intendant du château lui
paya la somme convenue, et il n'avait plus qu'à
partir. Vous pensez qu'il avait le cœur gros. Il
pensait à cet amour ébauché. Mais une jeune
fille de condition noble ! la cousine de duches-
ses et de marquises ! Il faisait appel tout à la fois
à son honneur et à sa raison, et il partait, quand
tout à coup, une forme humaine, en costume de
voyageuse, lui sauta au cou. « — Tristan, je sais
» que vous m'aimez. Tristan, je vous suis ; Tris-
» tan, entre vous et moi, c'est à la vie, à la mort. »
Scène d'ivresse. Le peintre avait la tête à l'envers. « — Venez, Lucinde, dit-il, vous serez ma
» Fornarina » et il ne croyait pas si bien dire.

L'AMATEUR. — Diable !

LE MARCHAND DE TABLEAUX. — En chemin
pourtant, il s'adressait de tristes reproches.

« Quand les châtelains connaîtront le rapt, ils me
» maudiront. Peut-être même, le duc m'enverra-
» t-il un cartel. » N'importe : la belle était enlevée
et bientôt installée. A une quinzaine de l'événement, un télégramme était remis à Tristan ; cette
dépêche venait du châtelain : « Monsieur, dou-
» bles remerciements, d'abord pour les plafonds
» qui sont merveilleusement restaurés ; en se-
» cond lieu, pour l'attention que vous avez eue
» de nous débarrasser de la cousine Lucinde
» dont nous ne savions que faire. *Signé* : LE DUC
» DE Z***. »

L'AMATEUR. — Ah ! fichtre !

LE MARCHAND DE TABLEAUX. — Par contre, les
camarades de Paris, ayant su l'aventure, jalou-
saient le ravisseur. Une si jolie femme ! une fille
de race ! Tristan ne se refusait rien ! Il avait quelques économies péniblement, lentement amas-
sées : il les dépensa pour acheter un nid à ses
amours. Rien de mieux. Le malheur est que la
lune de miel passe toujours vite, surtout sur les
mariages pour rire, que rien ne consacre. Lucinde n'a pas tardé à dominer l'artiste ou, si
vous voulez, elle a mis le grappin sur lui. Il est
bien plus son esclave que son amant. Tout le
monde sait qu'elle le traite comme un planteur
de Cuba, fait pour un de ses nègres.

L'AMATEUR. — Ah ! c'est terrible, ça !

LE MARCHAND DE TABLEAUX. — Il n'avait de
talent qu'à la condition de travailler à ses heures :
Lucinde l'oblige à peindre sans cesse. Ne faut-
il pas qu'une femme de son origine soit sur un

pied convenable dans le monde ? A la honte d'ê-
tre la maîtresse d'un roturier de l'art, faudrait-
il ajouter les angoisses du besoin ? Allons, Tristan, à l'œuvre ! Fais du jour la nuit, et de la nuit,
le jour. Travaille ! produis ! gagne de l'argent !
Il faut que Lucinde ait une maison. Tristan, sur-
mené, s'est d'abord soutenu avec du rhum ; à
présent, il en est à l'éther. Pour avoir de l'argent,
il va au plus pressé ; il s'abandonne aux petites
choses ; ainsi l'ordonne le Crampon.

L'AMATEUR. — Ah ! mon Dieu !

LE MARCHAND DE TABLEAUX. — Pas de sorties,
point d'invitations en ville, nulle fête, aucun
voyage hors de Paris. Rien que le tête à tête
avec Lucinde. Mais le plus pénible, c'est que cet
homme, qui marchait déjà sur les traces de Mi-
chel-Ange et de Paul Véronèse, soit descendu à
faire des scènes tirées de *Don Quichotte*, et il n'en
vend pas autant qu'il lui en faudrait pour avoir
la paix.

L'AMATEUR. — Combien donc ce *Sancho Pança*,
mon cher ?

LE MARCHAND DE TABLEAUX. — Dix louis.

L'AMATEUR. — Je le prends. Tenez, voilà la
somme.

LE MARCHAND DE TABLEAUX. — Ce soir, je l'en-
verrai au Crampon.

XXVII

AUX PIEDS DE LA STATUE D'HERMÈS

(La scène se passe sur la terrasse des Feuillants, une après-midi d'automne, au pied d'une Diane chasseresse de Coustou, l'aîné.)

Voilà cinq minutes, le Monsieur est arrivé par la rue de Rivoli, en fumant son cigare. — La Dame est venue par les Champs-Élysées en remuant son ombrelle. Du plus loin qu'ils se sont aperçus, ils ont souri, mais pas tout à fait comme ils souriaient d'habitude. En s'approchant, ils se sont salués, puis Gontran a tendu la main et Nelly a commencé à gravir le perron.

LA DAME. — Allons jusqu'à l'Hermès, si vous voulez. Nous serons plus seuls.

LE MONSIEUR. — Volontiers, madame.

Ce jour-là, le soleil était tout doré.

Soleil si doux au déclin de l automne,

A dit un vieux poète. De la ramure des arbres tombaient, une à une, les feuilles jaunies, vous savez, encore un peu vertes, avec des teintes de pourpre et un liseré d'or ou de rouille. Les hirondelles sont parties de la veille, peut-être, mais vingt petites filles, toutes blondes, toutes blanches, pleines de gaîté, tournoient dans l'allée voisine en chantant les rondes qui datent du temps des Valois.

> Mon joli laurier danse,
> Mon joli laurier.

ELLE. — Personne ne nous écoute ?

LUI. — Non, pour sûr.

ELLE. — Vous le savez, Gontran, nous avons à parler de choses sérieuses.

LUI. — Est-ce de l'urgence d'être moins assidu chez vous que vous voulez parler, Nelly ?

ELLE. — De cela et d'autre chose encore. Premier point : il faut cesser toute corespondance. Ne m'écrivez plus.

LUI. — Mais...

ELLE. — Votre dernière lettre a traîné sur ma table à ouvrage. Un peu plus, on la découvrait. Gontran, c'était un duel à mort avec vous et le déshonneur pour moi. Cessons ce jeu-là.

LUI. — Vous me demandez de rompre ?

ELLE. — Oui, très nettement.

LUI. — Vous voulez donc que je meure ?

ELLE, *affectant de rire*. — On ne meurt pas de ça, vous le savez bien.

LUI. — Ce n'était pas ce que vous disiez, il y six mois, au début de notre liaison, madame.

ELLE. — Mon cher, il y a six mois, vous m'aviez ensorcelée avec vos belles phrases. J'avais positivement la tête à l'envers. A présent, je

reviens à un peu de sang-froid. La preuve, c'est
que je veux rentrer dans le train de la vie des
autres.

LUI. — Dites que vous ne m'aimez plus, Nelly.

ELLE. — S'il n'y a plus en moi cette chose in-
définissable que les hommes appellent l'amour,
il y a, il y aura toujours pour vous une grande
somme d'amitié.

LUI. — Bon, rien de plus clair; vous ne m'aimez plus. Et, d'ailleurs, je le voyais bien, ma
présence vous gênait. Depuis quelque temps,
votre mari a introduit chez vous un jeune auditeur au conseil d'État, un bélître...

ELLE. — Mon cher, ne parlez pas en mal, je
vous prie, de cètte personne. C'est là mon second point. L'autre soir, en prenant le thé, vous
avez eu l'air de tourner ce monsieur en ridicule.
Pour moi, ça ne faisait rien, mais mon mari en
a été vivement blessé! Est-ce qu'il n'est pas le
maître d'amener chez lui qui il lui plaît? Il avait
l'air de s'en prendre à moi de vos impertinentes
plaisanteries...

LUI. — Ah! vous le voyez bien, vous défendez
l'auditeur!

ELLE. — Je me borne à faire voir que vous
vous êtes montré inconvenant.

LUI. — Nelly, il était au-dessus de mes forces
de voir cet intrus vous faire la cour.

ELLE. — Encore de la jalousie. Vous savez
bien que je ne vous permets point ce luxe-là,
monsieur. Au surplus, toute recommandation à
cet égard serait chose superflue puisque je vien

vous dire de ne plus revenir à la maison. Les domestiques ont tout deviné. On jase. Mon mari commence à avoir des soupçons.

LUI. — Pas sur l'auditeur, du moins.

ELLE. — Gontran, ce dernier mot prouve qu'il est temps que vous mettiez fin à vos visites. Un jour ou l'autre, il y aurait un conflit, un esclandre. (*Elle lui tend la main.*)Tenez, disons-nous adieu et cessons de nous voir.

LUI, *sèchement.* —Puisque vous le voulez, soit, rompons, madame, mais...

ELLE. — Mais quoi?

LUI. — Mais, en me retirant, j'emporterai avec moi la certitude d'avoir été le jouet d'une femme sans cœur.

ELLE, *en affectant de rire.* — De gros mots! Mon cher, je m'y attendais. Que ne me traitez-vous de coquette pendant que vous y êtes?

LUI. — Coquette! Eh! madame, vu l'auditeur, vous êtes quelque chose de plus.

ELLE, *furieuse.* — Insolent! Si je ne me retenais, je...

LUI. — Nelly, j'ai eu tort. Pardonnez un mouvement de vivacité, que je regrette vivement. Mais, voyez donc! Un amour brisé! Vous étiez toute ma vie, tout mon cœur, et voilà que vous me rejetez pour...

ELLE. — Pour en prendre un autre, n'est-ce pas? Nouvelle impertinence, monsieur. (*Un petit temps de silence. La dame reprend.*) Au fond, vous dites vrai, Gontran. Je ne pouvais plus vous aimer. Pourquoi? En deux mots, je vais

16

vous le dire. Une comparaison, d'abord. L'amour est une échelle qu'on gravit à deux. On ne reste qu'un instant sur le même échelon. Moi, je ne bougeais pas. Vous, romantique, vous, lyrique, vous vous êtes élancé dans l'éther avec toute la fougue de votre jeunesse, et vous voilà tout en haut: il ne vous reste qu'à descendre ou plutôt à tomber comme Icare. Pendant ce temps-là, moi, je suis à terre, marchant prosaïquement de plain-pied comme toutes les Parisiennes.

LUI, *à part.* — Me voilà fixé. Elle est déjà à l'auditeur!

ELLE, *en tendant la main.* — Quatre heures moins cinq! Il faut que je sois de retour à quatre heures et demie. Adieu, Gontran. Nous demeurerons bons amis, n'est-ce pas?

LUI, *mélancoliquement.* — Voilà mon congé en règle. Adieu, Nelly. Adieu, madame. (*Avec un sourire byronien*). Quand une femme demande à vous quitter, c'est qu'elle sait où aller.

ELLE, *vivement.* — Et pour les hommes n'est-ce pas la même histoire?

LUI. — Oui, madame, j'en conviens. — Adieu, madame.

ELLE. — Adieu, mon très cher.

LA STATUE D'HERMÈS. — Ainsi finissent toutes les petites comédies d'amour en l'an de gasconnade 1882.

XXVIII

LE RIVAL DE TIBURCE [1]

HISTOIRE DU TEMPS DE L'EMPIRE

Tous les vrais fumeurs de cigares se rappellent Tiburce Bernier, élève d'Hébert, paysagiste de talent comme son maître. Il n'y avait pas dans Paris de plus joli garçon. Douze mille livres de rente lui permettaient de se livrer à son art en homme indépendant. En joignant ce qu'il gagnait avec son pinceau, il pouvait faire et il faisait assez belle figure.

Tiburce Bernier florissait en plein second empire, à l'époque où l'épitaphe de Sardanapale était devenue le programme de la moitié de Paris : *Manger, boire, aimer, dormir : tout le reste n'est rien.*

---

1. Cette histoire, très vraie au fond, repose sur un fait diplomatique bien connu. De même que la Grande-Bretagne d'autrefois avait envoyé en France le superbe duc de Buckingham pour maîtriser ou pour annuler le cœur d'Anne d'Autriche, de même sous le second empire, Victor-Emmanuel avait député à Paris la très belle comtesse de C*** afin d'aplanir certaines difficultés internationales du moment. L'épisode touche donc à l'histoire mais il a dégénéré en roman.

S'il faut le dire, quoiqu'il eût quelques idées généreuses dans la tête, le jeune paysagiste tenait pour la philosophie régnante, c'est-à-dire pour le plaisir en tout et toujours.

A vingt-cinq ans, l'artiste ne paraissait en avoir que dix-huit. Il aimait les femmes en insensé et répétait sans cesse celle des cantilènes d'Anacréon qui a pour titre : *l'Insatiable*. Les brunes lui plaisaient, les blondes l'enchantaient, les châtaines lui faisaient tourner la tête, et il ne dédaignait pas les rousses, nuance Titien, qui ont toujours la peau si blanche et si douce.

Si vous avez bonne mémoire, vous devez n'avoir pas oublié ce que nous disaient alors les racontars de la chronique.

Une Italienne d'une beauté presque surhumaine avait été envoyée de Turin à Paris. On se disait tout bas que l'étrangère était une sorte de cadeau d'un *Savoyard* à un *Hollandais*... Il se trouvait de la haute diplomatie dans cet adorable corps de femme. Chose certaine, dès le premier jour de son arrivée, la merveilleuse comtesse produisit une très grande sensation à la ville, au théâtre et à la cour. Il n'était plus question que de cette belle tête couronnée d'opulents cheveux d'or.

— Morceau d'empereur ! disaient les courtisans.

Tiburce Bernier vit la belle, un soir d'automne, au Bois, près du Pré-Catelan, et il en fut ébloui comme s'il eût reçu dans les yeux un rayon de soleil. Elle était en calèche découverte et lui à pied. Toujours l'étoile et le ver de *Ruy-Blas*.

Sans plus attendre, Tiburce prononça, au pied d'un chêne, une sorte de serment d'Annibal.

—J'aurai cette femme ou j'y perdrai mon nom !

Tiburce Bernier n'était pas un fat ; il n'était pas non plus un visionnaire. Ainsi, cette parole, sortie spontanément de ses lèvres, ne doit pas être prise pour une vantardise ni pour une rêverie. En matière d'amour, le paysagiste appartenait à l'école des opiniâtres, à ceux qui pensent que toute place sérieusement attaquée finit par se rendre. Quand il formait un plan de conquête, il n'y avait pas d'*impedimenta* assez forts pour l'arrêter. Le temps, l'argent, les influences, la ruse, le diable et son train, tout était mis en jeu.

Mais comment attaquer l'éblouissante Italienne ?

En allant aux informations, il ne tarda pas à apprendre que, vivant sur le pied d'une reine ou à peu près, couverte de velours et de pierreries, voyant tous ses caprices obéis, elle était probablement inaccessible. Pour pénétrer jusqu'à elle, il fallait percer toute une haie de valets galonnés. Que lui offrir, d'ailleurs, qu'elle n'eût déjà? On parla aussi au peintre, non sans trembler de crainte, des relations de l'Étrangère avec un très puissant personnage, fort jaloux, ajoutait-on. La rumeur publique ajoutait que la belle était épiée et presque gardée à vue. Une esclave favorite du Sultan n'est pas plus surveillée par les eunuques noirs.

16

Tiburce Bernier écrivit sur son calepin l'engagement qui suit, sous forme de billet à ordre :

« *Sous trois mois d'ici, fin décembre, sans faute, la*
» *comtesse de *** me donnera son premier rende\zy-vous,*
» *ou bien j'aurai cessé de vivre.*
   » *Paris, le 30 septembre 1861.*

                              » TIBURCE BERNIER. »

Que fit-il? Comment s'y prit-il? Quels auxiliaires mit-il dans son jeu? A quels sortilèges eut-il recours? — Nul ne l'a jamais su au juste. — Ce qu'on a pu apprendre, en revanche, c'est que le 25 décembre de ladite année 1861, jour de Noël, il reçut un court message, ainsi conçu :

« *On me laisse libre toute la nuit du 31. Vene\z.*

                              » MÉTELLA. »

Au reste, en homme délicat, qui ne voulait en rien compromettre la belle personne, afin de ne pas éveiller les soupçons et pour ne point faire jaser la valetaille, le paysagiste s'arrangea de manière à ressembler le plus possible au visiteur armorié que la dame recevait d'ordinaire. En général, nos peintres s'entendent aussi bien que les comédiens à l'art de se grimer. Tiburce fit donc tomber sous le rasoir sa belle barbe en ne laissant que des moustaches effilées et une impériale. Il se fit une chevelure pauvre, clairsemée, grisonnante. Il eut les joues légèrement bouffies et pâles. Il s'était rétréci les yeux. A cela, ajoutez le costume bien connu : un ulster en peluche bleue par-dessus un habit noir. A la main, une canne de jonc à pommette d'or. En marchant, un pas lent, lourd, assez sonore. C'était à s'y méprendre. La domesticité y fut prise.

Un valet de service souleva la portière de la chambre où se tenait l'Italienne ensoleillée et lui dit :

— Madame, voilà monseigneur !

Monseigneur : la comtesse ne put réprimer un soudain mouvement de surprise et d'effroi ; mais lorsque la portière retomba, cette belle fille du pays de Boccace n'eut pas la force de retenir un cri de vive hilarité.

— Dans le premier moment, poursuivit-elle, vous m'avez fait peur, Tiburce ; mais comment vous y êtes-vous pris pour attraper une telle ressemblance ?

— En pensant à vous et en ne pensant qu'à vous, répondit le paysagiste.

Ce soir-là, le froid et la neige sévissaient sur Paris ; c'est dire qu'il faisait fort beau temps au coin d'un bon feu.

Un excellent souper avait été servi. Tiburce, amusant causeur, avait raconté vingt anecdotes sur les personnages du jour.

A la longue, le champagne avait fait merveille, et la dame et lui étaient fort gais, je vous jure.

Il était près de minuit et leur conversation devenait de plus en plus folâtre, quand tout à coup on entendit une voix impérieuse parler aux

valets et à la femme de chambre, et puis, bientôt après, des pas d'homme dans la pièce voisine
de celle où ils étaient.

— Cette fois, c'est lui, c'est bien monseigneur!
s'écria la comtesse de *** tout effarée. Tiburce,
cachez-vous là, dans cette armoire, sous le lit,
derrière les rideaux; n'importe où!

Bernier ne bougeait pas plus qu'une montagne. Aux trois quarts gris et le verre à la main,
il attendait tranquillement l'entrée du visiteur
importun, pour le vider poliment à sa santé.

Voyant cela, l'étrangère se précipita sur la
portière qu'on allait soulever et la retint de
toutes ses forces en suppliant toujours le paysagiste de se cacher.

— Laissez-moi donc passer, madame, dit une
voix sévère.

Et Tiburce de répondre:

— Pourquoi entrer? Je n'y suis pas!

Enfin celui qui se tenait sur le seuil entra.

La comtesse s'était évanouie sur un fauteuil.

— Que faites-vous ici? Répondez, monsieur!
dit fièrement le nouveau venu à l'artiste.

— Pardieu, monseigneur... sire... ce que vous
venez y faire vous-même, je pense.

Et il vida son verre d'un seul trait; après
quoi, il s'essuya tranquillement les moustaches
du bout d'une serviette.

— Est-ce que vous ne me reconnaissez pas,
monsieur? lui demanda encore son interlocuteur.

— Non, monsieur.

— Comment! non? Comment, monsieur?

— Voyez-vous, sire, nous sommes ici sur un
champ de bataille. La victoire appartient à celui
qui sait le mieux s'y tenir.

Ces paroles étaient d'une rare impertinence.
S'il eût été à jeun ou de sang-froid, jamais Tiburce Bernier n'aurait dit rien de pareil; mais,
que voulez-vous? c'était le Moët première qui
parlait pour lui.

— Monsieur, s'écria le visiteur inattendu,
apprenez que je suis ici chez moi. Tout ce qui
est ici m'appartient, jusqu'à cette femme qui fait
semblant de se trouver mal, et vous-même, vous
devriez trembler de m'insulter comme vous le
faites.

Pour se donner une contenance, Tiburce
Bernier avala encore un verre de champagne
sans sourciller.

Quand il eut fini, il osa pourtant prendre la
parole.

— Après ça, dit-il, je conçois parfaitement,
mon prince, que votre position est désagréable.

— La vôtre est dangereuse, monsieur; prenez-
y garde!

— Bast, tenez, prince, c'est assez jouer au
Jupiter olympien ou au Néron. Il y a quelque
chose de mieux à faire.

— Monsieur, je...

— Prince, trinquons ensemble. Ah! je ne suis
pas un brigand de républicain, moi. Je ne me mêle
pas de politique, moi. Vive l'empereur! et re-
tournez comme un époux sage et rangé au lit

solitaire de votre aimable moitié. De cette façon, voyez-vous, tout le monde s'embrassera, et ce sera fini.

Ici, le rouge monta au front de monseigneur et la colère s'alluma dans ses yeux. Il fit un geste terrible.

— Et dire que vous vous êtes étudié, monsieur, à me ressembler !

— Rien que physiquement, monseigneur, je vous jure.

— Encore une impertinence. Sortez, monsieur ! Vous aurez de mes nouvelles demain !

Ces paroles aidèrent Tiburce à se dégriser. Il prit son chapeau et sortit, la tête basse.

Dès qu'il fut au grand air, tout ce qui venait de se passer se représenta plus nettement à son esprit.

— Mais, sacrebleu, je suis un homme perdu, se dit-il.

Ce fut alors qu'il se rendit, rue Bonaparte, chez maître Crémieux, son avocat, qu'il fit lever au milieu de la nuit afin de lui demander conseil.

— Voilà, lui dit-il, l'aventure qui vient de m'arriver. Qu'y a-t-il à craindre?

— Il y a à craindre d'être arrêté sous prétexte de conspiration politique et d'être envoyé à Cayenne ou en Nouvelle-Calédonie.

— Plutôt mourir !

— Eh bien, rentrez chez vous en toute hâte; faites une valise, mettez un peu d'or dans vos poches et partez par le premier express venu pour n'importe où.

Tiburce Bernier prit le conseil pour bon et le suivit. Le lendemain, il était à Genève.

Le paysagiste y est demeuré jusqu'à la fin de l'empire. Nous ne l'avons vu revenir qu'après la journée du 4 septembre.

Indifférent aux choses de la politique, Tiburce Bernier s'était pourtant senti devenir patriote.
— Il s'est enrôlé dans un bataillon de marche.
— Il a été l'un de ceux qui se sont fait tuer au Bourget.

Pauvre Tiburce!

XXIX

LES DIEUX DE VIOLETTA

Ce que je vais vous raconter se passait très peu de jours après la Révolution de Juillet, c'est-à-dire pendant l'âge d'or du Romantisme. En ce temps-là, Paris entier avait la tête folle, mais superbement folle. Tout était au lyrisme, même chez les bourgeois. Lisez les Mémoires d'alors, vous y verrez que les femmes n'ont jamais été plus charmantes. Il n'y en avait pas une qui ne vît des étoiles en plein midi.

Il y avait à cette époque un fort galant homme, habitant la Chaussée-d'Antin. Il était notaire de son métier. Nous l'appellerons, si vous le voulez bien, maître Clypeus. Le digne homme est mort depuis quinze ans environ. Je le vois tel qu'il était dans son étude, propre, toujours rasé de frais, toujours souriant. Une bonne figure, un bon naturel, de très bonnes paroles.

On ne lui connaissait qu'un travers, celui de faire des chansons, tantôt bachiques, tantôt grivoises. Plus d'une fois, en dressant un acte de vente entre majeurs et mineurs, il s'était trompé et avait jeté des flonflons sur le papier timbré.

Si maître Clypeus était membre émérite de la chambre des notaires, il tenait aussi à être membre du Caveau, académie chantante, où il dînait régulièrement tous les mois (sept francs cinquante centimes, le vin compris).

Maître Clypeus, notaire royal, était marié. Fort bien loti par le sort, il avait pour épouse une des plus jolies femmes de Paris.

Pour mieux voir la dame, prenez le plus joli parmi les ravissants dessins qu'Achille Déveria laissait tomber de son prestigieux crayon. Ainsi, lecteur, imaginez une femme qui soit l'expression de ces temps poétiques. Ce sera une créature moitié Marie Dorval, moitié Delphine Gay. Elle aura un front d'ivoire, tout rêveur, des cheveux dorés retombant en grappes sur le cou comme les branches d'un saule pleureur. Elle aura une oreille divine, comparable à une coquille nacrée. Elle aura enfin une bouche d'un dessin irréprochable, et une taille à enserrer entre deux doigts de la main.

Voilà pour l'enveloppe charnelle. Au moral, Mme Violetta avait respiré l'air byronien du commencement de ce siècle. Elle voulait à toute force aimer et être aimée. Tout ce qui se passait d'extravagant dans le domaine de l'art la charmait au plus haut point. Vous vous le rappelez : ces lendemains de 1830 étaient tout remplis d'œuvres jeunes et enivrantes. Les statues abondaient, les romans pleuvaient, les tableaux grêlaient ; le drame et la musique faisaient un bruit d'enfer. Que de sources d'ivresse ! Mme Violetta

17

était particulièrement éprise de beaux vers. Ah!
dame, elle était romantique depuis la plante de
ses pieds de sylphe jusqu'à la racine de ses ma-
gnifiques cheveux !

*
* *

Tandis que maître Clypeus, tout entier à la
goguette, faisait des couplets à boire sur l'air de
la Calpigi ou bien sur cet autre rythme : *J'en
guette un petit de mon âge,* rêveuse, distraite et pen-
sive, accoudée sur l'oreiller de velours vert d'un
sofa, la jeune belle dévorait dans un régal d'esprit toutes les stances du jour : les *Harmonies,*
les *Feuilles d'automne, Éloa,* les *Iambes,* les *Contes
d'Espagne et d'Italie* et tout l'orchestre prosodique
d'alors, le plus bel épanouissement lyrique
qu'on ait jamais vu, dans aucun temps ni dans
aucun pays.

En Ève de Paris qui s'entend à mêler le positif
à l'idéal, Mme Violetta, s'élançant tout éveillée
dans ses rêves d'amour, allait par la pensée des
œuvres aux artisans. Après avoir lu les vers,
elle se représentait les virtuoses qui les avaient
forgés. Elle passait donc de toutes ces strophes
ailées à ce vaillant bataillon de bardes, presque
tous jeunes alors.

Or, pour donner encore plus de consistance à
sa pensée, Mme Violetta, pieuse jusqu'à l'ido-
lâtrie, avait changé son boudoir en une sorte de
temple. Pradier et David (d'Angers), dans la plé-
nitude de leur génie, avaient tiré de la glaise la fi-

gure de tous les contemporains illustres. Vingt
statuettes de plâtre étaient donc alignées sur la
cheminée et sur les étagères, le front couronné de
lauriers et de fleurs. A cette collection il ne manquait pas un des demi-dieux en vogue, pas un
surtout du Cénacle.

Quels beaux petits dieux c'était là!... Comme
ils avaient les yeux allumés! Que leur front
était hardi! Que de promesses on lisait cou-
ramment sur leurs lèvres entr'ouvertes par
l'éloquence ou par la volupté! Charmé, subju-
gué, maître Clypeus avait très volontiers passé
tout cet assortiment de célébrités à sa jeune
femme.

—Au fait, disait-il, à chacun son passe-temps.
Pendant que je vais chatouiller la Muse de la
gaudriole au Caveau, pourquoi ne viendrait-elle
pas dans sa jolie chapelle faire ses dévotions devant ses dieux, à elle?

Ces dieux d'argile, Mme Violetta les aimait
tous avec ferveur, mais, à l'usée, elle finissait par
voir qu'ils n'étaient tous qu'une vaine image. Plus
elle grandissait, plus elle était belle, et plus elle
sentait son cœur s'épandre en flammes trop
comprimées. Un jour vint où le plâtre ne pouvait
plus lui suffire. Il lui fallait des dieux vivants,
agissant, parlant, aimant.

Il en était un, en première ligne, dont la gloire
avait frappé au plus haut point cette imagination
de blonde néophyte. C'était... mais non. Taisons-
nous, parce que, au bout du compte, comme
tous les immortels, il porte un nom redoutable.

Les vers de celui-là, vers héroïques, vers d'a-
mour, vers imprégnés des incendies du ciel d'O-
rient, elle les savait par cœur et elle les récitait à tout propos, comme un nourrisson du Con-
servatoire le fait pour son morceau de bravoure.

— Ah ! s'écriait maître Clypeus, ravi jusqu'au
septième ciel, quelle femme artiste que ma Violetta ! En septembre, la grive d'Argenteuil se
soûle de raisin noir. Toute l'année, Violetta se
grise avec la mousse de champagne des belles
rimes. Elle sait tout ce grand poète sur le bout
du doigt !

Oui, elle le savait, sans en rien omettre, mais
il lui tardait de l'approcher, de l'entendre, de
lui parler. Dans ses *desiderata*, elle allait jusqu'à
souhaiter de mettre sa petite main de femme
gantée de blanc dans la main marmoréenne de
ce Titan de la poésie.

Pour y parvenir, elle s'était faufilée partout
où l'on assurait que le géant de l'inspiration
daignait se montrer. Ce que femme veut, Dieu
le veut. On l'avait présentée dans dix salons
divers. Est-ce qu'une jeune et belle notairesse
n'est pas de celles qu'on reçoit partout ? Elle
avait su pénétrer chez des gens de finance, mais
le poète n'y mettait jamais les pieds. Elle avait
pu s'introduire, très honorablement, chez des
artistes en vedette ; mais le parfileur de beaux
vers ne s'y montrait que quelques minutes, et le
hasard voulait qu'elle ne se trouvât pas là pendant ses apparitions. Que vous dire ? l'obstacle
ne faisait qu'exciter son envie.

— Comment ! ne le rencontrerai-je donc jamais ? disait-elle en gémissant. Est-ce que je
suis ensorcelée !

Et, dans la posture de Phèdre irritée par le
dépit, elle récitait à haute voix une élégie ou
une ode du maître.

Un jour, le hasard, — cet habile joueur d'é-
checs, — machina la situation de telle sorte que
maître Clypeus eut une signature à demander
au dieu. Une machine notariale à parapher. Ce
qu'il y a de sûr, c'est qu'en présentant la plume
à l'auguste poète, il sut obtenir qu'il promît de
passer une soirée chez lui.

Grand poète, saviez-vous qu'il y eût dans la
maison une notairesse blonde, blanche et éthé-
rée ? Saviez-vous que cette âme rêveuse raffo-
lât de vos œuvres ? Mettons que vous avez ignoré
ce charmant détail.

*
* *

Toujours est-il que le dieu daigna venir. Il
descendit donc de cabriolet et ce fut pour l'intérieur de maître Clypeus un jour de fête. La résidence bourgeoise éclatait comme un palais.
Un autre Jupiter se montrait, sans ses foudres,
chez un autre Amphitryon.

Si j'avais à la main la plume de colibri que
Léon Gozlan faisait si bien courir sur le papier,
je vous dirais l'émoi de Violetta au moment où
l'illustre visiteur fit son entrée. Mais, faute de
ce don, je raconterai les choses plus naïvement.

La notairesse trembla, pâlit, rougit, salua, bal-
butia, le tout en dix secondes ; puis, elle se remit et, finalement, elle recouvra un peu de sang-
froid en voyant que, par bonheur, les dieux sont
parfois faits comme les autres hommes.

Pourtant elle tenait à son culte.

— Puisque vous nous avez fait l'honneur de
venir dans cette humble maison, dit-elle au
poète, il faut que vous sachiez tout, il faut que
vous voyiez tout.

Et, en donnant ordre à maître Clypeus et aux
autres de rester à l'écart, elle entraîna le géant
dans son boudoir, je veux dire dans son temple.

Aussitôt que le seuil fut passé et la porte close,
il vit que sa propre statuette était placée là
comme une idole dans un sanctuaire. Mais il ne
s'y trouvait pas seul. Vingt autres idoles de seconde grandeur l'entouraient comme aurait fait
une foule vulgaire et importune. Cette pensée
fit sans doute passer un nuage noir sur son
vaste front.

— Permettez, maître, lui dit Mme Violetta.
Ces pygmées ne sont tous là que pour bien faire
ressortir votre grandeur. Au surplus, si leur présence vous gêne, elle ne vous gênera pas longtemps.

En disant ces mots, elle s'empara d'un petit
marteau d'argent.

Cet ustensile de démolition, elle l'agitait de la
main droite tandis que, de la main gauche, elle
tenait le dieu par le bras ; puis, passant en re-

vue toutes les autres divinités de plâtre, elle ajouta, sous forme de flatterie :

— Toutes vont tomber, l'une après l'autre, sous mon marteau. Tenez, voilà Chateaubriand. Eh bien, que l'auteur de *René* soit brisé !

Et, en effet, sous le coup du marteau impitoyable, le petit grand homme de Saint-Malo vola en éclats.

— Voici Béranger, reprit-elle. Cassé ! Voici Casimir Delavigne. Cassé ! cassé ! Voici Lamartine. Brisé ! brisé, le chantre du *Lac* ! Alfred de Vigny, Alfred de Musset, Sainte-Beuve, Méry, en pièces, tous les quatre ! Auguste Barbier, Émile et Antony Deschamps, Théophile Gautier, je les anéantis de même ! Édouard Turquéty, Jules de Saint-Félix, Charles Nodier, le poète de la prose, pulvérisés comme les autres !

— Mais, s'écria le poète de plus en plus ému ; mais, madame...?

— Mais, maître, il n'en reste plus qu'un, et c'est vous !

Ici le Titan la regarda fixement, entre les deux yeux. Il avait tout compris.

. . . .

Lorsqu'il vint retrouver le notaire :

— Eh bien, maître, s'écria M. Clypeus, que dites-vous de l'Olympe de ma femme ?

— Ce n'est pas un Olympe, monsieur, répondit sentencieusement le poète, c'est un Éden, où je suis le seul qui ait eu le bonheur de ne pas avoir le nez cassé.

XXX

QUAND NOUS AURONS LE DIVORCE

PRÉLUDES

Aurons-nous le divorce en 1882? Ceux qui aiment l'ordre ancien assurent bien que non. Ceux qui ont le goût du changement prétendent que si. En tout cas, M. Alfred Naquet, le promoteur du projet de loi, se remue comme un ver coupé.

Admettons que ce ver coupé ait gain de cause, supposons le divorce proclamé.

Eh! bien, c'est pour le coup qu'on verra journellement se jouer de drôles de scènes dans Paris, en province et dans les colonies.

Tenez, prenons un exemple.

SCÈNE I

Un jour, Barbemuche, le sculpteur, se présente à la tête d'un groupe à la mairie du XVIIᵉ arrondissement (les Batignolles).

Sur sa demande, on l'introduit auprès du magistrat municipal.

— Monsieur le maire, j'ai bien l'honneur de
vous saluer.

— Bonjour, citoyen Barbemuche. Qu'y a-t-il
pour votre service ?

— Monsieur le maire, j'aime Mlle Anna
Beautreillis, que voici. Nous nous sommes
fait afficher. Or, je voudrais vous prier de vouloir bien nous marier, séance tenante.

— Rien de plus facile, citoyen Barbemuche.
Vous avez des témoins ?

— En voilà quatre ; lesquels ont bon pied, bon
œil.

— Fort bien. Greffier, prenez les noms.

— C'est fait.

(*M. le maire, convenablement écharpé, donne ensuite
lecture de la formule de la loi ; il recueille le double
 OUI, et le mariage est fait.*)

SCÈNE II

*A un an de là, même scène des mêmes personnages ou à
peu près.*

— Monsieur le maire, j'ai bien l'honneur de
vous saluer.

— Bonjour, citoyen Barbemuche. Quel bon
vent vous amène ?

— Un service à vous demander, monsieur le
maire.

— Lequel ?

— Figurez-vous que j'ai cessé d'aimer
Mlle Anna Beautreillis, ma femme, laquelle

17.

ne m'adore point non plus. Or, cela étant, nous venons vous prier de rompre nos chaînes, c'est-à-dire de prononcer notre divorce.

— Avez-vous des témoins, citoyen Barbemuche?

— En voici quatre, monsieur le maire, les mêmes qui ont figuré, l'an dernier, à notre hyménée.

— Allons, c'est pour le mieux. Approchez, s'il vous plaît. Monsieur Barbemuche, vous êtes las d'avoir pour femme Mlle Anna Beautreillis?

— Très las, monsieur le maire.

— A merveille. Vous, mademoiselle Anna Beautreillis, vous êtes fatiguée d'avoir M. Barbemuche pour mari?

— Excessivement fatiguée, monsieur le maire.

— De mieux en mieux. *(Il donne lecture d'une nouvelle formule.)* La loi vous regarde comme désunis. *(En souriant.)* A présent, madame et messieurs, il ne me reste plus qu'à vous saluer.

BARBEMUCHE. — Pas si vite, monsieur le maire, s'il vous plaît. J'ai quelque autre chose à solliciter de votre complaisance.

LE MAIRE. — Qu'est-ce donc, citoyen Barbemuche?

BARBEMUCHE. — Désormais, c'est Mlle Pulchérie de Bois-Rôti que j'aime et, de son côté, cette dame est folle de moi. Nous avons le plus vif désir de nous marier. En même temps que nous étions affichés avec Mlle Anna Beautreillis pour le divorce, nous étions affichés

avec Mlle Pulchérie de Bois-Rôti pour le fait
de convoler en secondes noces. Il s'agit donc
de procéder légalement à notre union. Monsieur
le maire, voulez-vous être assez bon pour vous
charger de cette petite cérémonie?

LE MAIRE. — Avec le plus grand plaisir,
citoyen Barbemuche. Vous avez des témoins?

BARBEMUCHE. — Ceux de tout à l'heure peu-
vent-ils servir?

LE MAIRE. — Comment donc! ils ont tout ce
qu'il faut pour ça. *(D'une voix grave.)* Futurs
époux, approchez. Vous vous aimez?

LES FUTURS. — Nous ne pouvons vivre l'un
sans l'autre, monsieur le maire.

LE MAIRE. — Cette déclaration suffit. *(Il donne
lecture de la formule.)* Soyez heureux: vous êtes
mariés.

BARBEMUCHE. — Mille remercîments, monsieur
le maire. Au plaisir de vous revoir.

SCÈNE III

*A un an de là, les mêmes, exactement les mêmes,
reparaissent à la mairie du XVIIe arrondissement
(les Batignolles).*

LE MAIRE. — Tiens, c'est encore vous, citoyen
Barbemuche?

BARBEMUCHE. — Mon Dieu, oui, monsieur le
maire. Me voilà avec Mlle Anna Beautreillis,
que vous connaissez, et avec Mlle Pulchérie
de Bois-Rôti, que vous n'ignorez pas.

LE MAIRE. — Eh bien, mesdames et monsieur, qu'y a-t-il pour votre service?

BARBEMUCHE. — Monsieur le maire, vous m'avez démarié, l'an passé, d'avec Mlle Anna Beautreillis pour me remarier avec Mlle Pulchérie de Bois-Rôti?

LE MAIRE. — Il est vrai, citoyen Barbemuche, je me rappelle fort bien le fait.

BARBEMUCHE. — Eh bien, cette année, monsieur le maire, je viens vous prier, si c'était un effet de votre bonté, de vouloir bien me démarier sans retard d'avec Mlle Pulchérie de Bois-Rôti pour me remarier au plus vite avec Mlle Anna Beautreillis, déjà nommée. Nous sommes convenus de nous réunir.

LE MAIRE. — Eh bien, qu'à cela ne tienne. Vous avez des témoins?

BARBEMUCHE. — J'ai les quatre mêmes d'il y a deux ans et d'il y a un an.

LE MAIRE. — Impossible d'être plus correct. Voyons, approchez tous. Greffier, prenez les noms et ne vous embrouillez pas dans l'aventure. Moi qui, autrefois, vous ai solennellement marié avec Mlle Anna Beautreillis, puis démarié d'avec la même pour vous remarier avec Mlle Pulchérie de Bois-Rôti, je vous démarie maintenant d'avec cette dernière pour vous remarier avec Mlle Anna Beautreillis, sauf à recommencer dans un an d'ici.

*
* *

La jolie chose que le progrès!

XXXI

TOUT CE QU'IL VOUS PLAIRA

ENTRE MARI ET FEMME

Dialogue sténographié, Petite Rue Verte.

LA FEMME. — Monsieur !

LE MARI. — Madame !

LA FEMME. — Vous me trompez, je vous trompe. Cet état ne peut durer.

LE MARI. — Mais, madame...

LA FEMME. — Ou la séparation de corps ou le vitriol, monsieur !

LE MARI. — Madame, si M. Alfred Naquet se hâtait un peu plus, j'aimerais mieux le divorce.

Télégramme au député de Vaucluse.

« *Paris*, le 15 septembre 1881.

» Citoyen,

» Voyons, un peu de zinc. Faites donc rétablir le divorce. Tous les forçats du mariage vous tresseront une couronne.

» F*** C*** »

LA FEMME JAUNE

Sous l'Empire, à cause de l'Impératrice, il n'y avait plus que des blondes.

Ainsi le voulaient la courtisanerie et la mode.

Combien n'avons-nous pas vu de fort belles brunes forcées de gémir — et de porter des faux cheveux de la couleur du soleil, quand il est doré.

A présent, le vent a tourné. — Nous avons la femme jaune.

Pourquoi jaune? pourquoi pas amaranthe ou violette? La vie a d'étranges mystères. — Un jour, une capricieuse, une jolie femme, je ne sais quelle fée de salon a trouvé qu'il était monotone d'être simplement une blonde comme toutes les autres. C'est alors qu'elle a appelé chez elle la teinturière en vogue. Madame a livré sa tignasse à l'artiste.

— Redorez et reredorez-moi, disait-elle à l'ouvrière.

Quand celle-ci a eu fini son œuvre, la dame était d'un jaune des plus purs.

— Madame, vous êtes un ange, coiffé d'une pelure d'orange, lui a dit un gandin en veine de madrigal.

Ça a été fini, la mode des femmes jaunes était fondée.

Le Nil n'est, à sa source, qu'un mince filet d'eau, et les géographes nous apprennent que c'est le plus grand fleuve du monde connu. Ainsi cette endémie des chevelures ultra-fauves vient

du trait que nous avons raconté. Toute une na-
tion de femmes jaunes résultera de cette fantaisie
orangée.

Paris est dès à présent pavé de femmes jaunes.

Au théâtre, dans les promenades publiques,
dans les courses, partout où notre société, si
longtemps abattue, se réveille, ce qui indique le
plus que nous nous remettons sur nos jambes,
c'est la femme jaune.

*
* *

Un artiste est tenté de dire: — Ce n'est pourtant pas beau.

Un philosophe: — Ce n'est pourtant pas vrai,
puisque ce n'est qu'artifice.

Un patriote: — Ce n'est pourtant pas opportun, puisqu'il y a tout autre chose à faire.

Fort bien: c'est laid, c'est faux, ce n'est pas
français, et c'est hors de propos; mais la femme
jaune réussira malgré vent et marée.

Les blondes, hier couronnées, lui cèdent la
place;

Les rousses l'étudient;

Les brunes, trop promptes à abdiquer, copient
sa couleur.

Ce que voyant, les hommes à bonnes fortunes
s'écrient:

— On ne peut plus aimer décemment qu'une
femme jaune.

Et, comme tout en France, cette toquade du-
rera un trimestre — ou deux.

*
* *

Proudhon aimait-il *les femmes ?* Oui, peut-
être. — A coup sûr, il méprisait profondément *la
femme*. La lettre à l'Écuyère de l'Hippodrome *dé-
terrée* et publiée par nous, le livre de la *Justice* et
cent conversations intimes auraient pu attester
cette antipathie. — Mais, objectait-on, comment
P.-J. Proudhon, homme grossier, inélégant,
d'une causerie toujours âpre, aurait-il compris *la
femme ?* — A coup sûr, il n'eût pas admis la
femme de la civilisation actuelle, *sorte de poupée
vide, frivole, sans idéal d'aucun genre.* — Du livre
posthume de P.-J. Proudhon. *Du principe de l'art
et de la destination sociale,* je détache cette page
qu'on pourrait intituler : *La jolie femme :*

« Le règne de la jolie femme est contemporain
de celui des banquiers capitalistes, des bourgeois millionnaires, de la féodalité mercantile et
industrielle, du régime constitutionnel, de la
philosophie éclectique.

» La jolie femme est quelque chose d'essen-
tiellement dix-neuvième siècle ; elle est ce qu'elle
est, ce que nous savons tous, ce qu'il est impossible de définir. Elle peut ajouter à cela
d'être paysanne ou bourgeoise, reine ou grisette,
femme de banquier ou d'avocat, institutrice ou
actrice, sérieuse ou dissipée, sage ou légère,
sotte ou spirituelle, mondaine ou dévote. — Elle
peut être tout indifféremment. Ce que nous appelons une jolie femme peut s'accommoder de
tout.

» Élégante et cossue, elle a fondé l'empire de
la mode, mais elle n'a jamais su créer un ensemble harmonique et toutes ses fantaisies de
chiffonnière sont au-dessous des costumes les
plus barbares : chinois, indiens, turcs, arabes,
russes, suisses, etc. Elle a introduit, je ne sais
comme, les corsets, les paniers, les crinolines :
elle a enlaidi les hommes, mêlant arbitraire-
ment tous les costumes et ne sachant en créer
ni conserver aucun....

» Reine des bals, des eaux, des redoutes, des
spectacles, des concerts, des fêtes, c'est à la
clarté des bougies, des lustres, des illumina-
tions, des feux d'artifice, que la jolie femme res-
plendit dans toute sa beauté et qu'elle ravit le
cœur des princes, des militaires et des bourgeois. C'est là qu'elle fait la conquête d'un
mari....

» Ce qu'elle est le matin, je l'ignore. Belle de
nuit, fleur des salons, elle se lève un peu tard,
un peu pâle et fatiguée. Elle n'a rien de commun
avec la fraîche rosée, fille du crépuscule et de
l'aurore, qui s'évanouit chaque matin au baiser
du soleil levant.

» Il y a une littérature des jolies femmes, une
musique des jolies femms ; il y a même une
science des jolies femmes.

» La jolie femme peut être coquine, il répugne
qu'elle soit criminelle, ce serait un monstre. Elle
n'a le sublime ni de la vertu, ni du génie : son
triomphe est dans les régions moyennes.

» Elle est la muse des poètes méconnus, le

génie des esprits moyens, l'ange des idées mo-
destes, des mœurs indulgentes, des vertus
flexibles, la récompense des ambitieux sans
principe, la foi des caractères effacés, la gar-
dienne des capitulations de conscience. »

Orphée fut déchiqueté pour moins que cela
par les femmes de la Thrace.

*
* *

Un pêcheur de la mer Rouge plonge au fond
de l'abîme pour en ramener une perle, et il se
noie. L'étudiant en chirurgie qui, sur les tables de
dissection, à Clamart, analyse un cadavre, à
l'aide du scalpel, se pique au doigt et meurt. De
même ou à peu près, le penseur qui se penche
sur les ulcères sans nombre de notre société,
y trouve des cas horribles qui remplissent sa
pensée d'une incurable misanthropie.

Voyez par exemple ce fait, bien parisien,
hélas ! qui s'est passé sous nos yeux, au Palais-
de-Justice, il y a trois ou quatre ans.

Un petit vagabond tout sali de misère, est
amené devant les juges de la police correction-
nelle.

LE PRÉSIDENT. — Cet enfant a-t-il son père et
sa mère ?

UN AGENT. — Oui, monsieur le président. La
mère est même présente à l'audience.

LE PRÉSIDENT. — Qu'on la fasse venir.

LA MÈRE. — Me voilà, monsieur le président.

LE PRÉSIDENT. — Est-ce que vous vivez en bonne intelligence avec votre mari ?

LA MÈRE. — Non, monsieur ; nous vivons séparés depuis deux ans.

M. LE PRÉSIDENT. — Avec qui votre fils était-il ?

LA MÈRE. — Avec son père.

M. LE PRÉSIDENT (*à l'enfant*). — Pourquoi avez-vous quitté votre père ?

L'enfant explique en pleurant et en bégayant que la femme avec laquelle vit son père a voulu le corrompre.

M. LE PRÉSIDENT (*à la mère*). — Est-ce que vous êtes seule ?

LA MÈRE. — Monsieur..., je vis avec quel-qu'un.

M. LE PRÉSIDENT. — Ah ! votre mari vit avec une maîtresse et vous avec un amant ; les deux ménages sont aussi honorables l'un que l'autre ; vous réclamez votre fils ?

LA MÈRE. — Monsieur, c'est à son père à le reprendre.

M. LE PRÉSIDENT. — Vous n'entendez donc pas ce que dit votre fils : Que la femme avec laquelle vit votre mari cherche à le corrompre ?

LA MÈRE. — Je ne vous dis pas, mais c'est à mon mari à le reprendre.

L'auditoire fait entendre des rumeurs. Des cris de : « C'est horrible ! c'est indigne ! » s'élè-vent.

M. le président la supplie vainement à plu-sieurs reprises de reprendre son fils.

Elle répond toujours :

— Je ne veux pas, que son père le reprenne !

Diverses personnes de l'assistance lui offrent, l'une 10 francs, l'autre 5 fr., une troisième 20 francs, pour qu'elle réclame son fils.

Elle continue à s'écrier :

— Envoyez-le à son père.

Le tribunal acquitte le prévenu et ordonne qu'il sera rendu à sa famille.

M. le président exhorte de nouveau la mère à réclamer son fils.

Elle dit encore :

— Je ne veux pas, monsieur.

Elle quitte l'audience, et tandis que la foule la hue, elle répète de nouveau :

— Que son père le reprenne !

TOUT LE MONDE. — Voyons, est-ce que les lois qui règlent le mariage n'ont pas besoin d'être remaniées ?

*
* *

LE LEVER D'UNE ACTRICE.

Mlle O... est-elle encore de ce monde? Cela se peut ; mais, en tout cas, elle ne compte plus. Jadis, vers la seconde République, elle figurait au premier rang des jolies actrices. Jolie, elle n'était que cela, mais elle l'a été assez pour être considérée un moment comme une étoile.

Le nombre était grand de ceux qui cherchaient

à toucher son cœur. Beaucoup y ont réussi. Beaucoup ont été repoussés. Au nombre de ces derniers, l'histoire cite Jean-Hercule de S..., un grand dadais aussi riche que nul, aussi sentimental que riche.

— Allons, fichez-moi le camp tout de suite ! lui dit, un soir, la comédienne. Un plaisir à me faire, ce sera de ne reparaître jamais devant mes yeux.

Ce vicomte, qui descendait, disait-il, d'un des héros de l'ancienne France, ne se le fit pas dire deux fois ; il baissa la tête, reprit son chapeau et détala.

Le lendemain, à onze heures du matin, l'aurore pour les femmes de théâtre, Mlle O... s'éveillait en bâillant.

Mariette, la femme de chambre, se tenait debout au chevet de sa maîtresse.

— Qu'y a-t-il donc, Mariette ?

— Il y a que le vicomte a passé la nuit sur votre carré, en pleurant.

— En pleurant ! Cet imbécile me fera donner congé. Il humecte trop l'immeuble du propriétaire !

*
* *

LE RETOUR A PARIS.

Un spectacle toujours curieux, c'est le retour des gens du monde à Paris. En général, ce coup de théâtre a lieu sur la fin de septembre. Tout l'été, les bains de mer et les eaux thermales ont eu un grand succès ; Vichy n'a jamais compté tant de visiteurs. Peut-être Plombières a-t-il perdu, mais les stations des Pyrénées ont gagné. En septembre, les feuilles commencent à s'empourprer d'un rouge sang-de-bœuf ou à s'entourer d'un liseré d'or ; voilà l'automne pour tout de bon. A moins qu'on ne chasse ou qu'on ne joue la comédie de paravent dans un château, il faut rentrer. Rentrons. « Enfin voici le moment du retour ! » comme un ténor le chante dans la *Juive*. On revient de partout, mais pourquoi ne pas en convenir ? On ne se trouve réellement à l'aise que dans ce Paris, si détestable et si charmant, dans cette fourmilière d'hommes bizarres et de femmes bigarrées, où, en vingt minutes de temps, il se passe plus de faits qu'il n'y en a dans les œuvres complètes d'Hérodote.

Il y a une remarque à faire : villégiature, voyages, promenades, séjour dans les villes d'eaux, bals par-ci, concerts par-là, rencontres dans les tables d'hôte ou sur la marge verte des vallées, tout cela n'est, au bout du compte, qu'une échappée dans la vie de bohème. Que voulez-vous ? Les Parisiens ne retrouvent leur pied-à-terre qu'à Paris.

On reprend donc par ici ses véritables habitudes. On ne joue plus la comédie du sentiment avec le premier venu. On ne salue personne, on ne donne de cigares à personne, on ne mange en face de personne, on ne *voisine* avec personne,

On reprend sa liberté tout entière. On est à
Paris.

Un grand sujet d'étonnement chez les imbéciles, c'est de voir, une fois le retour opéré, que
ceux et celles qu'on avait rencontrés à cinquante
lieues du boulevard ne vous connaissent plus.
En effet, c'est étrange, mais c'est l'usage. Pendant un mois et plus, on a vécu intimement sans
doute, mais c'était dans les gorges des Pyrénées, dans un pays d'ours. On allait à la source
ensemble. On buvait presque dans le même
verre. On était à tu et à toi. Ici, ni vu ni connu
On jette à peine un regard embrouillé à cette
silhouette qu'on approchait tous les jours, et
l'on se dit :

— « Où diable ai-je donc vu cette *binette*-là ? »

Binette est un mot très usité dans le beau
monde d'à présent ; — quelquefois on dit *trom-
bine.*

Quelques rencontres ont pourtant un contre-
coup dans un certain monde — Un jour, on
était cinq ou six à voir tomber une cascade,
comme celle qu'on nomme, par exemple, le
cirque de Gavarnie. — On ébranchait je ne sais
plus quelle plante de la montagne. — On se
parla d'abord des yeux et puis par gestes. —
Et puis, en quelques minutes, à la dérobée, au
détour du sentier, à demi-voix, on a échangé
une promesse et une fleur. — Ah ! les fleurs !
quels complices des coups de canif dans les con-
trats ! — Roses des haies, pervenches, violettes,
œillets, gueules-de-loup, le grand Artisan qui

vous a faits est toujours pour quelque chose
dans les aventures qu'on vous reproche ! —
« Gardez ce réséda jusqu'au prochain bal de
l'ambassade ottomane. — Rapportez-moi ce
volubilis à la sauterie que le vieux généralde
N... donne le samedi d'après la Toussaint. »

Si les échos des Alpes et des Pyrénées se mettaient à être indiscrets, vous en entendriez de
belles !

*
* *

Le petit K*** est revenu, en octobre, marié
avec une sorte de perche aux yeux vairons,
deux fois plus grande que lui.

— Comment cela s'est-il fait ? a demandé le
cercle du petit K***.

— Il paraît que c'est une herbe qu'il a cueillie,
le mois dernier, en se promenant au Mont-Dore.

*
* *

J. Michelet, l'historien, aimait grandement les
femmes. Tout ce qu'il a écrit témoigne de cette
prédilection. Un peu avant de mourir, il a jeté
sur le papier dans ses Notes, un passage charmant, où il conclut au mariage pour la femme
française.

Lectrices, c'est à votre honneur :

« Il ne suffit pas d'aimer, de comprendre. Il
faut rendre quelque chose, étincelle pour étincelle, pensée pour pensée. Voilà pourquoi je

préférerais la Française à toutes les femmes du monde,

» L'Allemande est douceur et amour, d'une pureté qui transporte au Paradis.

» L'Anglaise, chaste, solitaire, rêveuse, immobile au foyer, si loyale, si ferme et si tendre, est un modèle d'épouse.

» La passion espagnole mord au cœur, et l'Italienne, dans sa beauté et sa morbidesse, sa vive imagination, souvent dans sa candeur touchante, rend la résistance impossible. On est ravi, on est conquis.

» Cependant, s'il faut à l'homme une âme qui réponde à la sienne par des éclairs de raison autant que d'amour, qui lui refasse le cœur par une vivacité charmante, gaieté, saillies de courage, mots de femmes ou chants d'amour, il faut une Française. »

L'inconvénient, c'est que, si le monde entier suivait ce catéchisme, il ne nous resterait plus qu'à coiffer Sainte-Catherine à notre tour : les épouses deviendraient hors de prix. On enlèverait toutes les Françaises comme Pâris a enlevé Hélène.

*
* *

Mme de Staël a dit :

— Entre nous, c'est toujours la faute des femmes quand elles sont trompées en amour.

On lui faisait quelques objections ; elle prouvait son dire en citant le trait de Garrik

18

qui disait à Préville, dans un défi entre eux à qui ferait le mieux l'ivrogne : — *Mon cher, vos jambes ne sont pas ivres.*

Mme de Staël ajoutait :

— Je verrais aussi clairement que mon adorateur ne serait pas épris, et je lui dirais : — *Monsieur, voilà un bras qui ne m'aime pas.*

**

Dans la société française de notre dix-neuvième siècle, trois éléments essentiels se ressemblent en tous points comme trois gouttes d'eau :

1º L'enfant,

2º La femme,

3º Le peuple.

Tous trois, aux yeux de la loi, sont en état de minorité, — tous trois, par conséquent, sont susceptibles d'émancipation.

Tous trois sont également mobiles, passionnés pour leur jouet du jour, qu'ils cassent le lendemain et qu'ils remplacent par un autre, le surlendemain.

Tous trois sont, au même degré, épris du merveilleux, et curieux au point de tout braver pour voir comment agissent, parlent et vivent les polichinelles qu'on leur montre.

Tous trois aiment les spectacles, les fêtes, les soldats, le bruit, la fainéantise, la parure et le fruit défendu.

Tous trois croient sans objection tous les

contes bleus et toutes les belles paroles qu'on leur débite.

Tous trois sont enclins à s'emporter, à se révolter, et, au moment de la répression, à pleurer en invoquant leur faiblesse.

Tous trois s'imaginent que vingt ans et vingt francs ne finissent jamais.

Tous trois chantent en fausset.

Tous trois ont l'oreille toujours ouverte à la voix du serpent qui veut les séduire.

Tous trois aiment à aller tout nus.

Tous trois ont une horreur pareille des choses graves et des personnages sérieux.

Tous trois aiment à danser.

Tous trois sont indisciplinés et tous trois veulent toujours un maître.

Arrêtons-nous là. — On pourrait prolonger cette analogie comme d'ici à Pontoise, mais ce serait une étude philosophique et dès lors, elle ne serait du goût d'aucun des trois !

*
* *

On s'est beaucoup chamaillé, à Paris, à propos de l'affaire Du Bourg (une femme surprise *flagante delicto* par son mari et tuée par lui.) En ce temps-là, vous le savez, il avait paru deux brochures qui éveillaient au plus haut point l'attention publique, les brochures de MM. Alexandre Dumas fils, et Émile de Girardin (*Tue-la — Ne la tue pas !*)

Et justement, c'est de ces deux hommes d'esprit que nous voulons parler. Sous l'empire, le publiciste se trouvait à dîner avec Mlle Marie deTieffenbach, sa seconde femme, en compagnie de M. Alexandre Dumas.

— On vous voit bien rarement au spectacle, madame ; vous n'aimez donc pas le théâtre ? demanda un des convives à la jeune dame.

— Nous n'allons qu'aux ouvrages importants, répondit Mme É. de Girardin.

— Et dans le monde ?

— Oh ! nous y allons fort peu : nous restons presque tous les soirs à la maison.

— Vous recevez ?

— Bien peu. Je passe mes soirées à lire.

— Et M. de Girardin ?

— Oh ! lui, il dort ! repartit la jeune femme en souriant.

— *Mademoiselle*, interrompit tout à coup M. Alexandre Dumas fils en s'adressant à la jeune dame, voudriez-vous avoir l'obligeance de me donner du sel ?

Et tout le monde de sourire.

Presque au même instant, M. Émile de Girardin disait à M. Alexandre Dumas :

— Si, vraiment, nous allons au spectacle ! Nous avons vu l'autre jour votre *Question d'argent*. C'est là que j'ai dormi !

*
* *

UN PEU DE LA BRUYÈRE EN PASSANT.

Quelle est la femme qu'on aime le plus ? — Une laide. — Parce que, se sentant aimée, celle-là embellit tous les jours.

*
* *

Savez-vous un moyen de rendre toutes les femmes amies ? Rien de plus aisé. Faites disparaitre tous les hommes.

*
* *

Au foyer de la danse de l'Opéra.

Après la représentation d'un ballet, à laquelle l'ambassadeur du Népaul avait assisté, la tête ornée d'une coiffure toute constellée de perles et de diamants, ce haut personnage avait chargé son interprète de transmettre à une danseuse ses compliments et ses salutations.

— Au lieu de ses *salutations*, dit celle-ci à une de ses camarades, il aurait mieux fait de m'envoyer sa *casquette !*...

*
* *

LA BRUNE. — Je raffole des rubans bleus et ça ne va qu'aux blondes.

LA BLONDE — Je voudrais des rubans jaunes et l'on ne les permet qu'aux brunes.

Mot de Michel Montaigne :

— Toute femme soupire après ce qu'elle n'a pas.

13.

*
* *

Il y a trois mois environ, X... aborde Z... sur le boulevard. Celui-ci avait l'air très préoccupé.

— Qu'avez-vous? lui demande X...; vous serait-il arrivé quelque malheur?

— Ah! mon cher, c'est à s'arracher les cheveux. Je suis en procès avec P...; vous savez bien, ce vieux drôle, cette canaille; il m'a volé cent mille francs comme dans un bois.

A quelque temps de là, nouvelle rencontre.

— Eh bien, fait X..., votre procès avec P...?

— Tout est terminé; nous avons transigé.

— Sur quelles bases?

— J'ai épousé sa fille.

*
* *

MARIAGE

« Une jeune personne de vingt ans, d'un exté-
» rieur agréable, d'une excellente réputation et
» d'une très bonne santé, ayant reçu une éduca-
» tion supérieure, et appartenant à une famille
» honorable, désire se marier à un monsieur
» de 70 à 85 ans et possédant une fortune âgé
» de 40,000 fr. de rentes. S'adresser franco à
» Mlle Alexandrine Lelièvre, poste restante,
» à Caen. »

On perdrait trop de temps à trouver la quali-
fication de cette épouvantable demande en mariage, qui est en même temps la lettre de mort
pour le vieux fou qui y répondrait. Chaque li-

gne, chaque mot dénoncent tout autre chose
que la moralité. Un seul point est oublié par
Mlle Alexandrine Lelièvre et *sa famille honorable*.
Le plus naïf ne saurait en conscience, dans
ces conditions, acheter femme en poche, comme
on dit ; comme chez les maquignons, la mar-
chandise est-elle rédhibitoire à huitaine?

*
* *

On croyait la race des farceurs éteinte depuis
la mort de Romieu. — Très grave erreur.

Voici un fait qui met en émoi tout le faubourg
Saint-Honoré.

Une de ces nuits, un quidam, un homme qui
aime à rire, a planté une échelle devant la bou-
tique du numéro *** ; là, un pinceau à la main,
il a changé une lettre en une autre, de façon que
le lendemain matin, en se levant, tout le quartier put lire :

Magasin de singeries

*
* *

POURQUOI SE COPIENT-ELLES LES UNES LES AUTRES

Gasconnade des gasconnades de l'Amour!

Ce qu'on voit souvent, très souvent à Paris,
c'est que les femmes malhonnêtes se déguisent
en honnêtes femmes et que les honnêtes femmes
se fagotent et se griment en femmes malhonnêtes.

— La raison? direz-vous. — Il ne devrait y
avoir à de telles métamorphoses aucune raison,
mais il s'y trouve un motif. Des deux côtés, on
veut plaire. Le travestissement des unes et des
autres est une glu. Et ce qu'il y a de plus bizarre
c'est que le calcul des malhonnêtes et des honnêtes repose sur la sérieuse observation des
faits.

— Florine a réellement l'air d'une femme
comme il faut, disait le marquis de P***, — et il
était de plus en plus épris de cette jolie échappée
du Pays Bréda.

— Suis-je arrivée à ressembler à une cocotte?
demandait la blonde Mme de P*** en se mirant
dans une armoire à glace, chez la faiseuse à la
mode. Du jour où il me prendrait pour une cocotte, je serais sûre d'être adorée!

Ce qui est vrai pour la vie de Paris est bien
plus applicable encore à la vie des eaux, à Vichy,
à Trouville et à Biarritz.

Tant il est vrai que l'enfant qui porte un bandeau sur les yeux exige que ceux qui suivent sa
discipline ne voient pas plus clair que lui-même.

— L'exagération et le mensonge toujours!

*
* *

Alfred de Musset disait à T*** :

L'homme des derniers rangs du peuple
comprend bien mieux la femme que le poète le
plus délicat, puisqu'il est toujours sur le point
de la battre.

*
* *

H. de Balzac a écrit que la femme se rappelle toujours avec plaisir le premier homme qu'elle a aimé.

— Naïf analyste, disait Mme Marie D***. La femme ne se souvient pas plus du premier que de l'avant-dernier.

*
* *

Un mot d'Alphonse Karr :

« Quand les hommes ne sont pas très supérieurs aux femmes, ils leur sont très inférieurs. »

*
* *

LA FEMME QUI RIT.

Edgard S ***. — Ça vous étonne, madame, que les hommes courent de préférence après la femme qui rit ? Où diable irait-on se distraire, si ce n'est là où il y a de la gaieté ? Les visages durs ! les faces sévères ! les visages boudeurs ! Ah ! c'est bon genre, dites-vous ? Possible. La politique du club est de se rapprocher de celles qui sont amusantes à regarder et joyeuses à entendre. Pardieu, oui, à notre gré, c'est un régal d'écouter les petites dames parler argot ou javanais (le javanais de Paris, s'entend). Je sais qu'il y en a qui voudraient nous voir ouvrir les oreilles aux homélies du R. P. Monsabré. Nous sommes pour l'enjouement, nous autres, je ne le cache pas. Quand une jeune femme a une allure trop grave, nous sommes tentés de lui dire : « Voyons, Clara, veux-tu pas faire ta Sophie comme ça ? » et autres locutions, bien connues sur le boulevard des Italiens. En raison de quoi, on nous a traités tour à tour de Gandins, de Petits Crevés et de Gommeux. Tout ce que vous voudrez : ça ne nous empêchera pas d'avoir du goût pour la femme qui rit.

(Sténographié, en octobre 1881, chez le colonel S***.)

*
* *

En France, de 1830 à 1880, toute la vie sociale de la femme aura pivoté sur le mot *amuser*.

Ce verbe devient pour elle le chapeau de Fortunatus, qui prenait toutes les formes.

D'un jour à vingt ans, la petite fille, devenue jeune fille, dit : — *J'amuse.*

De vingt ans à trente ans, elle dit : — *Je m'amuse.*

De trente ans à soixante ans, elle dit : — *Je veux être amusée.*

A Paris, regardez les femmes lorsqu'elles entrent dans les cafés ou dans les autres établissements publics : le premier journal qu'elles demandent est le *Journal amusant.*

*
* *

N'en déplaise à ceux qui nous parlent sans cesse de progrès, nous persistons à penser que l'homme ne change pas. Développer ce thème nous mènerait loin. J'aime mieux me rabattre sur un type du jour : *Le dandy de 1882 qui obéit à une femme.* Savez-vous que cette figure est vieille comme le monde ? Cicéron la dessina en deux mots dans ses *Paradoxes.*

Lisez : « Puis-je regarder comme un homme libre celui qui vit sous le joug d'une femme ? à qui elle commande et défend au gré de son caprice ? qui n'ose ni contredire ni refuser ? Elle demande : — il faut donner ! — Elle appelle : — qu'il vienne ! — Elle le chasse : — qu'il disparaisse ! — Elle menace : — qu'il tremble ! Oui, voilà un esclave, et le dernier des esclaves ! Son nom et sa naissance n'y font rien. Dans une grande maison, il se trouve des esclaves plus importants, mais ce sont toujours des esclaves. »

— N'est-ce pas là le portrait de ce beau L..., si pointilleux quand il se trouve parmi les hommes ?

*
* *

B.., qui avait trente mille francs de rente en entrant dans la vie, les a follement dépensés avec deux femmes hautaines. Aujourd'hui que, ruiné, il ne peut plus leur donner de diamants ni de soupers, il leur obéit encore en écrivant leurs lettres et en faisant leurs commissions. Né esclave. Stendhal (H. Beyle) disait :

— J'aime les femmes, mais pas au point d'être leur domestique.

Stendhal n'a eu que fort peu de bonnes fortunes.

*
* *

B..., banquier de la Chaussée-d'Antin, perd sa femme et, après le temps du veuvage légal, il épouse publiquement sa maîtresse.

— Ce n'est rien, dit le principal commis de sa maison ; c'est un simple virement de fonds.

*
* *

Ophélia Z..., la jolie mondaine, a déjà ruiné cinq jeunes gens.

Grâce à elle, tous cinq ont payé des bottes de papier timbré.

A... S... a dit à ce sujet :

— Si les huissiers de Paris savaient vivre, il décerneraient une couronne à cette gourgandine.

FIN

TABLE

Châteauroux. — Typographie et Stéréotypie A. MAJESTÉ

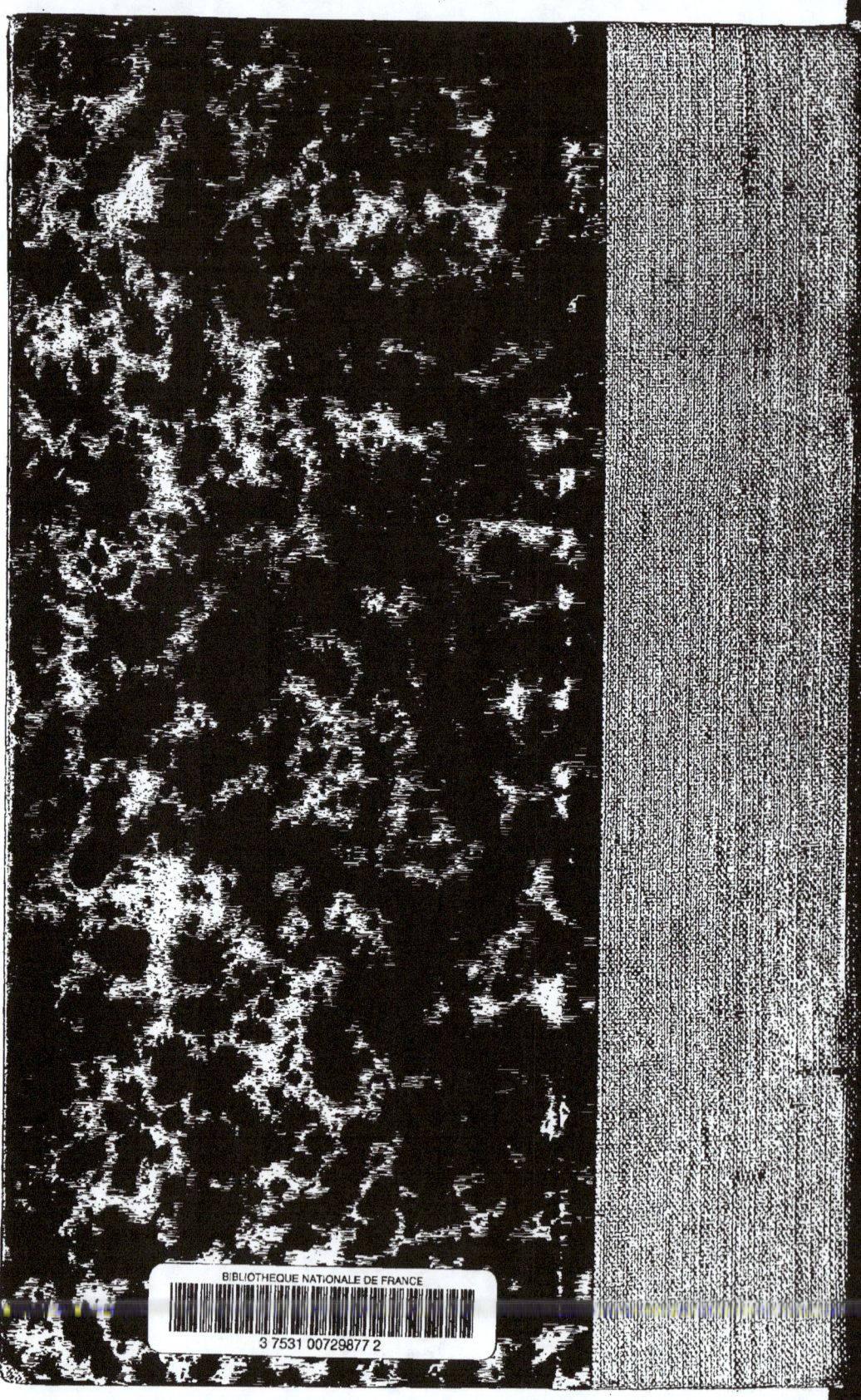

www.ingramcontent.com/pod-product-compliance
Lightning Source LLC
Chambersburg PA
CBHW050146030726
47505CB00005B/1252